U0584291

——姜辉莲教育思语——

SHOUWANG
JIANGHUILIANJIAOYUSIYU

姜辉莲 著

敦煌文艺出版社

图书在版编目（ＣＩＰ）数据

守望：姜辉莲教育思语 / 姜辉莲著. — 兰州 ： 敦
煌文艺出版社，2019.7（2021.12重印）
ISBN 978-7-5468-1778-1

Ⅰ．①守⋯ Ⅱ．①姜⋯ Ⅲ．①散文集－中国－当代②
诗集－中国－当代 Ⅳ．①I217.2

中国版本图书馆CIP数据核字（2019）第 167474 号

守望 —— 姜辉莲教育思语

姜辉莲 著

责任编辑：张明钰
装帧设计：韩国伟

敦煌文艺出版社出版、发行

地址：（730030）兰州市城关区读者大道 568 号

邮箱：dunhuangwenyi1958@163.com

0931－8152172（编辑部）

0931－8773112　0931－8773235（发行部）

天津海德伟业印务有限公司印刷

开本　710 毫米×1000 毫米　1/16　印张　22　插页　2　字数 360 千

2020 年 7 月第 1 版　2021 年 12 月第 2 次印刷

印数　1 001～3 000 册

ISBN 978－7－5468－1778－1

定价：68.00 元

如发现印装质量问题，影响阅读，请与印刷厂联系调换。

本书所有内容经作者同意授权，并许可使用。

未经同意，不得以任何形式复制转载。

目　录

Contents

有思想的烟雨

做一个有诗意的老师

长梦的地方

我跟名师学作诗

长满皱纹的教育人生

教育即生活，生活即教育

后记

话说陇原名师

HUASHUO LONGYUAN MINGSHI

热烈欢迎甘肃省教育科学研究院考察团
莅临参观交流

话说陇原名师

致名师们

再过三五日，2018 年即将过去。

年末岁尾的这些天，本在静心做着两三年来文本梳理的事儿，再次阅读诸多篇章，引发纷繁思绪，浮想联翩，一时情起笔兴，书下此文，并以此文向陇原名师的顶层设计者们和所有名师们致敬！

2018 年和你们在一起真好！我因此拥有了一怀的温暖，捧回了诸多的友谊，带回了清风朗月，外带还赚了好心情，珍藏了好记忆！

当然，这一年也遭遇了许多事儿，遇到了好多贵人，真诚感谢志同道合的名师们！感谢你们在平凡的日子给我不平凡的感动！感谢你们给我带来的快乐和温馨！感谢你们义无反顾地支持我！也最想感谢前行的自己，感谢相信有着美好未来的自己！

此时此刻，我打心底里想絮叨一下岁末的几缕感怀和感动。

借用一位陇原教育资深学科带头人的话说，陇原名师的评选真是发现了一批省内一流基础教育人才，而以学科兴趣为纽带，以先进教育思想为指导，以有序开展教学、科研与培训等职能为一体的学习共同体、研究共同体、发展共同体的名师工作室的建立，让名师们以个人的教育魅力、教育情怀、教育执着、教育灼见、教育奉献……引领着一众教育追随者在陇原广阔的教育天地间驰骋，倾心发挥着名师的引领、示范、辐射作用。有专家说，这是甘肃省教育厅、甘肃省教育科学研究院办得最棒的一件事！抑或说是做了甘肃教育界最神圣的一件事！

对甘肃教育来说，对百十个名师工作室来说，这个大家庭里的每一位成员都是令人敬仰的！在甘肃教育的长河里，他们如巍峨的高山，如奔腾的江河，如驰骋的骏马，如闪闪发光的叶片，如婉转啼鸣的黄鹂，如浅吟慢咏的杜鹃……我的一众如鲜花、如青草、如绿叶、如阳光的教育姐妹们，如清风、如明月、如嵯峨巍峰、如长空雄鹰的教育兄弟们，我们是甘肃教育的一部分，甘肃教育也是我们的一部分。教育流经我们的村庄，就像血液流经我们的血脉一样，我们和陇原杏坛上的山峦河流共属于教育这个家园。

在这个大家园里，精英辈出，每一个人皆是学习的楷模！

大爱无疆的闫桂珍老师，骨髓里拧出精华的雷玉芳老师，德高望重的高佩德老师，诗意陇上的汪涛老师，一头扎进学科团队建设的王海渊老师，站在高处话教育的董彩云老师，群文阅读见真情的王丰老师，诵读声中说童年的崔承慧老师……

在这个大家园里，还有更多的名师让我敬仰！

因着自己是一名语文教师，不知不觉间那一抹"酒泉语文蓝"深深地吸引了我的眼球，"误入藕花深处"，"沉醉不知归路"。几年来，阅读其一篇篇"味极鲜"的教育博文，如饮玉液琼浆，如啜夏日清凉可口的酸梅茶，如品冬日一杯温热舒适的普洱，不可或缺。其文字的鲜活、灵动、精致、景深、高度、深度、广度、温度、饱和度、感光度、生津度、回甘度……如山涧汩汩流淌的清冽泉水，如荷叶上滚动的晶莹露珠，如绿叶间穿行的光波，如追逐浪花的波光，如林间蹦跳的麋鹿，如长空倾泻的一地清辉……我常常在想，这到底是一位有着怎样心若锦缎、口若莲花、笔若游龙、神思若云霞的人？

这样的一群教育痴癫人，几年间让曾打算放弃笔耕，做个大头社员的我重拾旧爱，不仅酷爱起阅读，跌入字海卷情，还醉入教坛，对教育人生有了新的思索，对专业领域也有了新的认知。作为一名从事语文教学的老师，诸多教育的灵感、思想的火花，皆来自其洋洋洒洒、恣意抒情的"酒中苑"。毫不夸张地说"酒中苑"的春夏秋冬，及那里的一茎草、一野花、一古树、一飞檐，皆是其最为充沛最为生动的教育抒怀资源。这些教育资源一经其过眼、过手，瞬间不仅有了血，有了肉，有了思想，还有了灵魂。这样的教育影响，一天天，一月月，一年年……随风潜入肌理，深入骨髓，根植心田。对一只布谷鸟，一朵打碗碗花①，一片飞云，一块顽石，一块泥巴……的抒情达意，积淀成了语文人的坚实根基。

我想，能够受到这样一种精神领域的人文影响，绝不仅仅是我一个人。酒泉本土的那个薛凤娟小老师，全国各地的霍师迷，都知道咱甘肃有个教育霍大咖！

我想，陇派名师不仅仅是霍名师、闫名师如此吧？李名师、王名师、张名师……一百多位名师，哪位名师提起来不是响当当、顶呱呱的？

我还想，这就是陇原名师和名师工作室创建顶层设计者的初衷和美好愿景吧！发现了陇原名师的真正价值！

结识皆是缘，懂得即是友。

此刻，我最想把喝过的茶、经历的事沉淀在自己的气息里；最想犒劳一下辛苦不堪、华发早生的自己；也最想感谢拥有快乐能力，和给予金昌市实验小学六（三）班五十二个娃娃快乐的自己！

2018 年 12 月 27 日

---

①打碗碗花又名喇叭花、牵牛花。民间传说打碗碗花不能碰，碰了回家就要打破碗，故俗称为"打碗花"。不过，这个传说是没有根据的。

教育的火花，就这样纷至沓来

笔尖啊，无法静静地待在阳光的老屋

思想啊，无法停驻在安静的村庄

碰撞啊，无法阻止心底燃烧的希望

行走在教育的路上啊，无法不欣赏这一路的芬芳

一朵云推动另一朵云，一棵树摇动另一棵树

教育的火花啊，就这样纷至沓来

奔跑在教育路上的人啊，一切的一切

皆因，这美好的遇见

金秋十月，在叠翠流金的美好时节，有幸参加了甘肃省"四有"好老师宣讲工作。全省遴选出的百余名"四有"好教师，从九月初开始奔赴各地进行宣讲工作。一股有理想信念、有道德情操、有扎实学识、有仁爱之心的教育思想交流的洪流，就这样炙热地在甘肃教育大地上奔腾起来。

2018年9月15日，经过一天的车马劳顿，到了星星也来"敲门"的时间，在宣讲团领队甘肃省教育培训中心项目首席专家王孝军主任的带领下，我和嘉峪关和诚路小学的王秀丽老师走进了白银市，即将开展平川区、景泰县两地为期两天的宣讲工作。

15日上午，宣讲首先在平川区政府礼堂开始。不得了，平川教育人的教育情怀不同寻常呀！参加报告会的有各乡镇教管中心主任及辖区学校校长、区属中小学校长、教育教学视导员、城区小学语文教研组组长以及2010年后新入职的教师六百余人。这样宏大的场面、攒动的人头，让我兴奋、激动又忐忑。兴奋的是，这无疑又是自己职业生涯中浓墨重彩的一笔；激动的是自身教育价值有所体现；忐忑的是不知道能否如大家所愿，报告能否触动老师们的灵魂深处，能否对他们的教育思想有所启迪，示范课能

否对他们的教学工作有所帮助，可以说是思潮涌动，百感交集。

就在这样的思绪中，开启了紧张忙碌的"一朵云推动一朵云，一棵树摇动另一棵树"的宣讲工作。白天讲座上课，晚上和星星搭伴赶路，几天下来，亡命之年的我累趴了，腰椎病也犯了。熟悉我的李艳老师叫我赶紧放下手中的笔，躺得展展的犒劳犒劳身体，可娃娃们落下的功课咋办？连轴也得转，不敢耽搁呀！一上午一上午的课，作业紧着批。平川区和景泰县的老师不断加我微信，咨询我上课的问题或心中的教育困惑。不断有老师发给我宣讲报告会的感悟或听课后心中的疑虑，实在疲惫至极的我，这个双休日真真儿的是想放自己一天的假，实在想让自己歇一会儿。

不承想，今天一打开微信，这个叫陈怀娟的景泰县的老师第二次给我发来她心中开出的那朵绚丽升腾的火花。想起"一个人跑得快，一群人走得远"的宣讲，想起和老师们热烈地交流互动的画面，自己当时还鼓励年轻的他们随时把自己心动的东西用教育叙事的方式写下来，让思想随时在笔尖行走……这，让我怎么也坐不住了，就是手头有顶要紧顶要紧的事儿也得暂且放一刻钟，也要和这群向前奔跑的陇原教育人做一次认真的交流！

一个教育思想，两个教育思想，三个教育思想……互相交换，每个人将获得 N 个思想。

这是多么美好的事呀！

甘肃教育出现了这样一群向前奔跑的教育人，不就是"四有"宣讲的华彩篇章吗？金秋十月，不就是甘肃教育涌动的一股彩色洪流吗？

下面就选取本次宣讲工作中景泰县、平川区几位老师的文章和大家交流分享：

做一个幸福的语文人（节选）

语文是什么？我想，语文就是一个人生命的形成和塑造。而这个过程应当是幸福的。

今天有幸听到来自金昌的姜辉莲老师的一堂童诗教学课，她的课，不做作，不粉饰，我感受到了一种沁透心脾的幸福。内心真实的感受告诉我：这才是有人文滋养，有生命活力，有情感体验的真正的语文课，这才是真语文。具体而言，我的幸福感来自于这三方面：一是作为一名老师，姜老师在课堂上时时刻刻把自己最美丽的笑容和最专注的眼神给了学生。小孩子是很敏感的，他一定可以感受到老师对他的期许和鼓励，一个被肯定、被认可的孩子，内心一定是幸福的。二是整堂课都是在学生的朗读和自我体验中进行的。学生的童心得到了呵护，学生的诗心得到了发展。我想，一个有童心的人必定是幸福的人。能做姜老师的学生，一定也是件幸福的事儿。三是几首课外诗的拓展，让学生在潜移默化中知道了诗歌创作的自由，一定程度上也能鼓励学生大胆创作而不走套路，激发学生写作的欲望，让他们的诗心潜滋暗长。在这个大语文时代，学生一定会爱上语文，爱上读书，成为一个有温度有情趣的人，成为一个幸福的读者。最后，我想说：保持童心，爱上读书，像姜老师一样，做一个幸福的语文人吧！

景泰县教师　陈怀娟（2018 年 10 月 16 日）

邂逅那一抹红

周二，应学校安排去参加"陇原'四有'好老师"专题活动。当天上午听完专题报告后，主办方告知我们：下午会安排一节小学五年级的语文观摩课，执教的是一位陇原名师。果然，下午两点二十分，离上课铃响还有十分钟，教室里已经座无虚席，甚至后来者从门口排到了楼梯口。"大家再往里面挪挪"一个负责摄影的工作人员热情而急切地招呼着里面挤挤挨挨的人群。小小的空间里酝酿着兴奋，也发酵着期待。抬眼望去，才十多岁的孩子们面对这么大的听课阵容，全都正襟危坐，阳光映照着他们稚嫩的红扑扑的小脸，不知缘于年龄，缘于阳光，或者是缘于这众多的后面坐着的听课老师，这红，分外红！

丁零零……期待的一刻终于来了。这时，才近距离看清这位姜老师，身材不算高挑，圆圆的可爱的脸上挂着迷人的微笑，眼睛炯炯有神，留着齐耳短发，素雅的黑色打底裙上搭了一件鲜红色的长款开襟毛衫，我注视着她，打量着她，带着期待带着好奇也带着些疑惑……今天要上什么？她会怎么上？白板上赫然打出一首童诗，是姜老师的学生所作，她带着同学们朗读，带着他们感受诗歌创作的美好。在一次又一次的合作朗读后，红润的涟漪在孩子们的脸上层层荡漾开来，一只只小手渐渐举起，"飞啊，飞，我仿佛看见了雄伟的万里长城"。一个扎着马尾的小姑娘微微低着头回答道，姜老师很欣赏地看着她，用手轻轻拍打着小姑娘的肩膀："不错，你的想象力超级强！也是一个心中装着祖国壮丽山河的人，是一个有大爱的人。"小姑娘的头抬起来了，比之前站得挺拔了！"老师，我仿佛看见了美丽的'七小'！"一个男孩子脆生生地回答。"你的心中有同学，有老师，还有我们美丽的校园，真好！你是一个心中有爱的孩子！"姜老师俯身在男孩面前竖起了大拇指。"老师，我看见了万里长城，还有天安门……""老师，我看见了宇航员叔叔。""我看见了历史的长河"……孩子们都跃跃欲试，穿着红外套的姜老师脸上微微洋溢着幸福，她深情地注视着小脸红润的孩子们。我知道，此刻的她已经成功点燃了孩子们的热情。

本以为"招牌式的亮点"到此就结束了，接下来应该就是各种名堂的朗读，或者是背诵，以显示教学的实效性。此时，白板上已经出现了一首外国作家的童诗，"难道是要通过课内诗歌的学习来检测课外诗歌？"我正在暗自猜测，姜老师却在和孩子们简单交流后迅速切入另外一首童诗。这时，偶尔听到旁边有孩子在嘀咕："诗歌也可以这样写？""这样的诗歌好像挺简单，我也能写呢！"坐在后排的一个小女孩抿嘴微笑着。

"孩子们，最好的诗歌往往都源于最真实的生活感受，你有过早上不想起床的经历吗？"孩子们听了都不好意思地笑了。"一只黄嘴小鸟，在我的窗台上欢跳，它抬起闪烁的眼睛对我说，你，不害臊吗？还睡着！"穿着红衣服的姜老师脸上依旧孩童般红润着，她温柔地轻轻地读着这首诗，仿佛声音再大一点点就会惊醒孩子的美梦……

时间只剩不到一分钟就要下课了，孩子们的独创作品一个接一个，简单又有趣，直白却又真实。一颗颗诗心在发芽，一个个诗人在崛起。孩子们红彤彤的小脸，姜老师红通通的外套，还有教室里，坐在后排的我们这些成年人红红的幸福的诗心……

这一抹红，让人心醉……

景泰县老师　陈怀娟（2018 年 10 月 22 日）

姜老师，您好！辛苦了。

谢谢您精彩的分享。与您奇妙的教学方法相比，让我更加钦佩的是您对学生的爱心与一点一滴的付出。您的成功与分享让我们感到教师的工作虽然清苦，但也是幸福的，不过，教师的幸福是努力付出得来的，是用爱心换来的！

平川区"月缺月圆"老师（2018 年 10 月 17 日）

从字里行间总能感到您激情澎湃！感到您对文学对教育工作的无比挚爱。能把工作当成一种爱好，投入浓浓的情感，并收获由此得到的享受，真的是一种幸福！生而为人，至情至性。您的炽情，让我感叹。您的幸福，让我羡慕！

平川区"月缺月圆"老师（2018 年 10 月 22 日）

姜老师您好！昨天听了您的讲课和报告，受益良多，您是一位很有温度、风度和深度的老师。您那天说您上这堂公开课稍稍有些吃力，我就说一下我个人的观点，如有不当之处请海涵：

您讲到口到、心到、眼到，这里之前的节奏都很好，学生也已经逐渐提起了兴趣。可这时，您的课件上出来了一个古文言字："谓"字，真的能听出来您的文言底蕴很深厚，您也很有意识地把自己积累的东西运用到教学中。但是，就是在这里，我发现就是这个"谓"字扰乱了课堂的节奏。我的思考是这样的，这个年龄阶段的孩子，他们在文言文方面的积累相当少，这个字从我在下面的感受来说已经完全超出了他们的认知范围，前面已经有了节奏了，就是在这里这个字一下子进入了一个他们几乎完全不了解的领域，相当于拔高了他们的思维能力，使学生完全没有跟上，您在讲解的时候也在这里没有做解释就带过了。我在您写的现代诗里也发现了这一点，不过与课堂上的效果完全不同，在诗里真的读到了您的文学底蕴的深厚。

上课时您对孩子们的鼓励真的让坐在下面的我们感动，我最在意的是您在课堂的后半部分叫起来了一位坐在右边最后排应该是中间座位的一个小男生，听着他稚嫩的声音就想起了当年的我，他就像一棵正在茁壮成长的小树苗，您的鼓励就是对他莫大的支持。

平川区老师"墨者如风"（2018 年 10 月 16 日）

"百花齐放，百家争鸣"。这句话是毛泽东作为繁荣社会主义艺术发展和科学进步的方针提出来的，依然适合于今天的教育。当教育出现这样的情景时，将是怎样的一番景象？

非常感谢这位有思想的老师。一语点醒梦中人！

是呀！在平川的那堂课，让我稍稍感觉有些吃力，当看到这位网名"墨者如风"的老师提出自己的看法时，我知道问题出在了哪儿。备课时疏忽了学情分析和考虑。当我远道从金昌来时，戈壁的风适合平川的娃吗？因着自己的学校倡导经典诵读，课堂上出现的这句话孩子们背得滚瓜烂熟，多年下来这个"谓"字自然熟化于心，可到了平川，娃娃们第一次遇见，不出问题才怪！

感谢，这样的讨论，感谢这样的探讨！

感恩，甘肃省教育厅给我们搭建了这样的一个交流平台！

感恩，十月所有美好的遇见！

2018 年 10 月 22 日

一群奔跑在教育路上的痴心人

"四有"好老师宣讲活动有感

陇原大地上，有一群这样的人

此时，他们的故事在静静展开

"四有"好老师，是谁在诠释着

"四有"好老师究竟该是怎样的？金秋以来的宣讲工作中，甘肃省教育厅教师培训中心项目首席专家王孝军主任和王宁老师这"二王"，以及一百余人宣讲团队里的每一个成员，都在用他们的声音和行动诠释着！

看看王宁老师的服务工作，多么周到，贴心，细致入微：

★ @ 所有人 请下周去张掖、武威和天水宣讲的老师们抓紧时间联系各自领队领导。

辛苦大家了！一定要准备好上午的报告和下午的示范课。

★ @ 金昌姜老师 夜晚雷雨天气，一定要注意安全啊！

为"好老师"做好服务，根植于他的内心。一个多么有温度、有风度、有高度的教育人。

再看看这样的点滴行动产生了怎样的深远影响？从老师们对"二王"的贴心话语中可窥一斑：

★ 王主任和王老师的工作状态和敬业精神真是让人佩服，共事后才知道，"二王"更是"四有"好老师。

★ "火车跑得快，全靠头来带"，王主任对工作的那一份认真和敬业爱岗的精神也是我们一线教师学习的榜样。

★ 王主任能贴心为宣讲成员服务，看到他在下着大雨的深夜送老师回宾馆后，被送老师用手机拍下了他转身上车的背影，实在是太感人了！如果我们能像王主任关爱讲师团成员那样去关爱每一个学生，一定会有别样的收获啊!

"四有"好老师的领军人如此,"四有"好老师的事迹更是感人至深。酒钢三中的闫桂珍老师来金昌宣讲的晚上都在灯下认认真真地备课,那修改得密密麻麻的教学导案,深深地印在了我的脑海。

从会场传来的一次次掌声,她催人泪下的宣讲,不难看出这是一位心中装着大爱的教育人啊!有闫桂珍老师,这张甘肃教育的名片,"四有"好老师将在陇原大地燃起怎样的星火?请看老师们的感言——

★上班第一天就是闫老师给我们培训的,快十年了!夜空中最亮的星!一种坚守,一种温暖,一种责任!

★她是甘肃教育的一面旗帜!是我们前行路上温暖的光!最美的光!

★闫老师把自己修炼成一束明亮的光,照亮了许多人,影响着更多人。她是自发光体,是光源!

★向闫老师致敬!她是我们学习的榜样,是我们学习的标杆!

……

再看看老师们眼里和心中的民乐县尹忠老师:

★尹忠老师一个人守着一所学校,一个人教着三个年级,一个人连病重都不愿住院,一个被医生呵斥不要命的老师……让人太感动了,真是我们学习的榜样!

★尹老师是陇原大地农村教师的典范,是我们教师队伍的一面旗帜,他的坚守,他的坚持,他的精神,他的人格魅力,真正体现了一个"四有"好老师的形象,是我终身学习的榜样!

★尹老师所在的学校坐落在祁连山脚下,海拔2400多米,因为天气寒冷,几乎一年四季都离不开火炉。学校只有十个学生,从学前班到小学一年级、二年级就他一个老师,上完语文上算数,上完算数有时还要管学前班的幼儿拉屎撒尿。尹老师一个人就是一所学校,一个人的工作就是全校的工作。这样的工作,尹老师一干就是三十一年。什么是伟大?我理解的伟大,就是几十年如一日,不怕苦,不怕累,不为名,不为利,甘于寂寞,做着拯救一个孩子,让一个家庭充满希望的不平凡的事。所以我说:"尹老师是伟大的。"

这样的"四有"好老师，不仅是一个闫老师，一个尹老师……他们既是学科带头人，又是普普通通的乡村教师，是一个支撑教育的强大群体，每个人都在自己平凡的岗位上发挥着光源的作用。正如王主任所言，"每一个宣讲团成员都有自己的教育故事"。

相信，一个伟大的时代，必将产生一个个有着博大情怀的教育引路人。

温暖 + 风趣，是他的特质

也是这个王孝军主任，让我们感受到另一番温情。

宣讲工作总是有一些压力，这一点儿不假。令人欣慰的是这个首席专家用他独特的方式，不经意间为我们减压，减负。

他的工作方式独特，不悉心体会全然不觉他那润物无声的节奏。看看他是怎么跟我对接工作的，便知道他的魔力了！

9月14日晨我从金昌出发到省城跟他会合，然后一同去白银市。当告知他下午"四点左右"到百合花酒店时，看他怎么说！

@金昌实小姜辉莲　左还是右，我也是四点左右到百合花门前，接头暗号甘AK6009。

一路上，他在幽默风趣的谈笑间，总是不经意地提醒你该怎么做宣讲。譬如，"故事在静静地分享，思想在静静地流淌……教育呵……"自言自语随口吟那么两三句诗一样的语言，让你领悟此次教育宣讲的美好。

当你认真体悟时，他怕又添加了你的压力，便随口哼起歌来，坐在后座的我呀，惊喜中情不自禁地笑意荡漾。

而到宣讲地后，他总是忙前忙后登记住宿，每天早晨七点半准时提醒你该用早餐了。连轴转的我有点支撑不住，夜间坐车发晕，时间一长点儿他便问一声，"姜老师睡着了吗？"……这样的事例实在是举不胜举。

感恩一路走来，他的关心、支持和引领。我想，一个人遇到好老师是一生幸福的基石，一个老师遇到好校长更是成就教师职业幸福感和荣誉感的基础，一个教育工作者遇到好的专业引领人，同样是教育事业成功与出彩的源泉。什么是教育？他就是教育，我们就是教育，我们脚下的路和汗水铺就的人生亦是教育，愿我们在前行的路上有他的指引和相伴。

玩命的工作狂

这几天和甘肃教育培训中心项目首席专家王主任接触，才发现组织陇原"四有"好老师宣讲活动不是一件简单的事，每位宣讲团成员的讲稿、PPT 都要修改、把关、指导，和各市／州／县／区要不断对接，宣讲师德报告会的主持词、宣讲主题都要一一落实，我粗略地算了一下，八十六个县区就有一百七十二场师德报告会，一百七十二节示范课展示和互动研讨交流活动，高等院校和职业院校的师德报告会要全覆盖，活动要持续到年底……

一路上聊天才发现，他们的工作安排得满满当当，加班是家常便饭。同时他还承担甘肃省乡村学校特岗教师培训、甘肃省"金钥匙"导师团导师研修项目等，谈起省教育厅组织的"三计划两工程"他更是如数家珍一般。

这几日他更是马不停蹄，一路奔波。10月14日去天水市参加"送教下乡"活动，上午乘坐火车返回兰州，下午四点从兰州出发驱车带陇原"四有"好老师宣讲成员赶往白银市平川区，于近晚九点到达平川区。

15日上午参加陇原"四有"好老师宣讲团平川区报告会。中午活动结束后急忙赶往兰州，为"金钥匙"导师团导师研修班做了以"金钥匙导师团导师工作机制与工作流程"为题的专题讲座，结束后，晚七点在平川高速路出口对接赶往景泰县，晚九点到达，全天行程五百余公里。忙碌一整天不说，听说夜里他还要加班。

16日，王主任参加了景泰县"四有"好老师宣讲工作。工作结束后下午五点半准备返回省城，在雷雨交加中于晚上九点半左右到达兰州，把嘉峪关市王秀丽老师送到火车站后又把我送到宾馆，然后再赶到单位加班准备材料。

17日上午他在单位上班，中午十二点半他开始接下一组宣讲成员赶往新的宣讲地区，并于下午五点多抵达金昌。

宣讲工作中，他负责前方记者的采访报道工作和对宣讲人员的指导工作。他心细如发，发现问题随时沟通，指导宣讲人员以最佳效果做宣讲工作。如讲故事就要讲得清清楚楚，让聆听者能够再现情景，引发思考要留有时间；讲案例要明确目的和意义，让师德报告更加生动和充实……

看看这一组他和宣讲老师热烈的交流对话，就明白他是怎样的一个教育引领者了：

★"认真"是教师职业最高贵的品质。

★每个学生都是一个世界！

★"不能生病"（诠释着这个河西走廊汉子的教育故事，感染着在场的每一颗坚守教育的教师的心）

★真用心，真投入，真感人，真课堂，真问题，真分享，真评价，真反思。

★甘肃省陇原"四有"好老师宣讲团走进金昌，闫桂珍老师讲述自己的教育故事，会场响起阵阵掌声，众人含泪倾听……严老师用"爱与责任，忠诚与坚守，奉献与担当，纯粹与高尚，感恩与敬畏"诠释师德的内涵与境界，故事静静地分享，思想静静地流淌，老师们用心走进了闫老师的教育世界，憧憬着自己未来的教育生活，忘记了掌声，忘记了时间，忘记了疲惫，相信这一幕精彩会让我们走得更远……

再看看这组拾贝，就知道他又是怎样一个具有教育责任感的人：

★各位宣讲团成员，我把最近大家发给我的师德报告会讲稿和PPT认真学习了，把一些想法和大家交流一下，统一回复给大家，个别问题我会私信发给大家。

★师德报告会分享的几个方面大家要列出小标题，层次分明，不要碎片化地陈述。

★分享和孩子们的教育故事要讲清楚，分享的目的和理由要明确，提炼出故事中饱含的道理。

……

震撼！感动！敬佩！敬仰！

一个玩命工作的教育工作者！

一个真真实实奔跑在路上的教育人！

一路走来，感恩遇见！感恩遇着一群教育痴迷人！我想教师之美，美在灵魂，美在智慧；我思教师之美，亦美在担当，美在追求。一个教师的精神世界就是一个孩子的心灵世界。今天，这个群体的鲜活思想、教育情怀流进我的心田，也让教师的人格魅力流进孩子的心田，留在生命里，多好！

我始终坚信，自己脚下的路都是一步一步靠双脚跋涉出来的，是用辛勤的汗水铺就的。"认真"是最好的教育担当；"认真"是最好的教育职责；"认真"是教师职业最高贵的品格。

我深知教育如同岁月和时间一样不可回逆，我还深知肩上的责任……

感恩这个伟大的时代，感恩美好的遇见。一个人遇到好老师是一生的幸运，一个学校遇到好老师是学校的光荣，一个民族源源不断涌现出一批又一批好老师是民族的希望。我要把这种爱和责任传递给我的学生，让他们走到社会上继续把这种情感传递下去。

我还想让宣讲团里这些感人的事传遍陇原大地。

2018 年 10 月 23 日

我愿常做这个支点

童心是小鸟，儿童们是天生的诗人！

2017年6月，在甘肃省陇原名师"小学语文阅读教学主题研修"活动中，我给众多的陇原名师和参加研修的工作室学员上了一堂儿童诗示范课。

在这堂示范课上，我以自己近两年所感悟的一首现代自由体诗歌做铺垫，以我和金昌市实验小学六年级学生创作的原汁原味的诗歌作品为原材料，似小河流水般融入教学活动中。以教材文本为依托，拓展延伸至中外著名儿童诗——

风儿不闹了／浪儿不笑了／深夜里／大海睡觉了／她抱着明月／她背着星星／那轻轻的潮声啊／是它睡熟的鼾声

在舒缓的音乐声中，让孩子们自然轻松地体会到拟人的修辞手法常适合于童诗写作。

我把妈妈洗好的袜子／一只一只夹在绳子上／绳子就变成了一只多足虫／在阳光中爬来爬去／我把姐姐洗好的小手帕／一条一条夹在绳子上／绳子就变成一群白鹭鸶／在微风中飞舞，飞舞。

在情趣多多的生活场景中，让孩子们感悟到，童诗中的想象源于他们对日常生活的留心观察与用心感受，从而让孩子们更加感受到生活的美好。

在英国诗人罗·路·斯蒂文森 的《起床时刻》中——

一只黄嘴小鸟／在我窗台上欢跳／它抬起闪烁的眼睛对我说："你不害臊吗，这时还睡着！"

让孩子们真切地明白童诗创作的灵感来自生活某一片刻的情景对自己的触动和我们对生活的无限热爱。

在云彩的南面／那遥远的地方／有一群树叶说："我们想像花一样开放。"／有一群花朵说："我们想像鸟一样飞翔。"／有一群孔雀说："我们想像树一样成长……"

哈哈，原来树叶也能像花儿一样开放，花儿也能像鸟一样飞翔，孔雀也能和大树一样成长，多么奇特的想象啊！哦，原来没有什么是不能想象的！原来我们可以用自己妙不可言的想象，借助世界上的一切事物，来表达自己的各种美好愿望。

原来童诗这么有趣，这么好玩！

就这样，我带领孩子们走进美丽的儿童诗歌王国，欣赏领略了童诗的美妙。就连在课堂上激励、鼓励学生，我都即兴采用文本特质的小小诗——文本自然升华的同时，横生一点妙趣，激活整个课堂，唤醒孩子们的诗情。当孩子们问题回答得精彩时，我会送给他们一首小诗，给他们鼓劲，如："送一首小诗，为你喝彩：我想把同学们的眼睛 / 装在白云上 / 上可九天揽月 / 下可五洋捉鳖 / 望啊，望—— / 白云就是大家飞翔的翅膀。"

再比如，我写了一首诗，"奖给想象奇妙的你：我想把同学们 / 放在幻想的世界里 / 在月球上嬉戏 / 在星海中畅游 / 游啊，游—— / 科学探索就成了同学们的最爱 / 小爱迪生就在同学们中诞生。"

当孩子们有了大胆奇特的科幻想象时，我会以小小诗的方式评价他们的发言，顺势告诉孩子们许多伟大的科学发明就是这样产生的，只要努力探索，他们就是未来的×××科技发明者。"嫦娥奔月"的美丽神话传说不就是最好的见证吗？趁着孩子们的兴致浓，再撩一把火——"中国未来的航天事业后继有人，这个科学家将诞生在咱们班啦！"

大家可以想象，教师这样顺势而为的煽情引导，一方面将孩子们的感知由感性认知上升为理性认识，在润物无声中让孩子们形成正确的世界观、人生观和价值观；另一方面孩子们自己的想法被老师认可了，浑身的细胞都会兴奋地跃动起来，学习童诗的激情能不被燃烧起来吗？

"未来的百灵鸟歌唱家，老师祝福你！"

"哇，想做一名环游世界的背包客？看来'哥伦布'即将发现又一块新大陆啦！祝你早日梦想成真！"

"好一个爱心大使啊！救助非洲的失学儿童，老师都被你深深地打动了。掌声响起来，愿你有这样一双希望的翅膀，随时起飞。"

......

可以说整堂课教师自身、文本、学生皆是教学资源，课堂气氛一次又一次地鲜活生动起来，一切的一切完全融入诗意与诗境中。

童心是小鸟，孩子们是天生的诗人！不记得这是哪位名人说的金句，但我深深地记得霍军老师说过的一句话，"语文老师站在那，自己就是一首小诗"。课堂上老师的每一言每一语都是洋溢着诗意的教学，唤醒了孩子们沉睡的想象力，让诗意苏醒了过来，多好！

拿一位孩子的话说，"老师，我的诗情爆棚了！"课堂上出现了意想不到的创作激情，孩子们的想象随意在笔尖下行走，这让孩子们感到童诗创作的快乐。

我想，在童年时期，一颗写作的种子大概已经悄悄地种下了吧！

在回味中，趁势我还提议，让孩子们读一些专门为儿童写的优秀诗歌，慢慢去体会诗歌简洁的语言、优美的旋律、真挚的感情，这足以抚慰孩子们的心灵，能让孩子们的感情更细腻，心灵更柔软，生命更有质地。

我还让孩子们了解读诗的好处：

感受韵律之美；提升对文字的敏感性；滋润情感，丰富心灵；启发丰富的想象力；懂得如何表达自己的情感。

当然，读诗的好处远远不止这些。

最后，我用诗歌结束这堂课：

我想把同学们／种在书林中／观古今中外／览世界风云／看啊，看———／小小的你们，看出一个大大的世界。

希望同学们在童年时，种下一颗读诗的种子。

课后陇原名师们就这堂课，在名师QQ群展开了热烈的讨论，可谓是情之所至的真知灼见。可以说，这样别开生面的研讨，已不仅仅是针对一堂课的话题，它延伸到语文教师素养等等深层话题。

哈哈！陇原杏坛一次顶尖级水平的培训，我有幸参加了。

希望抛出了一块砖，得到了一块玉啊！

毫不夸张地说，这次的研修活动于我而言，和名师们在空间的"热议热聊"，才是一次真正的高端研修学习。

教学之乐，怎能不跃然纸上？

请看，陇原名师霍军的热议：

★姜老师学诗，跟我气味相投的地方，就是都要保持语文老师的语言感觉，故而能够互相吹捧，互相模仿，互相抬举并激励。

★我个人认为这应该是陇派语文名师的一种干活方法——语文老师用自己的语言实践，形成一种不自觉就会流溢到课堂每个拐角的语言美感，凡被"沾染"的学生，就会终生受那么一点益。

★我格外赞赏姜老师的那节诗歌课——自己写诗，带着孩子写诗，把一个最具喷发性的词语"我想"留给孩子们，结果你看看，哪个孩子不是才情勃发？

只要"我想"，我就能创造我的世界。这个自信就是语言的自信。

★姜老师的娃娃们更厉害呀——

我想偷/偷走爸爸的忙碌/偷走妈妈的辛劳/偷啊，偷/我们是快乐的一家人。

一个"偷"字，万种风流！

古希腊"力学之父"阿基米德曾说过，"给我一个支点，我就能撬起整个地球"。我的这堂课本也没什么，就是将自己近一年对诗歌的酷爱，下意识中自自然然地完全和课堂、和文本、和娃娃们融为一体，恰巧今天就成了"陇派名师论语文教师"话题的这个支点，霍老师字字珠玑道出了甘肃语文教师、陇派名师追求教学的最高境界。

我愿常做这个支点，只要有人撬起甘肃语文这个球体。

2017 年 7 月 6 日

何谓 "妙笔生花"

——名师们的诗意生活一瞥

何谓 "妙笔生花"？师者——霍军，活脱脱地做了最妙的最为生动的诠释！

霍君深邃的思想，异趣横生的诗情，和着那金色的心房，翠色的情思，绿意的脚步，恣意在笔尖行云流水般地行走，染绿了我不时乏味的日子，悸动了我日渐无趣的生活。每每打开这巴掌大的天地，字里行间觅得君师的文字，细细阅之，揣摩，不由得喜跃眉头，常惊叹于陇上竟有如此之才情的师者！常飘忽地臆想这是哪个智慧神的化身？神思妙想不得了啊！日复一日的阅读中，终从他行文的字里行间，悟得一点天机——是他几十年从不间断做的一项功课——阅读和思考；参透一点禅机——不断地修身、养性……如今这位陇上名师若不如此绚烂，那才叫怪呢！

翠峰忍不住 / 伸出美丽的剪刀 / 裁下 / 窄窄一幅 / 高远湛蓝的妖娆

瞧，为汪英老师摄影作品而作的 "翠峰" 就是这样 "忍不住"，"伸出" 了那 "美丽的剪刀"，让人为这呼之即出的 "忍不住" 拍案时，笔锋一转，却是 "裁下" 那 "窄窄" 的一幅湛蓝的妖娆，让你还来不及叫绝时，顷刻间这 "窄窄" 的妖娆又是如此的 "高远"。再譬如，小小的 "大拇指"，也只有胸襟如此宽广、思想如此高远的他，才能大胆地描绘出奇特的 "手掌上的珠穆朗玛"，再加一个 "一座"，两个再寻常不过的词，却赋予 "手掌上的珠穆朗玛" 神圣、庄严和肃穆的色彩。就这样，霍君看似信手拈来的诗作，常常感染和浸润着戈壁紫金花城与他同行的我。

陇上的另一位才情师者就是卫东兄。低调是他的特质，含蓄是他的风骨。他的诗，是那么清新秀丽，又是那么空灵悠远，禅意绵绵，常常一诗一图，美轮美奂，让人遐想无限。隔三岔五阅之，禁不住让人思考一个生活在都市的师者，每每寄情于草原的天，草原的地，草原的牛羊，草原的骏马，草原的格桑花，那是怎样的一种情怀？脑海里不禁闪现出一个身影，拉萨街头最美的诗人——仓央嘉措，抑或悠扬，抑或惆怅，抑或滚烫的情之絮语，看得人心不由得也跟着"诗"这个东西热乎起来，不是吗？从2014年的冬月在金城相会，短短一两年时间，让我这个不懂，不会，也从不对诗"感冒"的愚人，竟然不知天高地厚地涂鸦起来。耐不住欣喜，买来三两本感兴趣的诗歌集速读速学，边学边涂，三五句带着点快餐味儿的所谓的"诗"，虽蹩脚，却也陶醉在这种欢喜的感觉中，这就是他给予我的一种幸福！在一种美好的感觉中工作，在一种美好的情态中生活，在一种美好的妙趣中学习，多好！

真的，很感谢陇上教育的这些前行者们；真的，很感激陇上教育的这些思想、精神引领者们！

2017 年 10 月 25 日

教育，就这样流进心田

"在雨中穿行于甘南草原，去草原深处美丽的甘肃民族师范学院宣讲，分享我作为教师的经历和感悟。感谢教育厅给陇原大地的教师设计了一个别样的纪念方式！教育的理想就是实现理想的教育，教师的成长就是教育发展的重要支撑！祝愿我们内心的那一缕阳光灿烂而有质感！"

这是省教育厅王孝军老师在"'四有'好老师"交流群转发的当日在甘南草原宣讲的西北师大莫尊理教授的一段心语。

"@王孝军 只因有了您这样充满教育情怀的设计者，才有了老师们交流和分享的机会。"情系宣讲的莫教授这样回应。"是呀！莫教授所言极是，情之所至，肺腑之言。"

夜已深，睡前忍不住走进省教育厅王孝军和王宁两位老师给陇原杏坛骄子开辟的这块精神栖息之地，看到莫教授情真意切的话语，这些天耳闻目睹留驻在心间的画面就一幅幅浮现在脑海中。就说王孝军主任，从顶层活动开始设计时的费心，到一一阅读百十位宣讲成员的报告，采撷经典语录；从培训的个个生动鲜活的实例，到潜心为大家伙儿提供报告素材，再到亲临一线做实时的报道，一言一行，一举一动，无不看出他对教育事业的一腔情怀以及对我们这一百多位宣讲成员的殷切希望和一片赤诚！还有王宁老师如邻家女儿般贴心地为我们做行车线路导引，耐心一一解答老师们的疑问。不难看出，"二王"老师在用自己真真切切的行动感召着我们，用实实在在的行动做我们前行的引路人！从做人的角度来说，首席专家也非他们莫属！

还记得吗？培训会议上王孝军主任摘录老师们的经典语录：一个教师的精神世界，就是一个孩子的心灵世界；让教师的人格魅力流进孩子的心田里，留在孩子们的生命里。我的教育我做主。

多么美好的教育感知啊！它着实撞击了我的心灵。这些美好的心语，一个教师大半辈子教育实践的真知灼见，哗啦啦地流进了我的心田。

这些天，我随时关注着群里的动态：宣讲示例的提供，宣讲注意事项的提示；老师们的担忧，"二王"的鼓励和解压；老师们现场图片形式的及时报道；王孝军主任这位像"快手党"一样的"前方记者"，对当日各地活动总结的美篇；一天，两天，三天……从预备铃响了开始，到今天的实战宣讲，怎能不让我"好好学习，天天向上"？用王孝军主任的话说，"今天，在充满红色文化和农耕文化元素的庆阳华池，在极具民族风情的甘南碌曲，在河西走廊的酒泉玉门……陇原'四有'好老师们用真情讲述着自己的教育故事，分享着教师职业的幸福和快乐，诠释着教师职业的神圣与坚守，一路走来，要'让教师人格魅力流进孩子心田里，留在孩子们的生命里'，'教育如同岁月和时间一样不可逆，我深知肩上的责任'"。

不难看出，从最东头的陇南，到最西边的酒泉，参加"四有"好老师宣讲活动的第一批宣讲教师用自己的行动，抒发着教育人对教育事业的情怀，倾心、痴心、赤心，如旋风般刮来，进驻我的心田，也留在了我的教育人生里。

我在想，不仅仅是我一个人吧！这个"四有好老师交流群"的每一员，无不享受着这种教育的滋养，感受着这种闪烁着思想光辉的教育的润泽。

我也在想，甘肃这片热土上有了这样一个积极、阳光、向上的群体，甘肃教育如何不夺目？如何不灿烂？

我还在想，"教育的理想就是实现理想的教育"，西北师大金敏教授的这个教育梦想，今日今时不正在一步步走进甘肃教育腹地；此时此刻，不正在陇原这片土地上遍地生根发芽，迅速蓬勃地成长吗？

真心为甘肃教育界有这样的行动点赞！真心为甘肃教育有这样的教育人点赞！

2018 年 9 月 4 日夜

一张甘肃教育的名片

广袤的原野，一次次创造中国神话的酒泉
冉冉升起一颗璀璨的教育之星
酒钢，闫桂珍老师
那，娇小的身躯
承载起满满的爱的教育真果
一个，两个，十个，一百个
一千个，无悔地把它们揣进莘莘学子的兜里
在少年们的躯体里，滋养成爱的洪流
融化成奔腾的琼浆，流向大江南北
什么是大爱无疆，这便是

陇上，这位女性教育工作者
朴素，是她的特质
可是，在我心底
她却是无法企及的一位精神贵族
朴实，更是她的名片
可是，在我心海的深处
她又是何其强大的一位思想富翁
爱的，一个忠实的实践者
桂珍，教育的光辉使者

前两日，名师群白银市姚金凤老师转载了酒钢中学闫桂珍老师的事迹，并感慨："闫桂珍老师的事迹，好感人！"一时间，名师 QQ 群沸腾了，庆阳五中徐彩梅、武威六中张纯秀、张掖马海霞、凉州区谢青花等一众名师发声："向前辈闫老师致敬！""向闫大姐学习！""从她身上深深感受到教育是一种信仰！""学习闫老师对教育的理解与执着"……我也在第一时间打开网页阅读了闫老师在甘肃教育界书写的动人传奇。

看，学生小白父亲病逝，母子靠低保金艰难度日，当小白接到江苏大学医学院的录取通知书，欣喜的同时看到还需交七千元的学杂费时，心却越来越凉。对于母子俩来讲，七千元无疑是一个天文数字。得知此消息，闫老师把白妈妈请到了学校，取出刚刚领取的两千元工资，塞到了白妈妈的手里。

再看，2001年和2002年由于闫老师带的班出了两名全省文科状元，酒钢公司连续两年奖励她六万元"特殊贡献奖"，对家中几乎没有存款的闫老师而言，这是一笔"长这么大还没见过的巨款"。然而，她却做出了一个让许多人不可思议的决定：给年级成绩最好的几名学生奖励一万元，给十九名贫困生补助一万元，给进步最快的几名学生奖励一万元，给正在上学的侄子、侄女各赞助学费一万元，自己只留了一万元。而平时捐助给学生的钱到底有多少，她自己也记不清了。

还有，于哲的父亲动手术，她捐助了三千元；蓝海霞从高中到大学，她共赞助了三千多元；刘震兴同学住院，她捐助了九百元；东北大学的王新同学生活费紧张，她寄去了五百元；她花了三百多元，给王宏同学买了一辆新自行车……

正如一位同事所言："她有一颗火热的心，她对学生的爱确确实实是发自内心的。"

她，把爱给了大西北的孩子。孩子们如是说——

"老师，您加班时不要再泡方便面，不要再啃大饼了。"

"每每想到您，心中总会涌出一股母爱般的温暖，与您相处的时光是我一生中永不会磨灭的记忆，真的好想当面对您说一声：您辛苦了，母亲！"

再看闫老师的家，客厅里摆放着一套木制沙发和一个茶几，都是结婚时用仪器包装箱改做的。老式顶灯，老式地砖，一面大镜子和一幅壁画，都是原来的房主留下来的。

家再简单不过，吃穿更是简单。一件穿了好多年的绿色夹克衫，竟成了她的标签。由于经常捐助学生，"家里的钱都折腾光了"。

看着一桩桩一件件掏心掏肺的感人事迹，感动，震撼，敬佩，景仰……一股脑的蜂拥而来，再次引爆心灵的小宇宙。其实，在 2014 年冬月的金城兰州学习班，我第一次听说了闫老师的传奇故事，"几十年几乎把工资都花在生活困难的娃娃们身上，朴素到参加全国先进表彰会都拿不出一套像样的衣服，好在当地教育局给做了一套新衣……"带着崇拜，带着敬仰，我专程拜访了闫桂珍老师。一见面果真如此，苍老的面孔，朴朴素素的衣着，许是长年累月的积劳稍有一点驼背。在一晚自然、亲切、朴实的交谈中，当我闻之她仅仅大我两岁时，我惊讶极了，不敢相信，在潜意识中一直觉得她至少有五十七八岁呀……她把一切都奉献给了需要帮助的孩子们，那一刻这个伟大的女性就定格于我心间。

今天，再次阅读闫老师的事迹，进一步感知了她的博大胸怀和大爱无疆的精神，我心潮澎湃，热血沸腾，故此赋诗一首，没想到投出的小石子，再次掀起阵阵涟漪。

酒泉中学霍军赞道："闫老师是实验爱的力量的爱迪生嘛。"

嘉峪关萧岩感慨道："家国情怀！"

庆阳段天喜道："向闫老师致敬！向桂珍大姐学习！"

工作室学员金昌常丽辉老师讲道："2014 年在兰州实验小学参加骨干教师培训时听了闫老师的报告，朴实的话语，真挚的爱，引得台下掌声阵阵。今天，走近姜老师，又一位名师浓浓的爱与强烈的责任心呼唤我们共同前行，焕发金昌教育新活力！姜老师，文采了得！"

我想今天不论是各位名师也好，工作室的年轻学员老师也罢，及时汲取闫老师的这种高贵品格，就是一种精神大洗礼，我们甘肃的教师就是这样成长起来的。

闫桂珍，甘肃教育的名片。

2016 年 12 月 11 日晚

八月的旋律

八月的美好
和微雨迎面撞个满怀
金色揣着希冀
奏响杏坛华美的乐章

一个发了芽的思想
播撒下一种情怀
一个坚实的行动
传递出阳光和快乐
陇原"四有"好老师宣讲
就这样欣然起步

美好的理想擎起坚实的信念
高尚的情操光耀出道德的天空
扎实的学识丰盈了知识的谷仓
仁爱的心曲润泽孩子们的心田
碰撞和火花即将握手
莎啦啦,莎啦啦
宣讲团队已悄然出发

2018 年 8 月 31 日

仰望那抹酒泉蓝

YANGWANG NAMO JIUQUANLAN

仰望那抹酒泉蓝

人与人之间，一开始相互吸引许是因对方的才华，让人舒服许是因对方的言语，但最后让人信服一定是因他的为人。无论认识多久，都想由衷地说一句，认识你真好。

——题记

那年，那月
逢着一抹最有味道的酒泉蓝
思想就被欢喜囚禁
摇摆的心绪渐次长出根须
伸向泥土，牢牢地抓住
字里行间的那弯浅喜
让痴迷跃上高度

很多，很多的时候
那抹酒泉蓝
是最早出发的晨光
玲珑的文字
捧起一滴夜的泪珠
让裂缝的天空
长出彩翼
飞向诗和远方

很多，很多的时候
那抹酒泉蓝
是最早睁开眼睛的星星

几行妙趣横生的小诗
点亮一盏心灯
让流浪的思绪
安然地端坐在
静谧的门槛

很多，很多的时候
那抹酒泉蓝
是最先说话的春雨
清新的思想
送来意味深长的雨露
让快要枯萎的一丝憧憬
疯长出几许鲜亮的嫩茎

很多，很多的时候
那抹酒泉蓝
是打头呐喊的雷电
闪亮的宣言
叫醒沉睡的血液
即将风干的那丝热情
奔腾出一江春水
让翩然
在泥土吐蕊

很多，很多的时候
纵然打马驰骋
追赶不及那抹酒泉蓝
我情愿被绑架

灌醉满地的干渴

让刷新的我

成为自己的太阳

面向大海

很多，很多的时候

就这样，就这样

喜欢踩着酒泉蓝的青天

踱着方步，吮吸咀嚼

将灿烂捧满一怀

长着苔藓的心

在静谧的时光里

安然打坐

"酒泉蓝"又名"行吟斯基"，亦名曰"哈里曼大叔"。"哈里曼大叔"早几年最常用，至今不解其意，大致和打小生活的阿克塞地区有关吧！仅是猜想而已，作不得数。而"行吟斯基"，望文即可解意，更何况整天瞅得见其在教育的道儿上如何行吟，这是咋也错不了的。且行且吟咏，是"酒泉蓝"如今日常的一种工作和生活的情态，每天不洋洋洒洒记录点酒中苑、天地间、教育教学的美好，把玩一下文字，恐怕心痒痒得难受，比不吃饭饿肚皮还难受吧！间或拿起毛笔，挥毫泼墨，和王羲之切磋切磋，和米芾交流交流，寄情翰墨，那个舒畅，惬意，恐桃花源里的人都不及他吧！

大家之风范，小家之情调，兼而有之。

既然此人已有自己心仪的笔名，两枚私人"印章"，那这个"酒泉蓝"又咋解释？

哈哈哈，不着急的，等我慢慢叙来。

这个"行吟斯基"，本名霍军，陇原中小学首批正高级教师之一，陇原知名教师，甘肃基础教育的大咖级人物。前几日刚刚结束了在南京召开的"中学语文深度教学与深度学习"研讨会，献上《锦瑟》一课。想必课堂上一定是妙语连珠，神采飞扬，勾魂摄魄，带着江南的娃儿们好好领略了一番西北风的强劲吧！因为我太了解了，此人才华之横溢，学识之渊博，授课之精彩，语言文字被他把玩得滴溜溜转，课堂出彩那是肯定的。更何况这是一个有着自己的教育思想、教育艺术、教育情怀的人；一个有着精深书法造诣的人；一个有着深厚文学底蕴的人！

酒泉蓝教学中的意趣，那飘忽不定的神思，可穿越时空，跟老子论道，跟杜甫叙旧，跟王维一块话山水，领着少年们跟着陶渊明登高舒啸，跟徐志摩论诗，跟朱光潜"咬文嚼字"、说古道今；还可穿地越域，跟狄更斯会面，跟契诃夫一起写《装在套子里的人》，跟戴维·格雷斯先生一起挖水沟，与贝多芬相伴……中西文化信手拈来，只要一张口，一落笔，瞬息就会俘虏你，让你拜倒在他的笔下，还会瞬息让你欣喜无比，瞬息让你来了精气神，瞬息让你喜欢读书，喜欢提起笔……其见解之独到，思想之深邃，表达之独特，文字之清新，颠覆常人的表达方式……自成一体的霍氏独家写作风格，一字一词精彩纷呈，一言一语灵动鲜活，一文一诗诚挚中肯，日复一日，几乎不缺席不爽约，和每一个日子对酌品茗。这一点无需夸张，更无需吹捧。很多很多的时候，那些横生的妙趣，捉住你的目光，逮住你的心绪，让你无法自拔，让你心甘情愿，被绑架、被挟持。

能做的只是一个劲儿，跟着酒泉蓝习文弄墨，涂鸦，涂鸦，再涂鸦……做他三千里外的弟子，云和月的学生。

酒泉蓝的那些具有深厚文化底蕴和才情的作品，我是一见就舍不得撒手了。每日浏览他的博客，欣赏他的"简书"，已经成了我的必修课。总想从他的"轻拢慢捻抹复挑"之深厚功夫中窃得丁点儿霍诗秘籍，丰润一下自家的三分薄地，让泥土疙瘩即便长不出沉甸甸的谷穗，能收获仨瓜俩枣也成，总比荒芜着要好看一些。

这是其一。其二呢？酒泉蓝是教育人，咱也是教育人，而且都是语文人，语文不分家，自然是一门。总想也借得那么一点神来之笔，像他一样做一个思想之独立，精神之自由的人，干点自己喜欢的事儿，让心灵有个栖息地。

其实，打开天窗说话咱也明白，知天命的年纪了，人家几十年读书写作，笔耕不辍修炼的功夫，岂是你一朝一夕得之的？

不过，话说回来，咱只要学，做个蜗牛，试着爬爬墙，总是一件有意思有味道的事儿吧！

看吧，酒泉蓝因为这扎实的功底，教育走得远、走得高是理所当然的。不光金陵行，九月底要参加"中语参"在成都的教育盛宴，还要在沪上及江南各地游学。我想，这不光是他个人教育生涯的起飞，也是陇原教育腾飞的一个标志吧！我想，他是凭借个人之雄厚教育文化软实力，最先挺进中国教育前沿之地——江浙沪，最先跻身沪派浙派名师行列，也是最有资格最有底气的陇派名师吧！如他所说——"我是来自甘肃酒泉的教育成果"，气定神闲中，透着无比的自信、强大的气场！

咱不会打官腔说官话，只照实说咱老百姓的话：西北有此教育人，长脸啊，长精神头啊！

这样的酒泉蓝，之所以让我将眼睛扛到树梢，委实是我"骑牛经过／野花张望的山坡"，让"滚动的眼珠／找个安静的角落坐坐"。

随着春夏秋冬四季的转换，酒泉蓝把酒泉中学的一花、一草、一树、一木、一叶、一色彩、一生、一师、一教育；酒泉地儿的一林、一鸟、一河、一地、一山、一水、一世界，淋漓尽致地展现在世人的面前。与祁连对酌的神韵，犹如春之圆舞曲，夏夜的多瑙河，秋之随想曲，冬之小夜曲，美轮美奂。

早春最先探出头的一棵嫩草，初夏的一只布谷鸟儿，深秋飘落的一片黄叶，砖缝里向上攀缘的一朵牵牛花，裸露地面上的一片打碗碗花……皆如他的宝贝孩儿一般，令他满眼生爱，喜爱之情跃然纸上。其间，一个出现频率最高的词儿便是——酒泉蓝，酒泉蓝……

我想，一个人对家乡的爱，都饱含在这个词里了吧！

故而，再命其名三，曰——酒泉蓝，想他不会怪罪我的鲁莽吧！

就是这样的酒泉蓝，让我情不自禁地隔段时日就下载他的绮丽小诗，打印后，放在床头枕畔，只要得闲得空，顺手拿来，品味琢磨，如沐春风，如饮甘露。

咱不妨欣赏一二："被一朵菊花看穿／我没有遗憾""让一串红叶带你逃跑／背叛缜密的计划""务必举起自己的手掌／让太阳登陆""早晨／就该踩着太阳流浪""下午的阳光／正好用来泡一壶茶""要是把每个影子拾起来／我能储蓄太阳"。

我想，一段文字，因有人读懂，而有意义；一首小诗，因有人咀嚼，便会产生共鸣；一个人，因有人欣赏，便是幸福。我想，酒泉蓝是幸福的。

这样的酒泉蓝，如果说他的文采让我膜拜，不如说其"转轴拨弦三两声，未成曲调先有情"。他为人的谦和，对他人的尊重，温润如玉，让人心生敬仰！如果说他的才华成就了他的天空，恐怕他的为人更成就了他的世界。就拿与人交流这点事儿来说，每每有文章发出，只要有读者发声，不论水平，不论身份，不论地位如何，他都谦恭对话。交流有回应，他做到了对读者的尊重；就是那鲜有的一点笔误，亦都及时进行修正……

礼节，礼数，修身。在燃烧自己的同时，也点亮了他人的心灯。

从他身上，我相信了教育真的是一朵云推动另一朵云，一棵树摇动另一棵树的事。很多时候，改变一个人，或者影响一个群体的，也许就是那么一句柔软、贴心、舒服的话。

@小学语文金昌姜辉莲 "关键是你最近的诗情，正在改变甘肃的冬天。看见你也在拾荒／我知道戈壁滩／也乖乖儿／进入了春天的花篮

被你看见／我的目光也变得肥沃／很咸，很甜／当我们目光交汇／江河回转／每一块贫瘠／立刻／都是良田"

酒泉蓝喜欢说"给自己一句好话"。不光对自己如此，也喜欢给他人一句好话。用他的话说就是："语言是存在的家园。"一个好的存在，必定住在一个美好家园里。

如果说语言是一扇门，推开酒泉蓝的这扇门，满是阳光、绿树、鲜花和空气，它能给人带来快乐、自信。

结识酒泉蓝这么久，由衷地想对他说——认识你真好！

酒泉蓝——甘肃教育响当当的名片。

天空展开彩翼
酒泉蓝踩响的脚步
发出飞翔的
宣言

2018 年 12 月 3 日夜

"诗"魂，就在这里

——拜师学艺杂谈记

诗者，师者！师者，亦诗者！

三四年前，发现陇原名师大家庭里有一位"行吟斯基"（霍军的一笔名），几乎日日在语文的教育路上且行且吟，借最鲜活的万物，用最新颖的霍氏表达方式，拿最独特的语言，歌唱生活，吟咏教育，不知不觉间便被这股清流裹挟，不管行吟斯基点不点头，应允不应允，拜其为师，开始涂鸦诗歌，在知天命的年纪跟着他玩起了现代自由诗。

今天是 2018 年末的冬日，盘点这一路芬芳的趣学经历，思绪万千，百感交集，故而书文以示纪念。

一路走来的这几年，几乎都是拿霍老师的美文与其对话，在三言两语或洋洋洒洒的行文对话中，丝毫不见其陈规的说教，老套的法子，空洞的大道理。当我独自咀嚼其一篇篇经典诗文，一旦触动某个神经便不知高低和霍老师隔空交流，甚至曾狂妄地说这样阅读他的百十来首诗，即可觅得"秘方"。咱不怕，是因这个人有着语文人"好好说话"的能耐；咱也不怯，是因着这个人有着极好的人文修养；咱不沮丧呀，是因着"哈里曼大叔"（霍军的另一笔名），不会硬生生将我拒之门外！咱也不因千疮百孔就丢盔卸甲，虽然低到尘埃，可一方"酒泉蓝"（霍军的别称）的青天任咱行。就这样，一路向阳，一路欢歌，在霍氏文风和诗歌的路上跌跌撞撞，痴迷奔跑。

你知道吗？探究了几年，谜底终究在 2018 年破解了——人家博览群书，脏腑里满满当当装的是诗书啊！一年 365 天，人家百十本的阅读量做基石，咱恐怕这辈子是无法企及了！

沮丧呀！有那么一段时间，自己的写作风格也丢了，霍氏味儿也没学到家，直接不去动笔了。盛夏"日晒焦泥卷"的状态，大家可曾见过？就那样。也曾为了现世的一些劳什子的东西捆住手脚，一度放下，放下了写作。

可你说，在空间里一看到霍老师的美文，活脱脱的美句就放在那儿，心不动就是假的了！于是，抱着学一点是一点的态度，抬脚又开始趔趔趄趄、磕磕绊绊地行走。呵呵，就这样，就这样，每日就那么一点诗歌的小餐，嚼几句时髦的新语，品几行有味儿的诗句，心悸、欣喜、启迪、认识、感悟、触动纷至沓来，和我握手言合，"爽约"从我的词典里被彻底删除了。刷新的我，即便跌坐在"寒冰玉床"的时刻，亦能拾起笔来，预约绿色的诗歌在咱的欢歌路上前行。

就这样，在即时的交流中，沿途渐次种下了一粒粒诗歌的种子，渐渐地吸足霍师的养料、水分、阳光和空气，开始生根、发芽、长叶。虽然最初的涂鸦有些稚嫩，甚至有些蹩脚，丑小鸭一般，但喜欢了，琢磨了，我想再嫩的茎叶总有一天会长得粗壮有力，蓬蓬勃勃！总有一天，热爱这两个字会写出来神采飞扬。因为，我痴醉地寻觅撞上霍诗的心跳，"捧住了你藏在醉颜下的妖娆"；因为"只要一粒细尘歌唱／土遇上了水的狂想"；因为"狄更斯站在眼前／呼唤我看见"；因为"在柔软的枕畔／我捧着崭新的一天"；因为我喜欢"一粒米咀嚼三次／擦肩一撞变成拥抱的痴迷"；因为我"愿意停留／让一个闪念镌刻成一篇碑记"；因为我"总想摸摸／睡在影子下面的月亮"；因为我想让"散漫的思想／也溜出来浪一浪"；因为"一口旱烟"都可以"吐纳满天霞光"；因为"你号召我越狱／你说／哪怕只要想一想用石头种花／也是好的"；因为你教会我"扛着自己的视线／向高处跳跃"。

这不，三四年时光里，不必说"我不摘菊，我只采一朵宁静"，不必说"最初的光，是最早发言的思想"，也不必说"在贫乏的土地上，生长繁华的思想"，单是"酒泉蓝荡漾着无限的快乐／绑架了我"，"脱口而出的感谢／在唇齿之间"，再也不会迟疑，再也不会摇摇摆摆。

感谢你"让一串红叶带我逃跑／背叛缜密的计划"；感谢你让我"抬头／数数云／看有多少爽朗的东西／已经收归我的心"；感谢你让我"有多少初见的惊喜／将我更新"；感谢你让我"这抹绿色／到你蓝色的客厅做客"；感谢你的"牛羊／咀嚼我眼里的荒芜／一言不发"；感谢你"犁

过的土地 / 在我的五线谱上种花"；感谢你让我"跳出所有的窗口 / 说，好 / 只有疯狂才够抵达"；感谢你让我"搜罗出一生所学的形容词 / 啰唆几句 / 给可爱的自己"；感谢你让我"一叶一叶读过去"，寒冬"也会比四月绚丽"；感谢你让我"踩着晴天 / 走啊走"……

2018 严冬已然来临，学生以金昌蓝的"映荷方式"迎接自己的春天。可好？

谨以此文，献给我的老师——陇原名师霍军先生！

2018 年 12 月 24 日

行走在诗歌里的人

"最初的光

最早发言的思想

最急切的表达

扑向最幽寂的心脏……"

2017 年，陇原名师霍军开启了芬芳独具的自由诗歌体的创作，这种创作随着春天的来临，夏天的将至，地缝间的几棵绿草，树荫下斑驳的光点，雨后的水洼地面，挤进书房的几抹阳光，绽放的银翘花儿，暗香浮动的丁香，风沙肆虐后的满地花魂，自由地无拘无束地疯长，变戏法一般地不断产出。可以说霍老师是一个文化见解和内涵极为深厚，咳唾成珠的人；一个与文字共舞，即时应景，随时流淌文字珍珠的人。

敬仰！

每天打开他的"简书"，阅之，总有一种欣喜，一份心的悸动。惊讶啊，这个人咋如此的灵性，日常的东西，一经他的眼，他的心，流淌出来的就是串串晶莹的露珠。那种自然，舒服到心底；那种奇妙的文字组合，让你不由得拍案叫绝，看看他能把蓝天想象成高考孩子们的"蓝色天鹅绒舞台"，舒展的云朵视为"丰润的白羽"，对孩子们的美好期冀，期冀孩子们"举起"它来，"向深情旖旎的海表白自己"。更叫绝的是"满天是纯净稿纸"，而"满怀是蓝蓝的心事"，不知道我的理解是否恰当，总觉得这句出神入化地描摹了孩子们点点的小紧张和隐隐的小担忧，而一个"蓝蓝"则更多地点出对孩子们美好的希冀。具象中更多的则是诗歌那种朦朦胧胧的意境美，那种飘忽的情感，任你来解读，怎么个都是美，怎么个都觉得有味道。字字珠玑，句句让你意想不到。其实，我也实在说不清这种美妙的感觉。

这不，这个人从去年最初的三五日一首，到如今的三五首一日，虽自己是个诗歌的圈外人，也从那日日的字里行间，感受到了他的长势，突进。有一天，突然就想到——这个在诗歌里行走的人所表现出的，一切皆因他心中有爱！对生活、对自然的那种无限热爱，眼到之处，心即到，情即到，真可谓集真、善、美于一身。对于他的每首好诗，我常常读了一遍又一遍，今天看了明天翻出来再看，喜爱之余，总是默默地揣摩把玩，时间长了，倒是参透那么点味儿。小到花儿草儿，大到世间万物，皆能说会语，能哭会笑，会思想啊！

你看，在这首诗中，"最初的光"也会"最早发言"，并且还会有"思想"，"你好"亲切自然中和"苍茫"问好，并且这是个"醒来的苍茫"，光也会画画，也会等待……真个如他所语，与文字共舞。

这不，常常看得病恹恹的我心绪飞扬，忘了病扰应和几声。也总想学学他涂几笔，反正自己高兴就成，全当解病的药引子——好心情。

还记得去年和他聊天，读了百十首他的诗，就是沾也沾了点气味儿，更何况我也是这么一个喜爱近朱的女子，赤色难道浸染不到那么一丁点儿？我不相信！

前几日发现，光是这种微博啊微信版的快餐式的读法，只能过过眼瘾解个心馋。许是老了没个记性，哪怕极为有意思有兴趣的，阅读了无数遍，只要摁了关闭键，眨眼的工夫就成为过眼的云烟。也常常恨自己，咋这样？脑袋瓜子储存记忆的功能难道被删除了，还是怎么了？

尽管是这样，还是喜欢。就想起看过的一个禅语小故事，具体记不大清楚了，只记得是一个老和尚让一个小和尚用装过煤的竹篮去河边打水，打了一次又一次，跑了一趟又一趟，从河边跑到庙里的大水缸旁，篮子空空如也，怎么也给缸里存不上一滴水，小和尚想不明白师父为何让自己做这样的无用功，就去问老和尚，老和尚说道："水是没打到，你看看篮子，起初黑黑的，现在不是变得干净了吗？它至少洗涤了篮子呀！"

我想日日的修行总会有点意思吧！不过，要想觅得其创作的秘方，还得想法子。读书，读书，读书……要想豁然，而达至开朗，同志还需努力啊！

这是不言而喻的。而在文法上，霍诗风格上，自认为很有探究……

这一日涂鸦的过程中，突然发现，纸质的东西还是耐看，特别是细节的东西寻味起来也便当，于是乎就干起了老行当，在纸上誊写下心仪的诗来。还别说，这种现代小年轻瞧不上眼的老法子，"老破车"，挺管用的，从琢磨、领悟到涂鸦，虽然吱吱呀呀有点慢，自我感觉抓了点小意思，不怕大家笑话发了朋友圈。

我想，只要我开始了，我行动了，我快乐了，就成！

野百合也有自己的春天。

我期待我自己的春天！

也期待在这种有鲜活生命力的劳作中，赶走病秧子，让一马平川的山顶绿意盎然，风光无限。

打心眼里喜欢这种随心、随性、随时随地、没有时空和地界儿的和文字和思想共舞的生活状态。胸无几多墨水的我沐浴着霍老师的春风，迎着他的夏花，但愿菊花开放的时节，那几多莲蓬，能收获几枚霍军味儿的莲子。

2017 年 5 月 8 日

话说"我就是一介书生"

幽幽的浓郁墨香呵
在和煦的秋日里
走戈壁，穿荒漠
翻越焉支山，跨过汉长城
从河西走廊千里之外
今日，顺达镍都①
那个，"我就是一介书生"
愣是煮了一壶书香酒泉
醉了，欢喜的我
也醉了，这个不起眼的寻常日子

生活，就这样在一介书生的铅墨中被晾晒成了甜甜的幸福。

今天，注定是忙碌的一天。一边上课，一边批阅期中试卷，明天要开家长会，这是怎么也拖不得的事。一早上没空喝一口水，直到午休时躺在床上，依着习惯翻手机，才发现有一条短信说是有快递到了，左思右想本人既没淘过东西，也没有谁说要邮寄东西给我，百思不得其解，眯了一会儿终是惦记着这事儿睡不踏实，耐不住爬起来直奔寄存点。我从一大堆快递物件中找到了一个包裹，第一时间迅速地在粘贴的单子上寻觅发货人，也没寻到个影子，翻过背面，一行粗体软笔字中"酒泉"豁然出现在面前，瞬息释然——定是前几日向霍军老师讨要的书有结果了！心咚咚跳着，快速地打开包裹袋，果不其然。那个喜悦，虽没达到杜甫"初闻涕泪满衣裳"的程度，却也有着"漫卷诗书喜欲狂"的几许心境，此刻在校园"白日放

①镍都：甘肃省金昌市的别称。

043

歌须纵酒"是万万不可能的,但是从《教师如何读经典》到《为什么需要感恩》,经《自我的故事》向《论剑——金庸武侠小说的武功世界》一路翻阅而去的狂喜,那是任凭什么也阻挡不了的。扉页上几行娟秀的小楷字:"辉莲老师——开卷高山流水,著书清风明月——霍军奉",本本字体如此,本本话语迥然不同。看着这些题字,看着这些书,我是百感交集,浮想联翩呀!不知在外讲学的他几时回的家,焦急等待着他归来的学生,即将面临的紧张考试,或许还有一大堆杂七杂八的事儿等待着他,居然对一个熟悉的陌生人在聊天中的一个讨请,实实在在、认认真真当回事了。翻阅着沉甸甸的一摞书,总觉得想说点什么,却又无法言说,终是汗颜地体会到了"书到用时方恨少"的滋味。只能将"百感交集"——最最能体现此刻心境的一个词,在键盘上铿锵地敲击出来。

这到底是怎样的一介书生?也只能借用其本人的话来说最为妥帖——"读书人,跟书私奔了,那是不由自主的热恋。"

无论是过往的阅读,还是此时的随手翻翻,字里行间潜藏着他惊人的阅读量,近乎苍白的我几欲逃之夭夭。陇上教坛象牙塔尖的他,面对祁连山脚下的同行,能如此相待,这究竟是一个有着怎样品性的人,叩响我那颗顶礼膜拜的心?夜深人静时,时常打开"霍军新浪博客"一路"溜达"着,边溜达边品味着不同口感的"菜肴佳酿",不能成寐。时常也惊叹,早已成了过目即忘,丢了"记性"的我,却总能记得他的那么多的话语。常常在阅读中,在他画面感极强的语言叙述中忍俊不禁,那个似穿长袍马褂逍遥游"国庆"的他;那个在课堂上情不自禁,在李白《将进酒》的诵读中疯狂淹没了自己以及在场学生的他;那个"来来来,再吃点,再喝点,菜放凉了才好吃"醉酒中和一拨"臭味相投"的同事们诵读余秀华的诗歌《我爱你》,谈说铁凝、汪曾祺、迟子建、俄罗斯女诗人茨维塔耶娃、聂鲁达的他。

我只能这样做结:

阅读,能让你悄悄成为你自己

我们的一顿菜钱，一天饭费
或许就可以买到别人一辈子的心血
这是，再划算不过的买卖了
有时候甚至不掏一个子儿
如此时的我

每个人读过的书大部分可能都被遗忘了
孩提时代吃过的很多食物
到现在大概记不起来是一些什么了
但可以肯定的是
它们中的一部分已经融入你的血液
日夜在血管里奔流不息
在指尖末梢，在头颅发根
在胸口心尖，在四肢百骸
成为支撑我们站立的坚硬骨头

读书多了，我们的容颜悄然无声地自然改变着
许多时候，自己可能以为许多看过的书籍都成过眼烟云
不复存在，其实他们忠实的如影随行
在你的言行中，在你的谈吐间
在你的气质里，在你无涯的胸襟和根深的思想气息里
思想在悄然行走

那些已经被阅读了千百年的经典
依然将精神时空，横贯千里
历代圣人贤士仿佛与我们
千里江陵瞬息相见，让我们亲聆所言
巴山夜雨共同话语，使我们目睹所行

同处一室，耳濡目染圣贤的言行

使我们变得深沉而非浮躁

清醒而非昏聩，深刻而非肤浅

于无声处中，海纳百川

思想致远，宁静中让我们的人格得到提升

而生命，更是得到重塑

2016 年 10 月 25 日

诗词中，一个痴癫的阿克塞人

又是一年三月三，"诗词"飞满天。

看看这个痴癫的阿克塞人，直接成了"诗词魔"了！霍师的诗词早间刚从微信朋友圈传来，没等回过味儿来，午间又一波文浪袭来，直接可以当饭吃了。

三月三。多好的一个日子。

蓝天，淡云，绿丝绦……哪个不是他的朋友？相机、眼睛热切地跟天地自然打招呼：你好，兰莹莹的天！你捧出一面明镜，是请谁来重新梳妆？你好，悠悠的白云，你洁白的身影邀谁自由走世界？你好，躲在铁栏杆下的嫩芽，探出头是酝酿妖娆？喂，摇曳的柳丝，天生的舞蹈家，起舞弄倩影，是邀贺知章？嗨，少年们！老霍可有脾气，不好好完成他布置的作业，看吧，等会儿会有一千个"文客"在天空吼叫，有你们喝的一壶"语文茶"呢！不过呀，老霍也不是老霍，跟你们少年一样，烟云一散，早跟他的老朋友米芾，他的挚友王羲之切磋杂谈去了，或者像喝醉酒的诗人在三月三的云头吟咏呢！

哈哈，哈哈哈……霍老师呀，就跟贺知章一样在诗词里癫狂了。

三月三，语文人一枚，除了表达再无大事！

早间诗歌午辞赋

漫卷飞舞

霍君的三月三

绿已是

肥得饱胀

红已是

站满枝头

2017 年 3 月 30 日

再一次投奔疯癫

2017年3月30日,发生了一件趣事,在诗词中疯癫的那个阿克塞人——陇原名师霍军,再一次投奔疯癫啦!

阳春三月的门槛拦不住凯旋的春天,索性不如敞开话匣子,好好和这个疯癫的痴人话痨一番——

霍军:

只有

只有绿色占领了你

春天才真正凯旋

我刚刚知道

我的生活发生了重大事件

青春私奔人间

泥土天真烂漫

还能承受吗

我的矜持底线

我的春草,我的三月

全套绿色裙衫

站在黎明的睫毛前

鼓动内心

再一次投奔疯癫

映荷:

这样投奔的疯癫,春日必是欢喜的

依着我看啊
行走在文海书地中
你是杏坛最痴的名师君
游荡在文学的天地间
你是陇原最美的诗词郎
一个绿色占领了的
阿克塞人
一个文学统治了的
阿克塞人
哦，阿克塞
一个遐想无边的地儿
如何造就了
一代陇上痴癫人

我，只能
远远地驻足

霍军：
姜老师此番才情，参透三月狂人。
我等语言回归春光，方得课堂三昧。与文字共舞，就是这个味道！

映荷：
其实呀，说实话，今春的我就像大盘跌到谷底了，委实也就是您的好
诗情，才激活了我三月阳春的眉眼和脸。
呵呵，好诗情，也是一味良药！

2017 年 3 月 30 日

春天里，语文人就该和诗词共舞

春天里，语文人就该和诗词共舞！

酒泉霍师具有哈利·波特般魔性的话一出，超音速即达戈壁金昌，击透一枚语文人！

哈哈，中弹啦！"嘈嘈切切错杂弹，大珠小珠落玉盘"的诗词盛会岂容错过？

这两天，甘肃省酒泉语文教学基地的QQ群里，有点小热闹。诗词中痴癫的阿克塞人，带着他的"酒泉语文公社"的一众弟子，嗨翻了三月的诗词天空。用霍老师的话说，语文老师该当时时玩词弄句，语文老师要抓住推敲、斟酌、品赏语言的机会，什么话到了语文老师嘴里都有滋有味。是呀，语言这个东西实在是美妙至极，愈玩味愈沦陷其中，绑架了你整个的世界，毫不犹豫！

咱语文老师一枚，岂能忍住？于是，情不自禁加入了酒泉语文公社春季叽叽喳喳对联对句的行列。（以下对话部分摘自霍军老师发布QQ群的文章。）

霍军：

有个敦煌老师，出上联：风吹党水鱼衔月。并注明平仄（平平仄仄平平仄）。说很难找到合适的下联。我试了一下，要结合敦煌地理历史风情，又要平仄情调。弄了半天不理想，呈上，你们都来试一下——不为无益之事，何以遣有涯之年？语文，填满岁月缝隙，情调是填充物。请试试吧。

风吹党水鱼衔月，壁舞飞天洞藏经。

风吹党水鱼衔月，日照金波岸举花。

风吹党水鱼衔月，柳荡幽人影戏波。

风吹党水鱼衔月，画染佛窟壁映沙。

风吹党水鱼衔月，日耀沙山道通天。

我的前四联，是仄仄平平仄仄平。第五联是仄仄平平仄平平。

崔强：好家伙，这么多！想到霍老师弹指敲键时候的眉眼欢展，心境曼妙了。想到自己曾两次爬玩沙山，亲临泉水，目送夕阳，告别那棱角分明的闪闪沙山，不禁来劲了，冒出一句：风吹党水鱼衔月，月照沙山驼摇铃。

刘俊林：风吹党水鱼衔月，雨润丝路柳含烟。

风吹党水鱼衔月，日耀金沙泉映天。

魏强：风吹党水鱼衔月，日映鸣泉浪涌沙。

风吹党水鱼衔月，壁画石窟洞写经。

霍军：风吹党水鱼衔月，壁画石窟洞写经。后句谐和胜我哉！这一波风吹浪涌，情思曼妙，敦煌壁画的多彩神韵纷至沓来，洞窟的神秘气息弥漫开来，鸣沙山月牙泉的神奇画卷悄然打开了。

张彦斌：风吹党水鱼衔月，佛拈柔沙谁听经。

霍军：风吹党水鱼衔月，佛拈柔沙谁听经。彦斌句妙，用词甚工。可平仄没啦！

张彦斌：看来还得讲平仄，否则音调不和谐。

霍军：彦斌的调侃有趣！我又拾起先前的对句：

风吹党水鱼衔月，月照沙山泉映梦。

阿崔：那一弯月牙泉，曾让全球多少人魂牵梦绕，不远千里万里，跨海越洋来一睹她的芳容神姿啊！霍老，这句怎么样——风吹党水鱼衔月，月照沙山梦追风。

……

霍军：语文老师该当时时玩词弄句。我们自己辞章精良，下笔无碍，出语新鲜而不老套，直接用语言捕捉生命中最真切的体验，才可以让自己变成语言家园的合格守护人，才会不经意地在课堂的每一个环节里流溢出语言的营养，好像空气自然使人活，清水本来让鱼游，让学生得到"语言实惠"。

所以要教语文。语文老师要抓住推敲斟酌品赏语言的机会，就该不依不饶才对……

映荷：霍老师真知灼见！道出了语文人该如何提升自己语言素养的真谛。又是这个阿崔，一池春水嗨翻天。霍风过境绿意浓，塞上桃花点点红。

霍军：我们阿崔还有点儿性情吧？姜老师！

映荷：哈哈，你的吹皱春水的一众徒儿，性情这个歹娃就是再没个样，面对这催红吐绿的师徒们，胆儿肥得细，肥得腻，肥得词花句草们，相邀来赴诗歌的春天盛会了！

近两日把霍军老师和他的一众弟子的对话分享在了我的工作室QQ群，就是希望群里的三十多位语文老师们也能从霍名师和弟子切磋诗句的对话里有所发现，有所思考。

精妙诗句就是借助阳气升腾的春日，借助霍名师的提点和指导而来的。特别是霍名师最后的话语，真想完完整整记录下来，舍不得删去一个字半句话，多好的一堂名师启迪课呀！道出了名师的切身体会——

语文老师该当时时玩词弄句。

语文老师要抓住推敲斟酌品赏语言的机会，就该不依不饶才对。

春天里，语文人就该和诗词共舞！

但愿，我的一众弟子也能被这篇对话激活语文人的语言天赋！做一个与诗词共舞的语文人！

2017年4月2日

今日酒泉中学之诗歌事件

哈哈，哈哈哈……

这个霍老师，太有意思了！

谁都知道，再过五六个月就要高考了！随着倒计时开始，各个学校高考前的紧张气氛从校园里、走廊上、教室里处处悬挂和张贴的一幅幅"战前"宣传标语可窥一斑。这一道道独特的景观，经霍军老师点缀，呵呵，紧绷的神经不由得你不放松片刻。禁不住想借用这些豪迈语言，和所有关注高考的人士一起来感受一下此刻学校、教师和高三学子的雄心和壮志。

黑云压城，墙头
旌旗十万，战事吃紧
壮士扼腕踏征程
学练并举，成竹在胸
敢问逐鹿群雄
今何在

桌前，莘莘学子埋头勾首
战题海。静无声，气息凝
师生同志，协心攻关
笑看燕赵魁首
谁人得

苦心志，明方向
争分秒，人不寐
攻城夺战十数载

一朝中举，创佳绩

报父母，校威扬

江山如画

　　今日酒泉中学考试，有意思的是霍军老师睁开他那双慧眼，对这些激励学子们发奋学习的标语感了兴趣，有了发现，欣然赋文，连图发群。乍一看，没觉得，细一瞅，呵呵，好个他！随借其图意和诗一首，丰腴一下疯一样生长乏味的百草园——霍军称之为的诗歌事件，权且遥祝所有的莘莘学子，高考顺遂吧！

2016 年 12 月 16 日

光影里的语文世界

光的好看彩笔，给树梢晕染了一抹嫣红

瞬息羞怯了树们

顽皮的雀儿

追着光的脚步

赶脚儿做客些许冷清的

秃了头的树的村庄

清亮的歌喉

可着劲地闹闹腾腾

吵醒了

静默的冬日

惊得

书屋里的哈里曼大叔

轻轻地点击着心的键盘

和鸟儿们树友们絮叨着

冬日的万千心绪

哎呀呀，不得不说这个哈里曼大叔是一流的摄影人，瞧瞧，篇篇美文皆有相映成趣的配图，钻进光与影的世界里，找寻最美的世界，最美的自己。

灵动的文学人？特质的摄影家？还是杰出的语文人？一花，一草，一粒沙……只要出自他手，就有了光鲜的生命，靓丽的色彩，生命的温度、高度、厚度、广度、感光度、回甘度……阅读这样的配图美文，不得不抛下一切妄念，回到一片干干净净的叶子里，用叶脉里的河流和山川洗涤自己；回到散发着油墨香味的书卷里，让一行行铅字丰盈自己；回到安静的书桌前，用键盘好听的声音书写心曲，有朝一日如哈里曼大叔一般跌进光、影、文字的世界里，装裱出精美的日子。阅读这样的美文，真想站在一片除了绿色还是绿色的草地上，像一个好看的书生那样，寻觅属于自己的欢喜。

何其幸运！一路有你。

2016 年 12 月 5 日

拾不起的日子
——给精神的贵族们

片片浮云

努力追逐着，那

幽蓝的海

翻卷着

贪恋成片

猛然间，跌碎了

实腾腾地砸在

淤泥横淌的心房

溅起的

是拾不起的日子

2016 年 12 月 7 日

评海拾贝

——2018 年自己最喜爱的文学评论

再见了，2018 年！

岁末年尾，盘点阅读霍军老师的博文，采撷与霍老师交流互动的零星的语言片段，一是表达对陇原教育第一人霍师的尊重和景仰之情，二是回味一下作为一个学习者极有趣味的学习过程。

希望，愉悦自我！提升自我！在 2019 年遇见最好的自己！

★ @ 高中语文酒泉中学 - 霍军

语文人，用语言和思想让自己高大挺拔！

西北的一棵钻天杨，就这样挺立着，似璀璨夺目的"东方明珠"！

"想学的东西太多，来不及啦。"一句多么美好的语言。朴素，简单，却直抵灵魂。好生欢喜！

★ 此时，在西行的列车上，伴着隆隆的响声，阅读美文，想想昨日渭源二级工作室的活动上，体味霍君昔日所语——"站在荒凉的土地上，生长繁华的思想"——在这个春天里，作为一粒种子，种在学员们的心田里。

好踏实，同样好欢喜。

★ 霍君，把读书——世界上最低的门槛，做成最高贵的举动。

读书的你，引领娃娃们读书的你，启迪娃娃们如何登上巨人肩膀的你，是世间最美的杏坛人。

★ 一个语文人，就这样踩着一页一页铅字纸，一本一本墨香书，用自己鲜活、靓丽、晶莹、剔透的语言实践，登上了巨人的肩膀！

2018 年 12 月 22 日

有思想的烟雨

YOUSIXIANG DE YANYU

一个长梦的地方

2018年9月17日，在温润的江南秋雨中，甘肃省陇原名师主持人能力提升高级研修班，在国家重要科教中心——自古文风昌盛的南京市正式开班。

每天的学习日程排得满满当当的，虽身处享有"天下文枢""东南第一学"美誉的六朝古都，却并没有闲暇时间溜达。在这儿只是想把自己每天的一些零零星星的偶遇、趣闻、杂感用笨拙的笔记录下来，也算是江南之行的一种精神慰藉吧！

一个长梦的地方，一次长梦的研修活动。在开班仪式上，甘肃省教科院李丽娟所长致辞，建议名师们做"三好"学生，即做好名师，当好学生，交好朋友。

这个建议正合我意，蛮喜欢的！

这不，早餐十分钟，结识了扬州名师王清。小谈一番，关于名师工作室运行的收获及三五点建议。

挺好！

当然开篇还是想先说说咱北方的女子在江南一样娇艳！瞧瞧，杭州铭师堂教育科技发展有限公司西北片区经理，竟然是咱甘肃静宁的丫头——路小明，颜值高，气质佳，能力强，由她参与组织此次家乡名师的高端研修活动。

是不是得自豪地为咱甘肃的妹子点个赞？

忘记了是哪首歌，有一句词儿"眼泪变成雨就会落下来"。今天江南的雨淅淅沥沥，却让我真真切切感到江南人的教育灵气和教育智慧，那种为教育流淌汗水，仿佛凝结成一朵云，一朵推一朵，最后成纤纤雨丝飘飘洒洒飞落下来，润泽成就了底蕴丰厚的江南文化。

过去如此，今天依然如此。

古往今来，一丁点儿都没变！

发此感慨，也是自己不经意的思想流露啊！

且看，今天的主讲们——

孙双金（情智教育创立者），哈哈，是"送双金"？还是"送爽金"？

一个会讲教育故事的人！

一个用鲜活教育实例说话的人！

对我而言，一场报告，经典思想有二：

其一，好教师不是"管"出来的，而是"发掘"出来的。

其二，做一个思想灵魂的自由人。

尤其是第二点，咋就说到我的心坎坎里了？这"双金""送"的的确"爽"啊！看来，我和大师的心灵还是有点小感应的。

宋运来（著名特级教师，儿童漫画作文创始人），嘻嘻，是不是"送运来"？

经典语录，撒了一波又一波！

没法子啊，谁让人家底气十足呢！这些经典语录，可窥一斑。

★学校是长梦的地方。

★让阅读像呼吸一样自然。

★小事件里大学问。

★唤醒那个沉睡的我。

★为有意思工作，为好玩工作。

★简单，即为不简单。

★扎扎实实写真话（从"教后记"中寻找深刻的"反思"）。

★在阅读一本又一本，一年又一年"学生"这本书中，走向幸福快乐的教育。

每一句话后面都有着一个发人深思的教育故事，渗透着一个深刻的思想主张。

桨声里的秦淮河畔，的确是一个长梦的地方！

不说李白客居此地，留下关于南京的诗作近二百首，单是题目中包含

"金陵"的就不下 20 首，著名的诗歌《登金陵凤凰台》《金陵酒肆留别》就是最好的见证。诗人刘禹锡的《乌衣巷》更让人心生一丝念想："朱雀桥边野草花，乌衣巷口夕阳斜，旧时王谢堂前燕，飞入寻常百姓家。"那个南唐后主"千古词帝"李煜，更是留下了"问君能有几多愁，恰似一江春水向东流"的千古名句。更别说曹雪芹的红楼一梦，金陵十二钗了。所以有人感慨，秦淮河水含金量实在是高，随便的一掬都浸透着一缕烟雨里的文化气息。甚至感叹南京街头的贩夫走卒、引车卖浆者都散发出缥缥缈缈的"六朝烟水气"，忙完活，还要"到永宁泉吃一壶水，回来再到雨花台看看落照"①。

唉，絮絮叨叨，桨声里的秦淮，怎不让人心摇神曳？灯影里的河畔，怎不是一个长见识、长知识的地儿？

好歹，忙里偷闲，我还是温习了一次秦淮文化。

一天的学习即将结束，却意外飞来了点小惊喜！宋运来老师带领我们走进他的办公室，哈哈，咱也在此拍张特写，沾一点点秦淮老师的教育灵光，借一点点江南老师的教育智慧，好歹在自家美篇封底露个脸。

何如？

2018 年 09 月 18 日

---

①摘自《儒林外史》第二十九回。

生命的怒放

炫，炫，炫，这是江浙名师们给我留下的最为深刻的印象。

炫，在字典里有两种解释：一是晃人的眼睛，比如炫目；二是夸耀，比如炫耀，炫示等等。

在江浙名师身上，我看二者兼而有之。一出场"派头"十足。"标配"不是著名特级教师，就是长三角最具影响力的名校长，某某市明星教师、十大名教师。标配的强力支撑就是自己的教育主张、教育思想、教育研究专题，比如"童漫作文""情智教育"等等。"豪华配置"则不是国培专家就是教育部教研专家成员或者高考命题专家。信手拈来的话题，博大精深，灿烂炫目，令人不得不心悦诚服，不得不仰视，不得不心向往之。而随后的专题教育讲座也好，教育思想交流也好，教育主张论坛也罢，说起"主粮"是口若悬河，振振有词，道"杂粮"更是侃侃而谈，铿锵有力。从中不难窥视其专业的精深，拓展的广博，言谈举止中自然流露出一种教育自信，一种教育骄傲，一种教育自豪。

这种十足的底气，从何而来？

"嚼得菜根，做得大事"。这是他们教育人生的真实写照。几天的学习，聆听，观察，思索，翻来覆去，思来想去，在这些江浙名师身上，除了如中国长三角最具影响力的校长陈峰所讲的教育人专业层面的基本素养外，最最重要的是在他们身上所折射出的精神层面的东西，不得不让你"醉氧"。看看浙江名师吴江林，这位教育部基础教育司高中校本教研专家组成员、高考命题专家，谈起名师工作室建设，一组组大数据，一个个经典实例，道出了他"漫"长的名师"求道人生"。

一年三百六十五天啊，他只给自己放三天假。什么概念？对他而言，没有双休日之谈，没有寒暑假之说，也没有夜半子时就寝之事，更别说年节假日。所有这些日子，通通在他的日历上抹去了。这让我想起"国乒"队，

"大魔头"王楠，"冷面杀手"张怡宁。他们所代表的国家队也好，个人也罢，在世界乒坛厮杀所向披靡，几乎战无不胜。能量的爆发，技术的精湛，不都是在一天天、一秒秒的时间积淀中叠加的人生价值吗？不都是在一日日、一分分、一秒秒的时间长河里，寻找自己的人生真谛与信仰吗？

他们是一群怎样的人？一个学生，一堂课，一项教学设计，一张学生试卷，一道学生错题，一个教育漏洞，一种教育现象，一个教育故事，一篇教育反思，一本教育杂志，一本教育图书……他们徜徉在教育天空里，学百家而后自成一家；他们一生只做一件事——专心专注于教育，反复锻打、抽取属于自己的教育实践性智慧，专注于自己对教育本质、教育思想系统化的深度思考。他们主动而积极地凝练个人的教育主张，在漫长的教育经历中努力提升自己，践行着"不一定成思想家，但一定坚持做一个思想者"的诺言。他们用全身心在提炼及践履自己的教育主张和教育思想。

在教育的这片沃土里，他们忘记了时间，忘记了自我，一味地向上、升腾，聚合智慧，互惠共赢，建构教育之魂，缔造教育之魄。

这就是江浙名师三百六十五日与三的关系，一百二十二比一的关系，四个月与一天的关系。

炫，炫，炫，怎能不为人认可？

炫，是他们用时间、学习、实践、追求锻造而成的；炫，是他们用滴滴汗水凝聚，汩汩流动的心血滴灌而成的；炫，也是他们崇高的理想，美好的追求孕育而成的。

他们是经验共享的教育者，名师队伍引领的火车头，学科难题攻坚的先遣队，学科思想孕育的孵化器，成功经验分享的宣传员。

这种炫，令人敬仰！

这种炫，不仅仅是喜欢，更是教育生命的怒放！

2018 年 9 月 24 日中秋节

你，明白我的意思吗

你明白我的意思吗？……你明白我的意思吗？……你明白我的意思吗？……

这位叫丁玉祥的是南京市秦淮区教师发展中心副校长，南京市名校长，江苏省名师"送培"专家，讲课非常有自己的特点，还有一些小可爱！尽爱说一些大实话，每讲完一个层面的东西，都要身子往前探一探，瞅着你，诚恳地问一句："你明白我的意思吗？"

这一两句的捎带话，难免让听讲座的名师们稍稍有点不舒服，似乎高傲了一些。可我还是蛮喜欢他的，因为我能懂他的意思。一个特别有自己教育主张、见地，一个蛮真诚的人，一个在有限的时间内恨不得把肚子里的东西通通掏出来给你的人。说了几句大实话，我是不介意不见怪的，不就是一个尽心竭力想拉你一把的人吗？情之深，意之切，言语未免直白了一点罢了。

言之凿凿的他，从头至尾反复强调——名师得有自己的教学主张，草根教师也应该有自己的教学主张。

很庆幸，虽然我是身处教育象牙塔最底层的一名小学语文教师，但在三十多年一万多个教育日子里，在课堂上，在我亲亲的学生娃娃们的作业本本上，在校讯通殷殷的温馨话语中，在班级微信群和我亲亲的家长们恳切的交谈中，在从自己第一本到第二本的教育专著中的字里行间渐渐凝练出了自己的教育主张：首先让学生喜欢你，进而喜欢你执教的课，到痴迷你所任教的学科，从而真正喜欢上学习，乐在其中，欲罢不能，一生满怀热情地去做这件事——学习。

对我而言，一个语文教师就是要做到让孩子们醉在阅读，跟着你欢欢喜喜写作。要知道浩如烟海的知识，你一个小老师哪能教得完呀！让学生娃娃们喜欢上阅读，喜欢上学习，把学习变成自觉主动的行为，一种自我陶醉的行为，一种自我享受的行为，还愁个啥？这才是教育的真谛。

今年春天，去民乐县教的《儿童诗学习与欣赏》一课，就是最好的见证。一堂课下来，陌生的一大群娃娃们超级喜欢我，喜欢跟着我这个陌生老师做童诗，阅读中外童诗。多好！多美！

这还不说，我还圈了一大波粉丝回来，我们随时交流教育话题，教育就该是这个样子。

话题扯远了，此次江浙一行，长三角地区最具影响力的学正小学陈峰校长，一语点醒梦中人，"每个教师都应有自己的教育哲学，它虽缄默不语，但植根于教师的灵魂深处。它就是那只看不见的手，决定着每一堂课的风格、特色和质量"。这让我读懂了自己，清晰地再次认识自我。

也感谢这位赶着时间，超级有责任感的丁玉祥校长，让"模糊"的我变得"清晰"，让"碎片"化的教育思想、教育主张、零零星星的教育理念凝练成"整儿"，接上地气，贴着地面步行，而非云端跳舞。

你明白我的意思吗？

我，明白了。

很庆幸，此生有幸相遇。

2018 年 9 月 24 日　中秋之夜

如此，安静的你

生如夏花之绚烂，死如秋叶之静美。

喜欢阅读的人，想必不止一次遇到或玩味过这句经典诗句。而我每每读到时，那个满脸络腮胡子披着一头银色卷曲长发，眉头略微皱起眼神深邃，慧心睿智的文学泰斗总是即刻浮现于眼前。

他便是印度诗人泰戈尔。夏花与秋叶，泰翁对自然界的生物生与死境界的细微观察，深度思索，高度凝练，之前我也只是停留在潜意识中的一种朦胧的感性认知阶段，只是觉得美得深邃，美得有意境，至于秋叶之如何静美，并没有什么切身体验，对文字所蕴含的深层的内涵和真谛，也并未曾有过多少思索。

这次江南研学之行，街角也好，小道也好，甚或是一条浅水湾也罢，偶遇这样的真实场景，那惊鸿一瞥，瞬时便有所顿悟。

短短的几天江南之行，在我的手机相册里，说真的保存最多的，也最让我感怀的就是江南的片片落叶。随意走到哪儿，它总是那么吸引我的眼睛，让我挪不动步子。之所以这样，因为猛然发现，江南的落叶无论从高处落下来的过程，还是无声无息地躺在地面上，一样是安静得不能再安静了。

不经意间的一个转身，一个抬眼，就是惊鸿的一幕，一片叶安安静静地从枝头悄无声息地落了下来，安静地躺在地面上，没有一声叹息，没有一点呻吟，展示着一种异样的美丽。

离开了生养自己的树干，静静地向下落去，没有一丝回头，似乎有些毅然决然；离开了一生的栖居地儿，没有撕心裂肺的哭喊；离开了兄弟姐妹，不曾挥手带走一片云彩。

从俏丽的枝头无言地落下来，就那样静静地待在草丛里，湿漉漉的石板路上，大树的脚跟下，安然地等待着最后一丝艳丽色彩的蜕变，融入土，化为泥。如此的宁静无声，如此的超然物外。

这一场景，深深地震撼了我。

这样的叶，每每遇见时，总是难以名状地触动着心底的那丝柔软，让我呆立许久，不忍离去。

驻足，停留，对视……那是怎样的一种感觉啊？我实在无法用自己苍白的语言来描述它，来形容它。

一片叶，如此安静地坦然接受生命的消逝，是一种向生而死？静待岁月？……在和叶的静默对视中，交流中……一次次感受着叶们那份生命的豁达，那份逝去的静美。

"一花一世界，一叶一菩提"此时便也有所感悟了。

真正的一叶一追寻哦！这江南的叶，生与死都有着各自的美丽。从发芽的那刻开始，从春到夏站立枝头尽情释放着生命的炙热，焕发着活力与激情，如夏日绚烂之花，即便在似火的骄阳下，也粲然一笑；秋之来临，全然怒放着生命的华章，描绘着世界的五彩斑斓，尔后安然赴死，再无凡尘的一丝杂念，静静地等待化为泥土，进入下一次生命的轮回。

或许也是凡夫俗子的我还没有完全读懂它，羊知跪乳之恩，鸦有反哺之义，于它们而言，大地母亲孕育的滴水之恩，该当涌泉相报。此种美德，难道不让人肃然起敬？由此亦想到，一片叶尚能如此，人类呢？

思量了又思量，这江南的叶，一片，两片……青绿、嫣红、金色，不同的叶都安然完成着自己的使命。较之北方的叶，西风起，呼啦啦，打着旋儿飘然而落，似万般留恋这短暂的生命；或前赴后继，纷纷扬扬下起金色的叶雨，流落沟渠，魂洒疆土；或哗啦啦，哗啦啦……呐喊，呼叫，似与命运抗争着，总是多了那么一份悲壮，少了一份从容。

南北之叶，竟然如此迥异。见惯了北方的叶，蓦然回首，南方叶的那份淡然，那份恬静，更让人感念生命的自然流淌和轮回。不是吗？它们在阳光最饱满的季节俏丽枝头，如奔驰、跳跃、飞翔着的生命精灵，以此来诠释生命的辉煌灿烂。而生命短暂的炫丽过后即将到达它的终点时——既然无法挽留，无法阻止趋向衰落，趋向死亡——就以这样的静美之方式，完成生命最完美的乐章。

"袅袅兮秋风，洞庭波兮木叶下"，以这样的平和和达观去面对原本可怖的死亡，如何不静美？如何不让人肃然起敬？

既然炫丽的生命终究无法持续，一切遵循生死轮回的自然法则，那么将生命化作一幅静美的画，岂不是江南落叶的一种大智慧，大勇气？

叶如此，人的一生呢？

从生的那一刻起到死的那一刻，相比生存不足二百来天的落叶，实在是太过漫长，太过漫长。然而几十载人生，于人类而言却又是那么短暂。一辈子，几十年，无论有过多少的悲欢离合，多少的无奈缱绻，多少的辉煌灿烂，当我们走向暮年，有着江南落叶超然的心境，正如佛语所说：一花一世界，一树一菩提，一笑一尘缘，一念一清净，心似莲花开！

2018 年 9 月 25 日

捡回了，满口袋的"花布"

便宜占大发了，哈哈，哈哈哈……

江南研修一行，我还背回来了一大口袋"花布"，收获满满，连睡梦里都会笑醒的。

不捡，白不捡啊！那"花布"呀，到处都是，随处可见，随地可捡，可心得很！再说了，几十年遇上一回，摊上这样的好事，手脚不麻利，那咋成？损失超级大了！

看看这块荷叶"花布"，深绿，浅绿，翠绿，说不上名儿的绿……颜色水嫩得滴着露珠珠。用它做一款花布衫，剪个小圆领，荷叶五分袖，掐腰民国风的小布衫，再搭条黑色七分裤，垂感强一点的那种，走在街上，摇摇曳曳，婀娜多姿，回头率定会爆棚的。

不信？你问我来。

再看这块砖"花布"，超级有质感吧！

暗色的原石做底色，不规则几何图案的边沿添几抹新绿，提高了几个亮度，质朴中透着一丝华贵、几分清新，用它做几件简约风格的现代版衣服，脱俗。穿在身上，抬头，挺胸，做神情冷漠状，迈脚，走几步猫步，酷酷地耍耍大牌，咋样？

这块绿叶一顺儿朝下的爬山虎"花布"做什么好呢？让我想想。有了，有了。家有小孩子的，书桌前的飘窗挂个这样的帘子，娃娃家家的看书时间久了，抬眼看看，好养眼的啊！

不错，不错。

这块独特的花布呢，做什么最好？

噢，讲究一点儿，拿到装裱店装裱一下，挂在书屋的墙上，让绿藤长在墙上，读书写字视觉疲劳了，瞅瞅盎然生机的它，好似待在天然绿色氧吧里，呼吸几口天然的味道，不醉氧，也是精神倍儿棒吧！

解乏，解困。

再说了和绿色的帘子协调得很，书屋布局装饰整体感强，真是一个特别好的主意。

你喜欢它吗？反正我是特别喜欢。

噢，给年轻的妈妈做件啥衣服好呢？

这块鲜亮的绿色基调的花布，我看是不二的选择。你看，鲜绿的嫩叶被阳光照射得透亮透亮，叶儿整个儿似乎要长出来似的，再有星星点点的几片橘色花瓣做个点缀，艳而不俗。夏天，用它做个连衣裙，绿色随身行，凉意天然成，太阳公公也不敢把你怎样。

这款新型衣服，可是科技含量极高的哦！

试想一下，把这块不规则图案的超有内涵的花布花样设计成地板格，铺满客厅，不敢想了吧？再放首《春天奏鸣曲》，有客来访，是不是有直接将客人引到山野的味道？清风徐徐，鸟儿在鸣，花儿在笑，走在山间小路，满目青翠，那是何等的惬意？

你看，高兴的光顾着女人、娃儿和家了，男士们得有情绪了。慢慢来，不要着急。江南烟雨，最好的一点就是一样——眷顾自然众生。哪个都不少，哪个都不落下。

这块布料还不错吧！内敛，挺括，沉稳，大气，用它来制衣，男士穿在身上，自信满满，不高大上才怪呢！

这块呢？还有这块呢？……看花了眼，挑花了眼，瞅进眼里拔不出来了吧！哪块都想拿了吧。

江南就是好！无须大把大把掏钞票，就让我白白捡回来这么多块花布，想做什么衣服就做什么衣服，想在哪用就在哪用，我的便宜是不是占大发了？

难怪乎出门在外的书生娃娃们，一个个飞出去，就不打算回来。

大自然这个魔法设计师呀，不知道肚子里藏了多少奇思妙想，借几丝微风，顺几缕毛毛雨，魔法杖一挥，几抹新绿从石头缝里蹿出，撒几把花蕊，制成了一块块——不——成千上万个花布式样，任你挑来任你捡，一点都不吝啬，大气得很，只要你的包包装得下，肩膀结实有力背得动，称心如意没的说。

最最重要的是，半个毛票都不收，划算得很！

惊喜吧！你，偷着乐去吧！

兜里没钱，囊中羞涩一族，在这里完全不必心慌，不必气短。

在风情万种的江南，走大街，串小巷，只要你眼里有景，心里有情，随地拾"金"，美好生活不难创造！

2018 年 9 月 27 日夜

有思想的烟雨

　　这个时节去南方，多情的江南呀，会送你一份料想不到的超级豪华大礼包——别样的江南烟雨。

　　那烟雨呵，也是极为有个性的。

　　整个空气里氤氲着，弥漫着，拧一把似乎就要掉下水珠来的雾气，潮湿，温热，浑身黏糊糊的，一整天黏着你，从头到脚包裹着你，想挣脱都挣脱不了，想甩也甩不掉，温润似水；可不知怎的，在你还没觉察到一点点的迹象时，闷声不响中气势就来了，发作起来也挺让人吃惊的。

　　好歹我有先见之明，去时查了天气预报，有那么几天是"雨"。便早早做了准备，带了一把伞。

　　五六天来，整天交替上演着两种状态的烟雨——或氤氲漂浮，或垂直而落；展示着两种迥异的个性——或温柔似水，或直抒胸臆，噼啪暴烈。特质不同，似乎完全不在一个频道、一个国度，可是偏偏它们又都是同一种事物——雨。

　　烟雨蒙蒙当然是主旋律，基调不能变。同行的伙伴打趣地说，这就是学习的天气啊！

　　那是怎样的一番景象啊？极为极为细小的雨珠儿，飘啊——飘啊——悬浮在空中，慢慢悠悠，自由，自在，想走就走，想停就停，随意随性地在空中踱着步子。是琼瑶笔下迷倒万千少男少女的那种雨——像雾像雨又像风。

　　你明明知道它的存在，天在下雨，可就是抓不着，摸不到。好玩的是衣服呀，头发呀，如果没有时间的叠加，雾气努力地抱团，是一点也感觉不到天下着雨。只是时间长了，衣服潮潮的，发丝润润的，脸蛋儿也沐浴得干净、绵软。

　　这样的蒙蒙烟雨，只有坐在车窗边，疾驰时产生的气流，让你感到几丝斜风，几丝发亮的细雨。这种时候，你完全可以把心揣在肚子里出门。年轻人走路上班，美女们逛街，老头老太太们遛弯，一切皆可，很适宜。

当然，在文人眼里就是诗意了，一切皆朦胧嘛！

此时倘若独自彷徨在悠长又寂寥的雨巷，虽然没有戴望舒的艳遇，逢着一个打着油纸伞，丁香一样结着愁怨的姑娘，信手拈来一幅水墨画，那还是再容易不过的事儿。

墨瓦，白墙，墙根土坯上绿色的苔藓，湿漉漉的青石板窄巷，缝隙间挣脱而出的几缕嫩绿，一幅江南极品水墨画就这样呈现在了你的眼前。欣喜瞬时会从胸腔里蹦跳而出，那是怎样的勾魂摄魄！

行走在这样的雨巷，思如泉涌，情意绵长；妙趣横生，诗意疯长。行走在这样的雨巷，我这只北方的小小小鸟，也是逃不过孔雀东南飞，十里一徘徊的剧情啊！

走在这样的雨巷，我不由得猜想，江南人的聪秀灵慧许是被这蒙蒙烟雨千年浸润出的吧！看看，这几天的学习，江派浙派名师讨论起教育话题来，个个锦腹绣肠，思想、主张、工作室运行……侃侃而谈，每个毛孔里都散发着自信，底气更不用说。

思想，意识，更新的节奏好快。许是因着每一天都在上演着新的思想烟雨，他们在一呼一吸之间，吐故纳新，刷新了血液，完成了一次次思想蜕变。

一切都在自自然然间，无声地发生质的变化，质的飞跃。新思想，新潮流，永远走在前面。

说到这儿，千万不要仅限于这样的认知！千万别以为烟雨蒙蒙，江南人就只有温润、儒雅，那你就大错特错了！

江南的另一种雨呢？是我绝对没想到的另一番景象，太异样了，和咱大西北太不同了。天阴沉沉的，灰蒙蒙的，几乎贴近地面。有时一整天都这样，常态的再不能常态。当你完全忘记了它的存在，办公，上学……行走其间，突然，没有任何征兆地就下起暴雨，那种倾泻而下的雨……

"轰隆隆，啪——啪——"雷在乌云中炸响三五声，在你没有任何感知的时候，哗哗哗，来不及反应，任由雨水做垂直自由落体运动，砸向地面。

好在，江南街道排水系统还是蛮好的，无论多大的雨，一会儿工夫就过去了，地面上清凌凌的水就不知流到哪儿去了。

天，又恢复了氤氲的常态。

这样的雨，绝没有北方暴风雨来临前的乌云密布，狂风肆虐，电闪雷鸣，风裹挟着雨，浇你个透心凉。这样的雨，也让我猜想，别看江南人平素看起来温文儒雅，真正做起事来，那是迅雷不及掩耳之势，毫不拖泥带水。不妨看看那个丁玉祥、宋运来、吴江林……谈起教育，个个了得，醍醐灌顶哦，都是江南有思想的一滴滴烟雨。

一周来，陇原名师们就浸润在这江南的自然之雨和教育思想之雨中，接受着润泽，接受着涤荡。

是啊！我们成不了思想家，至少可以做一个思想者嘛！

江南教育走在了前面，跟这抱团的"烟雨"也少不了干系——一个人走得快，一群人走得远！是这个道理。

2018 年 9 月 28 日

"涛锅"横空出世

话说此次江南研修，名师班里发生了一件小概率的大事件——横空出世—"涛锅"。

不明白了吧？这个横空出世的"涛锅"是个啥东西？什么稀罕物件？感觉怪怪的是吧？

哈哈，告诉你们吧！"涛锅"他呀，不是什么名牌物件儿，也不是什么劳什子的御制炒"锅"，是我特意为他起的诨名，是独有的，唯一的——"涛锅"。

涛锅，大名汪涛，陇原名师也。一位满腹经纶的西北才子！一位货真价实的北方豪放派名师！

汪涛，就这大名已够豪放的吧！有句话是什么来着？"黄河之水天上来"，大家该知道他是哪个地方的人了吧！平常，我最喜谑呼其为"汪洋滔滔"。不是吗？看到"汪"字，第一时间联想到的一个词是什么？于物，不就是汪洋大海，一片汪洋……于人，不就是汪洋恣肆、汪洋浩博、汪洋自恣……这已经就不得了，可他偏偏还在姓后加缀一个"涛"字，了得？不就是"汪洋滔滔"了嘛！

呼其"汪洋滔滔"，一来证实其人其名有其居地"天水"的味道；二来其人幽居伏羲文化之地，博古通今，满腹珠玑，瞧瞧他那凸出来的肚子，就知道定是喝了一肚子墨水，故而文采超群；三是其人论起教育来，滔滔不绝，口才那是响当当的，当然提起传统书法和诗作，也是很有两把刷子的，"才情＋口才"着实让人佩服！

不信？看看涛锅夜游钱塘江的诗作，就明白一二了。

沁园春 仲秋夜游钱塘江
杭州夜色，辉晕似火，映烧云锦。听钱塘清唱，涛涛悠扬；眺水面风光，烟雾绕绕。灯光眨眼，星光送波，天上人间共此时。转身处，看恋人漫步，甜蜜沁心。

　情起奔流不息，生多少人间圆月梦。忆水调歌头，阴晴圆缺；望月怀远，人怨遥夜；月下诗仙，斗酒百篇，话尽浪漫真性情。仲秋夜，品堤边月柳，心平如镜。

涛锅下江南，和古今文人墨客一个通病，走一路，写一路，依着他那豪爽的性子不抒发抒发他那稠稠的情，浓浓的意，心痒痒得厉害，会憋坏他，闷死他的。

咱家大方，就让大家伙再欣赏两首：

一

千里研修在金陵，皓月银辉共洒门。

缕缕秋思微信聚，区区一个地球村。

二

年里中秋月是魂，同人团聚即为亲。

如今没有相思苦，驰天飞地尚视频。

咋样？没诓大家吧！

这次江南研修学习，白天的时间安排得很满，多数午间都休息不了。虽说到了西子湖畔，并没有啥时间尽情游玩，更别提什么千年古刹啊，江南水乡呀……这些人人向往的胜景，加之住宿的地儿偏远，只能抽晚上休息的那点时间，去西湖边浪一浪，感受一下人间天堂，亦不虚此行，给江南行也画上一个完美的句号。

说到这，这么大的才子文人，土得掉渣渣的"涛锅"，是有点不符合他的身份吧！咱还是先给涛锅正正名吧！

涛锅，涛哥也；涛哥，涛锅也。一雅称，一俗呼。雅称"涛哥"，亲密，时尚，雅气；俗呼"涛锅"，土了点，怪了点，也不可思议了点。

可一"哥"一"锅",我还是喜欢这口"锅"。雅称不习惯,老感觉挺别扭的,咱是60后,也是一位极爽快开朗的妹子,不喜欢那甜腻腻甜点心似的感觉;俗称,朴素,朴实,是咱百姓家的家常味道。喜气,亲切,没有违和感。不光这,最最重要的是"涛锅"的来头,出世,还有段趣事呢!

涛锅他,醉心于此次南行学习。江南名师们每日的讲座,他是边倾听边制作简报,专家的报告结束了,一期期"速度与激情"版的主题简报在名师研修班的微信群里也正式上线了!当然这样痴迷编导的他也是小有代价的,做完那点零梢煞尾的事儿,简报发出来,我们的餐也用得差不多了。只能加个座,扒拉几口残羹剩饭。

咱还是先给涛锅点个赞吧!就这样,涛锅自觉自愿地做起研修班的宣传报道。一线战地记者,还是蛮拼的,不得不让你敬佩!

快手党啊,快手党!

涛锅编辑制作的简报文本,几乎和主讲的专家不差分毫,同步完成。神速得让人不可思议。我,百思不得其解!咋弄的?能同步把人家讲的话,出示的图,快速地以文本呈现,平生咱只听说过"速记员",可同步"速打员"还从来没有听说过。

那天午餐罢了,反正领队小路给了十来分钟的小憩时间,我便直接到他房间讨教。不出意料,果真有门路,有诀窍。他爽快地教了我"简书"文字速制的一招——从图片中怎么把文字抠出来,自由编辑。试了试,果真便捷,我那个兴奋呀,没法说。乐得他也连连说:"跟'涛锅'学简书得了一手吧!"

什么"涛锅"?看他乐的那忘形的劲儿,懵懂的我半天没反应过来。"涛锅"——啥意思?脑子极速运转,还是弄不明白。我的窘态来了,一旁坐着的老尹看出端倪,呵呵笑着说,那是乡音——"涛哥"。

哈哈,原来呀,天水话"涛锅"就是普通话的"涛哥"。在我面前,沾沾自喜的他自诩是"涛哥"。

横空出世的"涛锅",够霸气吧!咱是讨了技术,得了绝技不说,人家又亲自送上来一"锅",不收白不收。

这么豪爽大气的"涛哥"，来得爽不爽？叫"涛锅"多快意！对，依着他，准了，就叫"涛锅"。

话说"独在异乡为异客，每逢佳节倍思亲"。古人王维如此，今人涛锅汪涛亦如此。

看，涛锅打道回府之际正值中秋佳节，一票难求，他们一行六人只好转道南京。是夜，面对皓月长空，客居他乡的这位墨客怎么能停歇？当然要对酒当歌——

　　　七律　　中秋怀远
弹指中秋银汉月，岁华催老鬓霜惊。
半杯浊酒清辉伴，一阕闲词灏气情。
南京香菊垂永夜，暗怀相思赋三更。
越江穿岭几销魂，瞻魄轻风绪远行。

咋样？住进六朝古都，他就是金陵最霸气的古道西风瘦马；漫步南京街头，他就是秦淮河畔最具魅力的文人墨客；对月怀古，他就是世间最美的情郎仓央嘉措。

这样的涛锅，倜傥有余，放浪，还远远不够。杭州行，有更大的料呢！咱不妨一吐为快。

千里迢迢从大西北来，下榻西子湖畔研学，却不能去断桥吟诗作赋，品赏美景，撇过夕阳斜照的雷峰塔不说，怎么也得穿越一下，夜里去和白娘子幽个会，要不咋能成文人呢？

这不，华灯初上，涛锅一伙便开启夜游西湖模式。吃不上葡萄的他，酸溜溜的，一本正经的，发表了他关于西湖游的著名论断——昼西湖，不如夜西湖；夜西湖，不如雨西湖。

这，又是咋回事？

千年等一回啊，千年等一回……涛锅无悔啊！西湖的水，涛锅的"泪"啊！他情愿化作一团火焰……涛锅有奇遇了。故事开始了，白娘子大战法海，水漫金山，没防住把一群夜游西湖的名师浇了个透。哈哈，涛锅也成了落汤鸡。就这，在白娘子面前，才子形象还是不能丢的，落荒而逃不是文人的做派。雨心碎，风流泪，梦缠绵，情悠远哎……涛锅和一群名师们披着雨衣，在 2016 年的 G20 峰会主场地，静观着"最忆是杭州"大型文艺演出。

声，光，电，人，西子湖畔那美轮美奂，超一流水准的节目，迷得名师们虽满身流着雨水，脸上却洋溢着喜悦，陶醉在西子湖畔奇异的场景中。

哗哗哗，哗哗哗……雨在继续，表演在继续，名师们的观赏在继续，甚至因着这样的奇遇，一众人直接醉在西湖！

雨夜游西湖，第二天成了名师们津津乐道的话题。

涛锅，不简单哪！

2018 年 9 月 29 日

映荷的心语

一脚踏进金陵，就踩在了玄武湖畔。或许是的哥的金陵美梦还未醒，左拐右转，稀里糊涂把初来乍到的几个大活人愣是丢在了玄武湖畔。

寻寻觅觅，东问西探，间或伴着百度搜索，一路走来。穿过一丛鲜亮新绿，不承想蒙着面纱般的玄武湖一头跌进我们的怀抱。哈哈，误入胜地，江南以这样特有的方式接见了我们。

送错地，下错车，一件看起来极糟心的事儿，此一刻就变得有点意思，有点味道了。

跌撞误入，江南画风突兀陡转。着长裤长袖的"西北风们"，拖着一拉杆箱，在湖畔匆匆而行，与着短衣短裤，晃晃悠悠、闲情雅致的嫩白脸儿是那样的格格不入，突兀得让人有几分羞涩，莽撞得让人有点难堪，不搭调的又有点让人忍俊不禁！

金陵学习的第一扇窗，第一道门就这样在唐突中悄然打开。

不期而然间，惊喜竟自然发生了。

抬眼去看，湖畔满池的碧绿，个个眉眼盈盈，翘首，伸出细长的颈项，张望着，顾盼着……惊讶，欢喜，含笑吐露，继而一股脑儿蜂拥向前，迎接着我这朵北方的荷。

一茎茎莲叶送来无边的青翠，平静的湖水似要荡起一丝涟漪，四周的树啊，草啊，花啊，虫啊，鸟啊……似乎都是知己，我热切地跟它们打着招呼。你好，清亮的湖水！你捧出一面镜子，是要风尘仆仆的我梳妆吗？你好，欢叫的蛐蛐！你吟唱着欢歌，是邀我与你唱和吗？你好，圆圆的荷叶！你搭起戏台，是要上演青蛙王子和灰姑娘的故事，还是去鲁镇上演好看的社戏？你好，亮闪闪的露珠！你捧出佳酿，是邀我去秦淮河畔饮酒赋诗，还是到夫子庙前诵读经典？喂，淘气的雀儿，叽叽喳喳地讨论些什么呢？我猜你们津津乐道的不是采莲的乐趣，而是南北教育怎样碰撞出思想的火花，生成教育的智慧吧？嗨，最是这一茎红莲，羞红了脸，是遇到前面走着的那个北方的翩翩绅士，情愫暗生？

一时间，这一茎荷，那一茎叶，莺莺细语，簇拥着我，述说着相逢的情，偶遇的意。一时间，烟云般的湖色，氤氲在一片温热的气息中。

江南好热情，一碰面就暖湿了一千人。

也是啊，万水千山总是情嘛！

在这个温润如玉般的日子里，南莲北荷就以这样的方式偶遇了。喜不自胜，浮想联翩自是难免。香莲，珠莲……爹娘几易其名，在土得掉渣的名儿中，"辉莲"咋就冒出头来？最终成为小女子的名儿？实在是不得原委。

自打喝了点墨水，认识了几个字，有了点儿文化，我便对我的名字悄然滋生出些小窃喜，那殷殷中饱含着一丝祈盼，隐隐中又悄悄藏着几丝期许，不禁让我的心欢喜起来，傲然起来。

"接天莲叶无穷碧，映日荷花别样红"，不正是有好寓意，好意象吗？倘若真如人们所言，一个人的名字影响着人生的运势，看来有点特质的我还得穿越千年，叩首答谢一番诗人杨万里，冥冥之中让不懂诗书的父母亲，为他们的女儿起了这个有诗意的名儿。

思绪跑远了。

同行的人早已走远，只有背影。

恍惚间，回神再望，一池的荷，亭亭玉立，翘首，回望着我，眸子熠熠生辉。

迷蒙烟雨中，加快步伐，与它们一同呼吸，整个人便浸润在江南的气息里，成了那茎夕阳辉映下灿烂的荷！

2018 年 9 月 23 日晚 于离杭归途

做一个有诗意的老师

ZUO YIGE YOU SHIYI DE LAOSHI

我是一个语文老师

我是一个语文老师。唐江澎校长说，成为一个成功的语文老师，要么大量读书，要么坚持写作，要么练习朗读。

——题记

暑期里，整天
和文字耳鬓厮磨
跌入字海卷情
整日里厮混不已
行走在字里行间
打着补丁的心绪平整了
感谢生命的讽刺嘲弄着我
会唱的喉咙哑成了无言的歌

暑热匿迹了
倦怠悄悄逃遁
眼的栅栏开启
自由、丰盈和高贵款款走来
心灵的谷仓慢慢堆高
时光的村庄，如此宁静祥和

2017 年 7 月 27 日

做一个有诗意的语文老师

立秋了，连日来淅淅沥沥的小雨淋瘦了夏花，浇透了暑热，在云淡风轻中一个新的学年向我们款款走来。

不知是指缝太宽，还是时光太瘦，转眼的工夫那一拨期待纯熟诗意语文课的五（三）班的娃娃们，给我留有仅仅两年的光阴了。看来得奔跑了。如何在剩下的七百多个日子里，成全孩子们的期盼，也圆自己做个地地道道的诗意语文教师的梦想？我想，只有在未来的日子里引领孩子们美美地朗读，美美地阅读，美美地写作，做个"三美"教师，方可。

引领学生美美地朗读，一直以来是我追逐的一个梦想

做了三十多年的语文教师，因着自己常年笔耕不辍，对于语文学习的感悟也就比较深切一些，觉得叶圣陶老先生的"语文教学第一是读，第二是读，第三还是读"是语文教学的本真。朗朗上口地诵读，不但能激发学生对语文学习的兴趣，还可以培养语文学习的情趣。无论是对学生语言的积淀，语文素养的提升，还是精神领域中的熏陶和深远影响，是其他东西和方法无法替代和解决的。俗话说"熟读唐诗三百首，不会写诗也会吟"，说的就是这个道理。当一个孩子把一篇美文，通过他的声音，他的神情，声情并茂地读出来时，你能说他没懂吗？一千个读者，就有一千个哈姆雷特。当教师容许孩子们根据自己生活经验和体验，在美的范读、引读的声音里融入自己的理解时，这样的语文学习才不失为真正的个性化的学习，才具有语文课自身独特的味道和持久散发的芬芳。

还记得那个炎热的午后，我和孩子们一起学习《检阅》一课，当我神采飞扬地讲解这篇外国文学作品时，发现课堂上死气沉沉的，怎么调动都提不起孩子们的学习激情。憋闷啊，怪孩子们不买老师的账？于是，我干脆丢开自己的滔滔不绝，领着孩子们走进文本，高声诵读场面描写和简单

的人物对话——"多么盛大的节日！多么隆重的检阅！街道上人山人海，楼房上彩旗飘扬……现在轮到儿童队员了……紧跟在队长后面走着一名挂拐的男孩……检阅台上的人和成千上万观众的视线都集中在这一队，集中在这位小伙子身上了。

'这个小伙子真棒！'一名观众说。

'这些小伙子真棒！'另一名观众纠正说。"

激昂的诵读声赶走了乏味，情不自禁的欢愉悄悄爬上孩子们的脸庞。课堂就这样转了风向，孩子们一个个似打了鸡血，精神抖擞，诵读一次比一次投入，情绪一次比一次高昂，下课了还意犹未尽。

还记得学习《观潮》一课时，开讲就是一个字——读，自由初读感悟，小组对抗赛读，邀请同伴美读，展示品味诵读……孩子们读得不亦乐乎。趁势，我引导孩子们背诵精彩片段，当大家诵读到"浪潮越来越近，犹如千万匹白色战马齐头并进，浩浩荡荡地飞奔而来，那声音如同山崩地裂，好像大地都被震得颤动起来……"时，全班同学激昂的声音差点把房顶掀翻，如同那钱塘大潮，汹涌澎湃，气势恢宏。这时，你点到哪儿，孩子们就能马上地诵读，你能说这篇美文孩子们没学透没读透吗？你能说这堂语文课不高效吗？所以说，好的语文课就看孩子们读出味儿来了没有，这是衡量一堂语文课的标准之一。当然，作为教师还是要帮助和引导孩子们掌握一些朗读技巧，比如语音轻重，语调高低，语速快慢等等，并能结合不同的语境灵活处理，把技能技巧灵活地应用好，变成一种感悟能力，就是最好的文本朗读了。

未来，唯愿我们师生做个真正的朗读者。

引领学生美美地阅读，是我期待的又一个梦想

十分欣赏这句话：读者是一个美好的身份。广阔的知识海洋，只靠老师教是教不完的，语文学习说透了就是引导学生做一个自觉自愿的阅读者。成功的教学不是你教给了学生多少知识，而是引导学生做一个终身的阅读者。还是叶圣陶老先生的那句话，"课文无非是个例子"。学习一篇课文，

可以引导学生从多个角度进行发散状的批量阅读。可提醒孩子们从作者入手，读这个作家的一类作品。比如学习《匆匆》一课，可引导孩子们再去阅读散文作家朱自清脍炙人口的名篇《背影》《荷塘月色》等，深层感悟其散文素朴缜密、清隽沉郁的特点。学习丰子恺的《白鹅》一课，可引导孩子们阅读其他作家有关动物描写的作品。这样以点带面，有朝一日一定"点面"都会开花。孩子们的阅读量上去了，其文学修养自然会得到提升。

期待，未来课堂如此；也期待我的学生，未来是一个终身的阅读者。

引导学生美美地写作，是我从教多年的终极目标

我始终认为：让学生喜欢你，喜欢你所任教的学科，从而真正喜欢上学习，乐在其中，并一生热爱学习这件事，这才是成功的教学。于语文学科而言，学生的语文能力最终体现在写作上。在一篇文章的写作中我们可解读到一个人的人生观、价值观以及一个人对待事物的思想认识水平和语言驾驭能力等等。因此，我的诗意语文教学最终落脚在孩子们的写作上。童诗、童谣、童话皆可。其实，每个孩子身上都潜藏着无限的写作魔力，就看你挖掘了没有。记得上学期教学《我想》这首童诗时，放手让孩子们展开想象的翅膀进行诗歌创作，结果出人意料。"偷"都有了境界，"偷走爸爸的忙碌，偷走妈妈的辛劳"一个小女孩令我惊讶之余，又给了我巨大的惊喜。

从课堂教学到自己的诗歌创作，再到带着孩子们读诗写诗，拿霍军老师的话说，"姜老师把一个最具喷发性词语'我想'留给孩子们当发令枪，结果每个孩子都才情勃发。只要'我想'，就能创造我的世界。语文老师用自己的语言实践，形成一种不自觉就会流溢到课堂每个角落的语言美感，凡是被'沾染'的学生，就会终身受那么一点益"。

2017 年 8 月 29 日

一个语文老师的喜欢

因着自己是一个语文老师，一个追求诗意的语文教师，故而特别喜欢三件事：一是读书这件事儿，二是写作这件事儿，三是写字这件事儿。于是乎，我喜欢这样干——

春天——
给孩子们种下一粒
朗读的种子，让孩子们
在吟咏中抽枝展叶

夏天——
给孩子们播撒一抹
阅读的灿阳，让孩子们
能手捧书本笑靥如花

秋天——
给孩子们搭一把
创作的梯子，让孩子们
摘下写作的甜美果子

冬天——
给孩子们点燃一团
热爱生活的焰火，让孩子们
在阳光中快乐成长

读书这件事儿

三件事儿中的第一件——读书，至少到目前为止越发喜欢了。记得童年时读过的最好的一本书是《安徒生童话》，从"豌豆上的公主"到"拇指姑娘"，从"海的女儿"到"美人鱼"。一个个精灵、一个个美好形象，让女孩多了份牵挂，并深深地种在了女孩的心灵深处，那些让人心生爱怜的主人公，时不时地在女孩的脑海中回放着。很是感念20世纪70年代，冥冥中丑小鸭一样的自己，竟然在书海中捡到了一颗遗落人间的珍珠，这得感谢我那在城镇上高中的三姐。暑假期间，她居然从学校图书室借到了这样一本书，放在了炕头。不曾料到，这个不经意的举动在一个小女孩的心里，从此种下了读书的种子。那种对书的渴望，至今记忆犹新。

那次夜读，历久弥新，美好如初。窗外月上山头，呼呼的山风也是爽朗的。静谧的屋子里父母兄弟姐妹的酣睡声此起彼伏，蚕豆大的煤油灯芯下，我手捧书卷读个不停。一觉睡醒的母亲催促我熄灯快睡，贪读的我哪停得下来？直至母亲再次醒来，见我许久不动，"呼——"，她转过身一口气吹灭了灯。故事看得正酣的我，气炸了。也就是母亲，要是其他人，非打一架不可。

家里姊妹多，在连队劳动的父母比较辛苦，下班后姐姐们多是帮着母亲干家务，只有我穿着裙子，拖着凉鞋，跷着二郎腿，像个公主似的拿本书忘我地读着，管它冬夏与春秋。读的什么书？哈哈，《三探红鱼洞》，是一本讲述中华人民共和国建立初期，人民群众和潜藏在大陆的敌对分子作斗争的故事书。要不，你还想读什么书？那可是"文革"时期，有本书读已极为不易！

后来上了师范学校。20世纪80年代初，在县城的一隅，早晨体育锻炼是重头戏，下午平整校园，三年师范搬了三次校园，自己动手丰衣足食。除了课本上的那点篇章，也就星期天上街能买个小人书读读。现在想来，都有点好笑。不过幸运的是，虽然获取知识的渠道狭窄，但是我们的老师却全是教学水平高又认真负责的人，他们把我们都当自家娃培养。不，甚至比自家娃还在乎。那时虽然不像今天这样，有广泛的阅读平台，但所学的知识还是相当扎实的。因而我们班五十三个同学，走上工作岗位后，各个都能独当一面。

后来因为工作的需要，我又系统地读了些教育教学方面的专业书籍，至于文学作品也是随着书市的冷热和不时出现的畅销书断断续续地读过一些。

再后来，因着自己的爱人是新闻工作者，触及的领域比较广，亦是个爱看书的人，什么政治的，经济的，历史的，文学的，凡是拿到家的书，我都拿来看几眼，特别是本土作家的著作读得尤为认真，一些热门作品也是本本不落，就这样杂七杂八地看了些，多多少少得了些益处。

如今，和陇原名师们一交流，才发现自己就是一张大白纸，肚子里空空如也，比起人家来，自己读过的那几本可怜的书根本不足挂齿。加之在文字表达上往往出现词不达意胸臆难抒的情况，因而越发觉得自己欠缺的东西太多，太多，所以越发爱读书了。

还是那句老话：读者——永远是一个美好的身份。

因着自己喜欢阅读，又有青少年时代无书可读的遗憾，我在工作中总是想方设法动员家长，引导孩子们读书。从一年级开始，动员家长们在孩子们每天午睡或晚睡前，坚持让孩子读十多分钟的书，每天上学必带一本自己喜欢的课外读物。这不，现在的五（三）班就有那么几个娃娃利用课余时间，除了手捧读物还是手捧读物。如邵吉昌这个娃娃，酷爱读书，母亲为了保证他有足够的睡眠时间，母子俩常常上演藏书与夺书大战。书读得多了，视野广了，见解也就独到，课堂上他的发言总是寻常孩子无法企及的，总让你眼前一亮，心中一动。有时候我就想，大教育家孔夫子弟子三千，不也就得七十二圣贤嘛，自己一个普普通通的小学老师能影响到几个娃娃如此，也算没白做一回语文教师了。

写作这件事儿

第二个爱好嘛，是写作。以前，有点小思想了，随手写写画画，抒个小情，写个小意。走走停停，停停走走，从没当成个正经事。一路走来，没想到年龄越大，反倒是把它当成了心灵的栖居地，命根儿似的离不开了。最好的享受便是夜深人静时的点灯熬油，那份惬意，如抿一口陈年佳酿，呷一口普洱老茶，个中的滋味儿只有自己懂。

因着自己喜欢写写小诗、小文，也喜欢培养班上的娃娃们的习作兴趣，我们师生一块儿乘着写作的小舟荡漾春秋。

这不，从去年开始，我突然喜欢上了现代自由体诗歌，于是领着班上的孩子们一同闹腾，还真就收获了些许美好（诗文）。一堂堂童诗课上，导入新课我用自己创作的应景童诗激发娃娃们的热情。比如学习"儿童诗两首"时，在导入新课前就用自己创作的金昌国际马拉松诗歌做引子：

奔跑的梦想

我想把眼睛 / 装在新华路沿途 / 看飞动的金马彩云 / 观奔腾的马拉松河流 / 望啊，望 / 望出紫金花城的 / 滚滚热情和友好……

就这样，高高兴兴、快快乐乐引着孩子们爱上我的课堂，跟我走进诗歌的童话王国。就连对他们在课堂上出色的表现所给予的表扬，我也和文本契合，用自己诗话般的语言鼓励娃娃们，如：

送一首小诗，为你们喝彩

我想，把同学们的眼睛 / 安在蒲公英上 / 带着丝丝好奇 / 撑开万只小伞 / 飞啊，飞 / 飞向远方探索世界的奥秘

结果呢？娃娃们学诗的激情像炮仗一样被燃爆了。这个叫方立和的小男孩，稀里哗啦噼里啪啦就有了这样一连串稀奇古怪的美妙想法和天马行空的五彩遐想，多么纯真的向往，多么美好的愿景！

我想，把魂儿从身体中放出 / 附在钟表身上 / 感受时间的运行与奇妙 / 附在互联网上 / 体验海量的知识……

用他自己的话说，"老师，我的想象力井喷式爆发了！"

是啊，谁说不是这样呢？教育不是注满一桶水，而是点燃一把火。

寒冷的冬季，当花儿枯萎了，树叶飘落了，北风呼呼地叫起来时，这个叫邵吉昌的男孩子就有了这样奇妙的吟咏：

四季童谣

撒一粒 / 饱满的种子 / 春天——被我埋进土里

捉一只 / 漂亮的蟋蟀 / 夏天——被我捧在手里

捧一把 / 金黄的麦子 / 秋天——被我装进袋子里

摘一朵 / 粉红的梅花 / 冬天——被我插进花瓶里

回忆 / 一串优美的童谣 / 四季——被我写进日记里

就这样，一天两天，一月两月，一年两年……结果呢？班上好些孩子学会了对日常生活的留心观察，用心感受生活的美好和快乐，那对生活的无限热爱也成为创作的灵感和源泉。

特别是生活中某一片刻的情景对他们有了触动，笔尖就开始噌噌地抽出一串串绿色翡翠。

想想也是。只要帮助孩子们在童年时种下写作的种子，引导孩子们成为热爱生活的人，用他们最纯真的心去体会生活的美好，奇妙的事儿一定会发生在自己的身上。

热爱读书，热爱写作。

因为，"我们做的是根的事业，花的海洋的事业。"

写字那件事儿

对我来讲三件事儿中，最可惜的就是写字这件事儿。

用一个专业一点、高大上一点的词说就是"书法"。丢了，丢得彻彻底底，二十多年不曾动笔。

原本，也有一手漂亮的有点功底的楷体字。在装饰公司还没盛行的年代，小到班级文化墙的布置，大到学校宣传栏，扯过一张纸，毛笔一挥，也能笔画两下子。可惜，这些年丢了。

群里，常常看到酒后的霍军老师，酣畅淋漓地挥毫书写；马少军老师洒脱自如的书法作品，除了令人艳羡，还是艳羡。

好歹，当年练就的功夫至少还能在我的硬笔字里找到点影子，至少个人认为还是比较洒脱飘逸硬朗的。哈哈，典型的自恋，无可救药的自恋情节啊！不过，由于一辈子和写铅笔字居多的小学生们打交道，平素就喜欢用铅笔写字，那个流畅，那个舒服，是其他笔没法比的。

自己喜欢把字写好看，自然在课堂上也就把孩子们的书写看得很重要。

领孩子学写字，田字格中一笔一画，横平竖直，中规中矩，不得有误。检查作业，还是强调书写第一。批阅一大摞一大摞的作业，学生娃娃们书写工整美观了，养眼，养心，赏心悦目。也就惠风和畅，再辛苦也乐在其中了。

课堂作业如此，家庭作业亦如此。对孩子们谆谆教导，对家长苦口婆心，无数次的唠叨就是希望家长配合老师达成这个目标，家校一个愿望，家校统一行动。因为我固执地、死钻牛角尖地、一根筋地认为，只有在乎书写的孩子，仔细认真定是他的态度，马马虎虎和他是绝缘体，不沾边的，这样的作业质量没有不好的，正确率一定很高。具备了此学习态度，学习能不好吗？成绩能差吗？

从三件事儿中，我确确实实地体验到了德国著名哲学家卡尔·雅斯贝尔斯的那句教育名言：教育的本质意味着一棵树摇动另一棵树，一朵云推动另一朵云，一个灵魂唤醒另一个灵魂。

我也真真切切地认识到印度诗人泰戈尔所说的，教育"不是铁器的敲打，而是水的载歌载舞，使粗糙的石块变成了美丽的鹅卵石"。

正如儿童文学作家秦文君所言，"教育应是一扇门，推开它，满是阳光和鲜花，它能给小孩子带来自信、快乐"。

多年的教学，我也就有了自己的感悟：从小给孩子们种下朗读的种子，让孩子们感受朗读的美好，体验阅读的快乐，领略写作的幸福。

之所以这样，皆因我是一个语文老师，追求做一个地道的诗意语文教师。

今日冬至，顺致——

在一个最短的日子里
让最长的教育话
走进千万个心窝窝里
和自己的欢喜里

2017 年 12 月 22 日 冬至 初雪

话说课堂生命力

说起"生命力"这个词，我想大家的第一反应是"绿色的""生态的""鲜活的""蓬勃的""有再生能力的"……试想一下，当我们的教育，我们的课堂是这样的话，教育将会怎样？

我想就执教的一堂课，从教材设计理念与教学构想说起。

我想，为孩子们的童年生活种下美好快乐的种子

今天执教的内容是人教版语文五年级下册教材第二组中的最后一课——儿童诗两首《我想》《童年的水墨画》。这一组的主题是"童年"，真实地再现了孩子们多彩的童年生活，一只昆虫，一个玩具，一次发现，一场争执……看起来微不足道，却饱含着孩子们对生活的美好感受，饱含着孩子们的快乐、梦想和追求。今天的教学内容是《我想》这首儿童诗，这首诗的作者高洪波，写了一个孩子一连串大胆而美妙的幻想，想把小手安在桃树枝上，把脚丫接在柳树根上，把眼睛装在风筝上，把自己种在春天的土地上，多么美妙且美好的憧憬啊！从这组如画般的童诗里，我们看到一花一草，一树一木都与小主人公融为一体，借此一个一个实现着小主人公美好的梦想。

我想，只有热爱生活的人，像阳光一样灿烂的人，对生活充满希冀的人，才能随时随地从生活万象中感受到美好，才会拥有这样奇特大胆，甚至让我们成年人觉得有点离奇，不可思议的美好想象，期待着借此实现自己从心而发的对美好生活的向往。

让孩子们成为这样一个人——积极，健康，向上，该有多好！

因着这个理念，我就想通过对这首童诗的反复吟诵、引读品味，尝试着写一写，将这一理念渗透到写作中，让孩子们感受到童年是一幅画，画里有他们五彩的生活；让孩子们感受到童年是一首歌，歌里有他们的幸福

和欢乐；让孩子们感受到童年更是一个梦，梦里有他们的想象和憧憬。

一句话，在孩子们的童年，种下一颗美好快乐的种子。

我想，在孩子们的童年种下梦想的种子

在儿童的眼睛里，世界是那么美丽；在他们的世界里，生命是那么自由，所以，在他们看来，梦想可以无限飞翔，快乐可以无限传达。

"我想"是一个具有哈利·波特魔法杖般神奇魔力的标题，教师倘若意识到这一点，把这样的一个创造神奇魔法的词给孩子们当发令枪，结果不光《我想》的小主人公产生了美妙的奇幻的梦想——"把自己种在春天的土地上／变小草，绿得生辉／变小花，开得漂亮／成为柳絮和蒲公英"，班上的每个孩子都会才情勃发。一个孩子更是神思远游——

把灵魂从身体中放出，附身在老师身上，感受那浓浓的诗意与无限的思想

附身在彗星身上，飞过地球，看着那迷人的风景，帮无数的人实现心中的梦想

附身在秦兵马俑上，看着秦始皇的军队所向披靡，一统天下的威武景象……

这一连串的奇思妙想，说透了，统统的都是孩子们心底对美好梦想、美好事物的一种向往和追求，激发这样的一种追求、这样的一种向往，我们做教师的何乐而不为呢？

做一个有梦想的人，多好！

故而，我想借这堂课的学习，在孩子们的童年种下一颗梦想的种子。

首先，在新课导入环节设计真实生活中两位孩子创作的童诗，激发潜藏在孩子们心底深处的学习欲望——哇，原来童诗离我们这样近，原来童诗这样有趣味，原来自己的愿望可以这样表达。接着，在朗读环节根据文本特点设计一个至关重要的环节——一边听老师朗读，一边想象文本画面，在美妙的导引声音中开始神游，随着自己的心意、愿望……展开想象的翅膀，然后到"仿写小练习"，再到后续的"仿写大练习"环节，逐步营造

孩子们热烈和饱满的情绪，将用心感受到的生活现象、快乐和愿望，借助世界上的一切事物来表达。对于小学生而言，这种朦胧意识下的梦想就意味着一种对未来美好生活的追求。

我想，在孩子们的童年种下创作的种子

"我想"这堂课是人教版语文五年级下册第二组最后一课，"如果有兴趣，你也可以试着写首诗"，课文导读中就有这样的弹性写作要求。注意，这里提到一个词——试着，即要求儿童进行诗的创作尝试，让孩子们也体验一下写童诗的乐趣。

如何让孩子们在感受童年生活情趣的同时，通过体会诗句表达的情感，留心观察生活，用心感受生活，真实地表达自己的感受，编织美丽的童年故事，是这一组诗词学习的一个要点。

而新课程也十分重视学生的"体验性"。小学生初次接触儿童诗，通过学习让他们体验一下童诗的创作，把童诗学习融入自己的生命之中。故此，我在鉴赏这首童诗，引导学生初步感知童诗特点的基础上，安排一组国内国外优秀童诗，拓宽孩子们的眼界，让孩子们欣赏，并由此受到启发，噢，原来童诗中的想象源于我们对日常生活的留心观察，源于我们用心感受生活的美好和快乐；拟人的修辞手法常适合于童诗写作；创作的灵感来自生活某一情景对自己的触动以及我们对生活的无限热爱；可以用自己丰富的想象，借助世界上的一切事物，来表达自己的美好愿望，等等。用童诗具体化、感性化、操作性强的方法加以熏陶，让他们"胸有成竹"，用诗化的语言表达自己的梦想和憧憬。

紧接着安排"小练笔"环节，用他们手中的那支魔法笔，把自己眼睛看到的，耳朵听到的，脑袋想到的，心灵感悟到的……自己的神往，统统诉诸笔端，放飞梦想，描绘出自己多彩的童年生活。

这个环节的设计，不仅是理解知识的需要，更是激发学生生命活力、促进学生生命成长的需要。从课程角度来讲，更是把学生的个人知识、直接经验、生活环境看成重要的课程资源。从更深层的意义上来说，更具有

尊重"儿童文化"，发掘"童心""童趣"的价值。

这种体验，也是把学习融入生命之中的过程，因为有了体验，知识的学习不再仅仅属于认知、理性范畴，它已拓展到情感、态度、价值观等领域，从而使学习过程不仅是增长知识的过程，同时也是身心和人格健全与发展的过程。

这一构想，虽然是初识，但在今天的课堂上，初见点成效，我很欣慰。

我想，在孩子们的童年种下读书的种子

引领学生爱上阅读，是我的又一个梦想。"去读书吧！"做一个阅读者，可以让我们的才华撑起我们的梦想。当然最好的办法是提醒孩子们从作者入手，读这个作家的一类作品。比如，在课堂上学习了高洪波创作的童诗《我想》，在课后可以引导孩子们阅读他创作的系列童诗集《大象法官》《喊泉的秘密》《吃石头的鳄鱼》《种葡萄的狐狸》等，这些新颖的标题，一定会勾起孩子们阅读的欲望。同时，还可以引导孩子们阅读冰心的《繁星》《春水》，都很有意思。当然印度诗人泰戈尔的《飞鸟集》也很适宜。孩子们也可以自由选择阅读其他自己喜欢的中外优秀儿童诗。也可以从其他角度推荐诸多阅读篇目。让他们在书林中，采撷，攫取，喂饱自己，喂出一个智慧的自己，喂出一个浑身带着阳光的自己，喂出一个有格局的自己，喂出一个天地大爱的自己。

我想，在孩子们的童年种下智慧的种子

"嫦娥奔月"是个神话传说吧！在远古时代嫦娥奔月只能是一个传说，而科学技术迅速发展的今天，人类不也实现登月了吗？开山架桥，海底隧道，在地层间游走奔驰的地铁……类似"愚公移山""精卫填海"这样的奇迹，不也一件件被人类所实现了吗？所以说，智慧的你只要敢有诸多的奇思妙想，敢于想象，未来或许都有梦想成真的一天。

一个"我想"儿童诗的课堂，给娃娃们插上了想象的翅膀，让思绪飞

上云朵，让思想自由驰骋。

在甘肃省实验小学的课堂上，我们师生比拼个不停，把娃们的脚丫接在大树根上，让童诗之树长成绿色帐篷。

四十分钟的课结束了，我和孩子们的"课"才真正开始。这不，就在夜半时分，一个叫胡曦晗的小家伙请求加我的微信，要把修改好的诗作发给我。还有叶子源、俞袁朴、柴诺涵、蔡钰、郭璟轩……发来了他们稚嫩的作品，芬芳的花儿次第开放——

我想把眼睛／安在盲人身上／看青绿的小草／看世界的美好／看啊，看——／看出新的希望（叶子源）

多么有爱心的一个孩子啊！心存希冀就是最好的教育！

我想把眼睛／安在小鸟的翅膀上／去看那五彩斑斓的世界／看啊，看——／世界就是我的家

小小的心房却装着大大的世界，多么了不起的一个孩子！

我想把耳朵／架在大树上／去听那小鸟的歌唱／听那青蛙的演唱会／听啊，听——／森林就是我的家

走进阳光、走进微雨、走进自然，是孩子们的渴望！

我想把自己／种在童话的世界里／走进童话小镇／遇见善良的灰姑娘／我们聊着天，唱着歌／聊啊，聊——／聊出片片欢笑声（柴诺涵）

走进童话镇，一个痴迷童话的小书迷！善良是她的特质！

我想把双腿／装在稻草人身上／让他帮助农民伯伯驱赶鸟雀／换来农民伯伯的笑容（蔡钰）

心系农庄，心中有大爱的一个孩子！

花儿睡着了／她做了一个梦／梦见她的愿望——成为一棵树／成真了／可是，这也给她带来了烦恼／一群孩子跑过来／粗暴地在她脸上乱画／一个伐木工人来了／高举斧子要砍下来／于是花儿惊醒了／她想，还是不要成大树好（郭璟轩）

地球是人类的母亲，人人都来爱护有限的自然资源是这个孩子的心愿。

我想把身体／装在宇宙飞船上／看着浩瀚的星空／听着宇宙之音／飞啊，

飞——/飞到一颗新的星球（邱伟恒）

志向多么远大啊！心系太空。看来，祖国航天事业后继有人！

我想把眼睛/装在远洋巨轮上/看海浪拍打着轮船/瞧鱼儿欢快地游动/望啊，望——/大海是我的乐园（程云起）

航海是这个孩子的梦！征服大海，走向世界，我们祝福他！

孩子们之所以能创作出这样的美妙诗句，皆因放飞了想象；孩子们之所以有这样的胸怀，皆因教师的点拨和引导；孩子们之所以有这样的智慧，皆因教师适宜、即时、具体感性地引导，将一些在孩子们心底潜藏的意识，变成了具象的可感受，可称赞，可感知的幸福。

2018 年 10 月 16 日

诗意，流淌在校园

——校园组诗

鱼游到了纸上——课堂断想

沉思触发思想

高举的指尖够着未来

打开书来

鱼游到了纸上

小孩子啊

黑色的铅字铺出彩色小路

天梯的石阶书本已垒起

美好背进书包

走进课堂

天亮的节奏

我的世界居住在闪闪的星河

周围站满太阳

阴郁正浓的时候涌进灿烂

豁亮款款地表达

我的雨天会阳光地笑

四（三）班的五十一个娃娃们

说着亮闪闪的话

心里的一群小鹿

撞开乌云的篱笆

雨的酸甜我懂得

天，这是要亮的节奏

当时光老了的时候

当时光老了的时候

我会越来越穷，只剩一支笔一张纸

也会越来越瘦，仅能吞食书页

在太阳冒花时，我用仅剩的

一点力气，担两担霞光回家

从此，岁月温暖

夏之私语

春天走了，夏花开了

青杏站满枝头

院角的苦菜花儿

撑起了黄亮亮的一片天

坐在廊下的我，翻看一篇篇心的日记

行行写满绿色的字迹

我的快乐，就这么简单

空白的地上夯出铅字长城

醉卧晚风

推开屋门，依着绿藤攀缘的朱红门廊
月光悄悄从脚尖爬上了膝盖，轻轻翻动书页
也想看看流浪的三毛。夜色奏着二泉映月
心弦声声，花们几声呢喃
终是宽衣解带，沉醉掩面
只有，绿藤闭目凝神
走进远方和诗

喝一壶月光
我，醉卧在晚风里

是夜，清风，朗月，虫鸣，葡萄架，一窗灯火，还有屋里先生的丝丝琴弦，让坐在廊下的我竟然不舍得回屋歇息。

夜虽已深，情思却毫无一丝睡意，只能写几句小文应个景，小小地惬意一把，也不辜负了此刻的时光。

2017 年 7 月 6 日

清秋咏叹调

一

如果可能，让绚丽

成为你，让斑斓主打你的天空

二

不必争先恐后，灿如霞

美若金，适合自己的是最久远的

三

走在一条喜欢的道上

直到，成为彩色的自己

四

让每片叶子一直晒太阳

晒到秋天，找到火红的自己

五

不要舍不得头顶的那一抹金色

放下了，才能安闲过冬

六

努力了，奋斗了

即便跌落，也是一地碎金

七

不必哀叹世界末日来了，有只尖嘴的

小精灵，会悉心为你疗伤

八

锁住了你的身影，囚禁不住你的

灵魂，就是些许碎片也能燃烧一方天地

九

做一个思想者，就是一抹鲜亮

也能撑起灰暗的天空

十

突然就悸动了，那一树金黄

谢幕时，转身留下的也是一地华丽衣衫

十一

你是大地的孩子，母亲

总归会把欢笑为你默默留下

十二

即便低到尘埃，高贵的头颅

也要绝地向上

十三

猛然就想和那一树树灿然私奔，如同

此刻深情的相拥，留下一世的暗恋

十四

说不出口的，也是最想说的

爱你，念你生生世世

十五

因为刚好遇见，留下念想和期许

风吹叶落泪如雨，我想我会一直记得你

　　清秋，一场瓢泼大雨过后，独自去了一个一直惦记着想去的幽处。静谧的林间，我看到了期待中一棵金色的银杏树，一片，两片……恨不得把好看的叶片统统捡起来，做成一枚枚书签，分给班上五十二个娃娃。就这样，一个人走走停停，停停走走，一直沿着一条蜿蜒的小路走去，路上铺满了彩色的落叶，煞是好看。旁边，一棵倒地而崛起的沙枣树，抬起高贵的头颅，向着天昂扬着。继续向前，走过布满火红爬山虎的长廊，"笃，笃，笃笃笃……"什么声音？哦，好兴奋哦！在密林中发现了一只正在忙着给老树治病的啄木鸟！"笃，笃，笃笃笃……"一会儿飞到这一棵树干，一会儿飞到那一棵树干，我的目光不停地追逐着那抹小身影。这辈子，第一次美好的遇见！

风里雨里，我在北方的这里等到了你。

真好！清秋，这样的美好遇见，怎能不让我咏叹？

2018 年 10 月 19 日

秋叶随想曲

一

走过青葱的岁月，你总归要

给年华带上一顶金冠

二

从色彩里走来的你啊

写出了，一棵树的锦瑟华年

三

闪动的金色啊，是世界给你们

贴上的成就标签

四

即便是生命走向萧瑟，也要擎起最后的

一把热情，燃烧世界

五

碎落一地的芳华呵，滋养

岁月的长青

六

走过来过，最长情的告白

是翩然的惊鸿一舞

七

二百年后，有人还记得读你

片片树叶写出了华夏剑客雄姿

八

翩然而去，你的江湖

依旧笑傲

2018 年 10 月 31 日

云的思绪（一）

雀儿
窗口的一窝小麻雀，是最准时的闹钟
星星还眨眼时，就迫不及待地叫醒我了

晨月
天都亮了，贪恋霞光的你
常常就这样忘了回家

霞光
你是天生的凡·高
天空的彩翼是你的杰作

轻风
这个样子的你，最是好看
随心走世界

青天
总爱偷偷掀起我静若止水的心
在一旁窃窃私语着，涟漪呢，涟漪呢

阴云
喂，不高兴了吗
千万不要阻止一朵诗的心跳啊

褶子

大地的脸上有了一条一条的褶子，老天爷的脸上
也长出了一道一道的皱纹，莫不是天地也都老了

圆球

像你多好
没了棱角，跑得最欢实

彩云

今晚，彩云大概不会追月了
月亮病了

2018 年 12 月 19 日

云的思绪（二）

芍药
一朵花站在了云朵上
就可以放眼看世界

孤树
心湖中长棵大树
即便独处世界也是盎然的

芦笋
扎根在生养自己的热土上
笔尖足够有温度

田野
向远方播种一行行的希望
明艳就不会和你爽约

花语
芍药花偶遇民乐的竹影
感冒的心，便轻松了许多

芍药
心不逼仄，苍穹就属于自己
芍药的心思

云霞
最早出发的光，不只是亲吻几片云朵
而是给了整个天空彩翼

童年
欢乐的田埂上，打上彩桩啊
才能留住童年

奔跑
你走失后，欢乐牵手的
小孩子呵，却依然紧紧相随

碧空
只有将泪水拧干
眸子才会明澈如镜

飞云
有了思想
才会绝地起飞

阴云
不要将愁绪结满心头
天终会撕裂豁口，给你光亮

雪花
吞咽了一路的苦涩
终会开出朵朵洁白

飞雪
坐断了寂寞，将眼泪凝结成霜
才会轻盈飞舞

冬夜
坐拥一怀恬静
星星自然来你心房落座

2018 年 12 月 25 日

有了兰种，就去耕耘

——读毕淑敏《做一个有香气的女子——心若幽兰远》有感

现今颇具影响力的女性作家中，有两位我很是喜欢，一位是文笔清丽、思想敏锐、以小见大、韵味悠长的教育界的张丽钧女士。一位是文笔平实、精致、清新、隽永，心若幽兰远的"文学界的白衣天使"毕淑敏女士。

这不，2017年寒假伊始，从学校抱回家一大摞子书，白天就医治病，晚上就捧起了毕淑敏的《做一个有香气的女子》这本书，就是想知道这位老大姐究竟是如何做一个有香气的女子的。不承想，不读倒罢，拿起来竟搁不下了。

开篇序言中，这位女性作家以极为细腻的笔触叙说了"兰之香，盖一国"的缘由。继而，她解读了汉语中丰富的镶有"兰"字的语汇，譬如好的诗文被喻为"兰章"；交到一个志同道合的好朋友，被称为"兰客"；相互之间的友谊谓之"兰交"；而心意相投的言论，被称为"兰言"。读到这里，自然就想起一个人——陇原名师霍军先生。在我和这位仁兄的诸多交流中，很多时候喜欢称呼其为"霍君"，尽管因其诗、书、字、文彰显的才华被大家津津乐道，广博的文化底蕴令众兄妹赞不绝口，常常呼其为"大师"，而我独独喜欢称其"霍君"。一个"君"，淡淡地道出了我对其的敬仰；一个"君"，细细思谋，真切地诠释其似幽兰般的高贵品质。无论是他在酒泉电视台专题读书栏目《豁然开朗》中的好书推介，陇原名师QQ群中的诗文，还是新浪微博中的篇章，篇篇堪称"兰章"。诸多经典名句，信手拈来为我所用，就连我工作室的学员都很神往，很想目睹结识其人。而我至今未曾谋过其面，却欣然讨其字画，烦其快递著作，自不量力与其品赏诗句，畅意交流，倒是也在思想碰撞时，语言火花不时四溅，岂能不说这是"兰言"？令我称其为"君"的另一个缘由，是这位名师的为人，的的确确镶有一个"兰"字，仁厚之精神的"兰魂"，如兰一般美德的"兰质"。

113

　　回首思之，2015年陇原名师工作室相继进入创建阶段，对于一众草根教师，其路之艰之难，可谓苦煞众人，大家不免有点焦躁，其时霍君以其兰之笔韵，兰之慧情，兰之慧心，兰之慧思，款款地向同人们道出了自己的想法和思路——"天知道名师工作室怎么做"。名师群中不乏这样坦诚坦荡的人，不知大家如何，我是常常在夜深人静时反复揣摩他给予的真经，而后照着他的攻略，一步一个趔趄蹚水过河走出来了。其所给予的这盏心灯，或许在行家里手面前微不足道，算不得什么，而对于摸着石头过河，菜鸟级的我就非同一般了，犹如一粒兰花种子，深深地埋进了心田。弥足珍贵的是在那些坦诚叙说自己的无奈，自己的苦恼，自己的烦躁，自己的挣扎和自己的进退取舍中，他不着痕迹地传递着正能量，不仅让大家看到了阳光，还可着劲儿激励着大伙，前行，前行，再前行。也就是在这些似叙家常的说道中，我窥到了一个谦谦君子，这点在和众人后续的随时交流中也不难发现，一个谦和到再不能谦和的名师，一个把玩语言文字到一个境界的语文教师，一个于最简单的、最普通的、最平凡的事物中，挖掘出深奥思想的教育人，更不必说其或行或楷一手洒脱飘逸的书法。我常叹息，创造神舟飞船的地儿，就是人杰地灵；也常叹息，这样一位德艺双馨的人，要是早个三年，早个五年，奢侈一点再早个十年结识，何至于已到知天命的一把年纪了，在日耕夜耘地欣然学习写作中，才发现自己虚度光阴半辈子，才发现自己文化土壤如此贫瘠不堪，每每与其对话倍感知识贫乏，羞愧，懊恼。唉，过去的几十年真真荒废了，倘若早一些认识他，或遇到诸如他一般的名师的引领，时光还会从手指缝里溜走吗？

　　所幸，如今有了这样一位兰心蕙质的"兰客"，不光是我，陇上名师群中的同行人，在陇原名师工作室这块沃土上，遍植兰花，在心灵深处，埋下兰花的种子，即使今日尚未盛开，只要假以时日，陇上杏坛一定不会和我们爽约，一定会芳香四溢，兰香悠远。

2017年1月13日子时

迟阅了二十二年的一本书

——读《卡尔·威特教育全书》引发的感叹

一直以来只知道卡尔·威特是一位享誉全球的教育家，并未想过要去阅读阅读他和其他享誉世界的教育家的名作。直到创建名师工作室时，隔空结识了名师群中的一位爱读书的霍军老师，在他行云流水般洋洋洒洒的文章中，不时引经据典、旁征博引出诸多古今中外大家的经典名句，同为教师，相比之下我才发现自己文学的、教育的抑或其他方面的知识土壤如此贫瘠、苍白、几近荒芜，这才反思起自己来。唉，多年来放羊式的散读，消遣式的杂读，漫无目的的随读，谷仓里竟然只有单调的有数的几粒米，故而打算如他一般静下心来好好地读读专业书。于是列出计划，打算分门别类系统地购买一批书籍，恶补一下。又痛苦地想毕竟这把年纪了，如小和尚竹篮打水般啥时才能修个正果，悟个道行？权且当作亡羊补牢吧！这便向霍师请教和讨要书单，毕竟人家书读得多，甄别鉴赏已达到一定的水准，还能少走些弯路。就这样先后购买了六七十本当代著名的、热门的教育人物所著的书，这本卡尔·威特的书就在其列。

说实话购买这批书，自己也颇费了一番心思和周折，往往向书店提供一个书单只能买到三五本，像《56号教室的奇迹》等一些自己感兴趣的国外名著很难寻觅得到，只因我们当地的书店最热门的、最火的、最畅销的当属五花八门的各类中小学教辅和诸如公务员考试的复习参考资料以及各行业的资格考试的辅导材料。其次，无外乎社会上热门的各类名人、名嘴、明星的传记。至于教育类的专业书籍真是鲜见呀！

费尽周折淘得的这些书，在入库、登记、上架后，又因上课，批阅作业，工作室的启动，制度修订等各类杂七杂八的琐碎事儿缠身，仅仅是忙里偷闲读了几本自己喜爱的文学作品，对教育类的书籍也只是以快餐式的方式，阅读了李镇西、无非、窦桂梅等热门教育家的作品。至于苏霍姆林斯基的《给教师的建议》之类的书统统静躺在大书柜里，脑袋里有一个想法，就是此类书教育观念肯定老了，旧了，不合时宜了。直到这个寒假，忙完了手头的杂事才精挑细选带回家十来本，准备正儿八经地读读，看看这些大人物到底写了一些什么教育理论。翻开苏霍姆林斯基的《给教师的建议》这本书的序，浏览了目录，觉得挺有意思，便读了十来页。休息的间隙又打开了老卡尔的这本书——《卡尔·威特教育全书》。没想到三两行后，竟发现他是一个小村庄的牧师，就在开篇的第一章，他写了"愿上帝与我的孩子同在""遇到妻子是我一生最幸运的事""悔不该让宠物陪伴孕妈妈"，读了二十页七八个小节，哗啦啦似大厦倾，想当然地把这本书给毙了。但毕竟是教育名著，舍弃又心有不甘，只好继续往下看，传说中的教育家尽说一些婆婆妈妈的事，就感觉有点无味起来，耐着性子读到第二章"每个孩子出生时都一样"，就这样又读了八九页，愈读愈合口，愈读愈有味儿，愈读愈入佳境，不光眼忙起来，笔也忙了起来，由勾、画、圈、点，到急切地批注。我的妈呀，原来这是一本如此棒的亲子教育书，老卡尔在点点滴滴地讲述自己的育儿真经呀！

当看到老卡尔在小卡尔出生头半个月时就严格按照规定，喂他奶，喂他水，好让小卡尔的生物钟有规律地运作时，我惊讶极了，迫不及待地在旁批注——快快推荐此书给燕子外甥女阅读，明天就送去！因恰逢外甥女得二胎女小多多，出生刚刚六天。瞧瞧人家老卡尔，从娃落地的一刻起，就一丝不苟地开启——正式教育。他认为这样做，好让小卡尔的胃可以有休息时间，让孩子的大脑能很好地发育，不能让孩子的精力主要用于消化。这个有趣的父亲认为，吃多了，不但影响孩子大脑的发育，也不利于孩子的健康，弄不好还会增加患肠胃疾病的概率。当读到"体能训练从婴儿期就要开始"时，在他"愉快才能健康""健全的体魄是健全精神的基础"的观点和理念的支持下，看到了那种具体的、实在的、自然的、亲历的、细微的教育，如掀开裹着的被子让孩子自由挥动手脚。他认为一个健康的孩子需要自由，讨厌束缚。他十分看重小卡尔的自由活动，草地上、森林边、自然里的自由活动……书读到这里，白纸黑字上已经勾画得密密麻麻，似乎每一句话都很金贵，恨不得把每一个句子都画下来，词都圈出来。忽的，一个念头又冒了出来，急忙批注——小多多的爸爸张博必读此书，事不宜迟，明天即刻送上这本宝贝。

往后看到在小卡尔五天大的时候，他就开始向孩子灌输词汇的系列做法，"发音——先认识身边的事物——讲故事——培养孩子的亲和力——扩充孩子的词汇量"。老天爷，难怪六岁的小卡尔用了一年时间学会了自由阅读法文的书摘，之后花了六个月时间学会意大利语，再之后用三个月学会英语，最后仅仅用了六个月学会希腊语，而在这些神速的语言学习中，老卡尔都采用了讲有意思的故事并留下悬念，用"耳"学外语，读诗歌熟悉语言的感觉，读不同的语言写成的同一个小故事，做游戏等等事半功倍的有趣的方法，引导小卡尔学习。哎呀呀，当看到这些做法取得了极大的成效时，倏地又想到另一个外甥女"桃子"，她的两个儿子正值六岁和两岁半，老卡尔的这些育儿经正好用上，于是在四十九页正文下方认真写下一行字——强力推荐外甥女桃子阅读此书，好好沾沾老卡尔的光，教育好尧娃和帆宝。

在奋笔疾书写下此文时，却也直跺脚，懊悔不已。倘若二十二年前的我有幸读到这本从孩子孕育时就开始了教育的书，那该多好！老卡尔，对我娃天宇小子的养育教育来说姗姗来迟矣，一本迟阅了二十二年的书。

一本值得所有年轻父母及广大教育工作者阅读的好书——《卡尔·威特教育全书》。

2017 年 1 月 14 日

坠落人间的天使

——走进周国平

那年的夏季

喜爱邀我去见周国平

想当然猝然跌碎一地，袭来

几近窒息般的阅读

悲情诉说着无言的剧痛

伤心在挨着日子

那个坠落人间的天使，妞妞

生生揪着先生的心走了

柔软在心的根底

撕裂，悲情在悄悄哭泣

今天

惦念约我

再次走进周国平

忐忑牵着期待，和他的

愿生命从容见面

翻开来，读下去

记挂在平和中轻轻放下

在那片沙漠中

终是寻到隐藏着的那眼井

苦难跃上思索的高度

善良抚摸着寻常的日子

丰富和高贵，抵抗着世间

所有的不安和躁动

一颗心，走向澄明
尽然那般充盈
掬一弯宁静于心
先生已然种下
一片从容
天使
坠落人间

2017 年 7 月 29 日

两株紫丁香

我家小院里
有两株两岁多的丁香

起初先生移来时
乱蓬蓬的一头乱发
极不养眼，很是不受我的待见
即便盛夏时鲜亮的绿叶讨我开心
亦时常背着先生偷偷摸摸
咔嚓咔嚓修理个不停

想不出雨巷里结着愁怨
丁香一样的姑娘是怎样的
三月中，离家看病一段时日
于黄沙漫天中返家时
几多嫩芽，些许紫色的花苞
竟让灰色的心
瞬间有了万般的欢喜
暗香一波一波浮动开来

随后的日子里
不停地辗转地儿瞧病
风沙依旧，金灿灿的银翘花儿
猩红猩红的山桃，呼啦啦争先恐后
明艳亮相登场，占据了整个

人间四月天。却依旧
染亮不了灰色的
心境木然的人

小院里，这两株丁香
静静地默立着，坚持伴着蔫蔫的我
在群芳尽退的时节
春的尾声里
蓝绸做底
点点的紫珠缀满其间
独独地来光鲜我的日子

莫非前世的那一眼
只为今生的相伴

2017 年 4 月 28 日

故乡拾忆

一

玫瑰花开的时节

弟弟说要去儿时生活的家园

我们姐妹兴奋异常

做足了准备

汽车在广袤的戈壁穿行

星星点点的村庄不断地退后

前行的路上，不时有喜鹊在低空飞旋

乞巧乞巧，耳畔回响起童谣

开心的说笑声，钻出天窗

飘在了苍茫的原野上

快看，一列火车在远处爬行着

记忆的门由此打开

追火车，爬铁道

那是我们童年快乐的影子

二

三十年的阔别，童年的邻家少年华发已生

相见的一瞬，直呼小名

一开场，记忆就定格在了儿时

大夏天的，开水烫伤了你的背

学生们捡麦穗，你捡得最快

孟家的老二还住在大会议室

李家的永庆，金香

都在，连队的老熟人还多着呢

童年的画册

一页一页就这样翻开

三

去营部的路上，扑面而来的

仍然是那高大的白杨

停车止步，再次领略一线青天的味道

咔嚓咔嚓，快门闪个不停

将记忆深处粗壮的老树收进心册

嘀嘀，挡道了

后脚响起连连的喇叭敦促声

我们继续前行

兴奋，再兴奋

散发着泥土味的路

华丽转身成通达的柏油路

儿时上学长长的路

油门一踩，分分钟即达

四

汽车继续前行，前往连队

我们的那个家。道路旁沙枣树缀满米粒大的花苞

青草守护着土地，一块块条田

军垦壮观的标志，早成了梨树的家园

阳光跳跃着，葱绿的枝叶间

一枚枚青果俏立枝头

曾经，那无边的金黄麦浪

一台台轰隆隆前进的康拜因①

田间红旗飘扬，父母知青大会战的场景

---

①康拜因（英 combine）：联合收割机。

地头演出队响亮的快板，战天斗地的飒爽英姿

一幕幕，一幕幕

定格成了历史永久的镜头

五

近了，再近了

胸口咚咚地跳了起来

路口的那口辘轳井

只剩一块光秃秃的青石板

一根扁担两个水桶

晃晃悠悠担水的背影从记忆深处涌出

心窝窝里的那排老屋，那间有个窗洞

妈妈储藏蜜桃的屋子不见了

门前爹爹栽的那棵大杏树却在

默默地蹲守着，等候着主人

家依旧在，一个温馨的念想

不觉弥漫了余生的时光

六

哦，前面的小山坡上

那个最阔气最活跃的地方

书声，夹杂着不绝欢笑声的

校园，成了发小的屋舍

一二三四五，马兰开花二十一

橡皮筋上灵巧腾越的女孩

满脸满手一个土蛋蛋

快乐地抓着石子儿的小姑娘

一个蹲身蹬腿，荡到十多米高

秋千架上翻飞的小女生

穿着布鞋露着脚指头，在妈妈的责骂声里

依旧兴头十足，踢着石头方方的尕①丫头

还有，那个老木桩上挂着的铜钟

铛铛铛，上课的钟声从心底里飞出

重拾记忆，童年的欢乐一幕幕再现

七

挎着篮子，行走在熟悉的田间小道

愉悦地前往玫瑰园

哇呀呀，采玫正当时

花骨朵饱胀得似要破裂

我们一边愉快地聊着天

一边采摘着玫瑰花

红花绿树，远山近田

不时响彻山谷的布谷鸟声

久远的田园生活

风光旖旎，一幕重现

不觉间，夕阳靠近山头了

一圈光影在山头徐徐坠落着

此时，汽车声摩托声响起来了

耕作的乡亲收工了

于是，场院里

羊咩鸡叫犬吠声

主家的吆喝声远远飘来

乡音就驻足在一抹斜阳里

八

回程了，回程了

特意绕行相邻的那个连队

---

①尕：读 gǎ。方言，小。

曾经光光的石头滩

几弯碧池包围

起初，只见几只野鸭

悠然地停在水边

我们的闯入，惊扰了他们的安适

瞬时，水面上群鸟飞腾

再远处，波光粼粼的湖水中

几百只，上千只的鸟头浮动着

我们一头扎进了这世外桃源

从故乡走不出来

2017 年 5 月 29 日

长梦的地方

有一种泪花，是无以言说的幸福

一

不经意间一颗尕不丁点柔软的心，走进眼眶里那个偌大的太平洋，瞬间掀起千层浪，水雾迷蒙整个天地。心海旋即波涛汹涌，后浪推着前浪，一波一波叩击心房。鼻子一酸，盈盈泪花便击垮了密密匝匝的睫毛箍成的围栏，奔涌而出。

教书三十余载的我，竟然不能自禁，哽咽中无法继续将她的习作念下去。

"有一次去办公室找老师，进门的一刹那突然发现了一个老师的小秘密。老师其实老了，只是我们蒙在鼓里全然不知。突然进去的我令老师措手不及，老师一个愣神，赶快抓起帽子扣在头上，有点尴尬地问我，'有事吗？'我才一下子回过神来说，'想请老师帮我修改一下作文'。老师接过我的本子细心地修改着，不时指点着，其实还在震惊中的我什么也没听进去。"

忍住，忍住，心在告诉我，"不可以这样"。来不及遮掩的我，快步走到教室后边背对学生娃们，以极快的速度抹去泪花，手摁住胸口，定力呢？躲哪儿了？这始料不及的柔软。

缓缓转身，故作镇静，踱步向讲台走去，边走边接着念：

"从老师办公室里走出来，靠在门口走廊墙壁上呆呆地站了好久，心里有一种说不出的滋味……"

站定讲台，接着，继续，终是没抵挡住这女娃柔软的袭击。

"我爱我的老师，今天爱，明天爱，一辈子都爱"。

一个浪头，堤坝终是决口，热泪击溃堤坝。

一个女娃也这样写道："'严老师'也有相当温柔的一面。她带着我们一起去和蝴蝶赏花，去操场上做个追雪花的孩子。用相机记录下我们多彩的生活，童年就被老师上了色。这位'严老师'前一阵儿给我们施了一个魔法，打开文学之路——写童诗。我们一个个浸润在诗香中，感受中国文化的美妙。同学们的诗一一被老师施法。看到自己的诗被老师改得那么好，我们笑了。老师看到自己的魔法有这么大的作用，也笑了。就连爸爸妈妈也欢笑了，所有人醉在诗香中……"

一个女娃还这样写道，"有一天上课了，坏小子们在教室里吵翻了天，可是老师没来，去办公室老师也不在。下课了我又到老师的办公室去，老师还是不在。知道老师生病了，我的心突然冰了"。

顶住了繁重的、糟糕的、沮丧的、崩溃的、憋屈的、累瘫的、透骨的……压力，不曾滴落一滴泪珠儿的我，原以为自己超级强大，强大到自己都不得不钦佩自己，不承想今天却在一个十来岁的女娃面前，缴械投降。

生活或许就是这样吧！

钢铁未必能穿透的东西，柔软却可以瞬间做到。

泪花中的幸福，就这么降临了。

二

当了大半辈子孩子王了，辛苦自然是难免的。尤其上了年纪以后，因遗憾自己这辈子读的书少，工作似乎越发较真了，从而也就越发苦着自己了。再加上身体原因许多时候话都说不动，老感觉自己扛不住了，就要跌倒。

这种苦，也只有自己知道。

这不，因着自己喜欢读书和写作，我总是变着法子想让一群一群的娃娃们喜欢上读书，哪怕读那么一点点课外的书，写那么一点儿自己可心可意的小东西。然而，事与愿违，六七岁、八九岁的娃们，到底玩性足，想让他们对阅读感兴趣，谈何容易？

日常呀，我这娃娃们亲亲的老师，总是动员我那亲亲的家长们鼓励娃们读书，一二年级时最好是亲子阅读。只有极少部分工作稳定的家长还成，能响应你的号召。但是，绝大多数家长都是打工一族，卖菜卖水果的早晨四五点出发到蔬菜批发市场，白天守摊子忙忙碌碌一整天，晚上九十点回家，娃们都睡了，正经的作业都没工夫看，哪有闲工夫陪娃们读书？

世界上门槛最低的高贵举动，似乎对他们而言太奢侈了。

出车跑远门的，一走就是十天半个月。就是守家的，春种秋收时，老家的地还不能荒，丢下娃娃们一走个把月，哪顾得上？有爷爷奶奶们照顾日常生活已经非常不错了。

保障娃们读课外书——奢望！

毕竟保障生活才是一个家庭的头等大事，咱理解呀！

可自己的这个念头就是没法消除，也并没有因此而削弱，反倒随着年龄的增大噌噌地还是疯长个不停。

这就麻达①了，是大麻达了！

费劲地全靠一个人干啊！想想脑袋都大。

平日里，一双眼睛努力地睁个老大，瞄准一切的火苗苗，就想来个星星之火可以燎原。譬如发现哪个娃的书桌上摆了课外书了，课间哪个熊孩子抱着书啃了，作业写完后谁去主动阅读了，不管是故事书、漫画，还是杂七杂八的，只要是他们感兴趣的，只要静下心来在看，在读，都成。可以说是抓住了一切机会，在班上、在家长 QQ 群和校讯通赞扬鼓励。谁谁谁家的娃今天读书了，谁谁谁家的娃终于不再胡闹拿起了书，这样一来给这些娃们鼓个劲，二来也想给家长大人们一点甜头，真的是表扬了娃娃，又赞赏了大人，甜美的话儿搜肠刮肚说了是一箩筐又一箩筐。

想想，在家人面前对赞美极其吝啬的我，怎么就这样？可能是娃娃们的亲亲的老师的缘故吧！

这不，今年五年级了，有那么几个娃娃进步了，那个叫邵吉昌的男娃，由最初的母亲陪读到现今的午休时间背着家长偷偷读书，已达到痴迷的程度，甚至晚上不好好睡觉藏着掖着窃读，好不令人欣喜。

我只知道当一个人能够如此单纯，如此觉醒，如此专注于当下，毫无

---

①麻达：方言，麻烦。

遗憾地走过这个世界，生命真是一件乐事。

还有一个叫谢佳宁的女娃，成天把书压在枕头底下，中午晚上睡觉前，是她必须读书的时间，双休日的早晨，更是一睁眼就钻进书里，妈妈特别担心，怕把娃眼睛看坏了。一不小心，这次期中考试语文考了九十九分，这娃开心极了。

老师的幸福啊，就是这么简单！

三

那几个娃是喜欢看书的，还有热爱写作的。

这学期，我总是想把娃们的习作好好抓一抓。这不，期中考试前大大小小的文章写了八篇，本来一学期差不多用完的本子已经不够用了。领着娃娃们写写童年趣事，做做儿童小诗，写个童谣……反正只要有写的，我们师生是不松劲的。这不，我又说服家长们也加入老师和娃娃组成的学习共同体中，欢欢喜喜一同在微信群晒晒某个娃的优秀篇目，讨论讨论某个娃还需修改的小诗，琢磨琢磨哪个娃写了个新颖独特的题目，还经常在群里斟酌某个词汇或某个语句，别说还真的抓住了一些娃娃们的兴趣点。

不过，遇到淘气包"马小跳"那样的娃，不把你气个半死，也够你喝一壶的。他们就这样形容班上的老师。

"老师的脸上带着个眼镜，像动画片里的四眼怪，下面有一个鼻子，里面有两个黑洞。"

"英语老师最温柔，可发起怒来，像狮子吼……"

读着这些稚气浓浓的话语，虽有些生气，但忍不住还是笑了，童言无忌嘛。

看着娃娃们不好好学习，话说得多了，也能累成一条狗。

可我只知道：孩子是柔软的土地，理想的种子，在这个时候悄悄地播撒下去，语文老师所做的，就是呵护、浇灌。

下面遴选了一些孩子的小习作，这些习作既有他们涂鸦的小诗作，也有经过修改后的二次写作，这些习作也记录了孩子们尝试童诗创作的过程。

其中不乏像张宇鑫、王友峰、郑羽辰一样的孩子，他们表现出了敏捷的思维与很高的写作天赋，他们在这次快乐的学习体验中表达了自己的真情实感！

飞来的灵感（鲁冬青）

昨天晚上，我和爸爸妈妈一起围着书桌修改我写的诗歌，左看、右看，也找不出诗的美妙之处，我们沉浸在茫然中不知所措。

滴，滴，滴，妈妈的手机不停地响。原来，班级微信群聊中，姜老师正和同学及家长们一起热聊，修改、欣赏、品味快手同学的作品。谁的标题独特新颖了，谁的那句话写得妙了，谁的作文出彩了……姜老师一一评说。我迅速地打开手机，像饿狼似的觅食——看着、读着、品味着"小诗人"的杰作。

哦，找到了，找到了。灵感就这样来了。顿时，笔尖在本子上刷刷刷地走起来。一秒，两秒……经过我和爸妈的反复琢磨，一首称之为佳作的儿童诗歌出炉了。

"小丫头，读你的习作真是一种美的享受啊！"姜老师在群中的点赞，让我更加有了自信心。

只要功夫深，铁杵磨成针。

谁说我不行？

蝴蝶，就这样飞来了（郑雨辰）

反复阅读我的处女作童诗《玫瑰谷》，我就在想：给它添点儿什么或修改点儿什么，才能让它有点老师说的灵气呢？

想啊想，涂涂改改，改改涂涂，反复多次后突然明白了"功夫不负有心人"的真正含义。这要感谢我的老师，让我有了写诗的欲望和冲动。

就这样，好几天了，走路，吃饭，脑袋里老转着我的《玫瑰谷》。万万没想到的是，原来写诗是这么有趣、这么快乐！

于是我把自己在玫瑰谷里的欢乐时光，尽情地写在了这首诗中。不过我老觉得缺了点什么，可又不知道到底缺什么。完稿了，晚上躺在床上还在思谋着，怎么改才能如老师所言——出个彩？

夜深了，星星一闪一闪眨着眼，迷迷糊糊的我睡着了。梦里，我看见一群花蝴蝶在我旁边飞着、笑着。于是我在诗中加上了翩翩起舞的花蝴蝶。

瞧，一下子就有了灵气。不是吗？看了，你就知道了。

玫瑰谷里 / 玫瑰把溪水染红了 / 溪水把玫瑰映红了 / 山像姑娘一样嘻嘻地笑 / 笑把玫瑰当成了红盖头 / 几只蝴蝶飞过来 / 在花丛中偷偷地笑 / 是溪水映红了花 / 还是花映红了溪水

乐　趣（张宇鑫）

这两天姜老师唤醒了我们写诗的兴趣，同学们都在聚精会神地创作自己的诗，当然也包括我。

回到家吃过晚饭后，我坐在书桌旁就开始构思写诗，先写个什么题目好呢？校园？花园？公园……有了！就写家乡吧！回忆着童年时家乡的田野、小路、黄昏，于是就在纸上涂涂抹抹了好一会儿，写完后改，改完后再重新写，终于完成了我的第一首诗。

我把写好的诗拿给妈妈看，妈妈看完后就把我写的诗赶快传给了老师，然后就看到了老师在微信群里表扬我："张宇鑫写得妙，最后一句尤为妙！"

当时我激动得又蹦又跳，我的诗得到了老师的肯定，整个人感觉更有自信了。

写诗的乐趣，让我自信满满！

下面请大家欣赏我的第一次涂鸦——

没有马路上车辆的喧闹 / 也没有城市那样的繁华 / 脚步，在小路上快速奔跑 / 决定去田野玩耍 / 太阳慢慢向西落下 / 注视着"小矮人"大战"高个子"

"醉"在诗中
——我的学诗经历 （赵雷学）

平静的空气里／霎时传来嘻嘻哈哈／校园里，出现了许多只小蚂蚁／在嬉戏打闹／足球、篮球、乒乓球、跳绳／样样都有／连阳光也忍不住过来凑热闹／丁零零，上课了／爱学习的"小蚂蚁们"放下手中的"活"／三步并作两步，奔上楼／热闹的校园，只丢下快乐的欢笑声／童年，是纯真难忘的岁月。

童年的我们对世界充满好奇，天上的星星为什么一闪一闪？河流从哪里来，又到哪里去？我们的好奇成为春天小小的嫩芽。

这几天，当我们跟着姜老师学习写儿童诗时，刚开始思想就像被软禁在一个房子里，好像她们不乐意出来似的，自己模仿半天《童年的水墨画》才勉强凑出一首小短诗。

老师让我们别着急，回家慢慢和爸爸妈妈再琢磨琢磨。

回到家不断地和爸爸妈妈讨论，才有了一点头绪，写出了《春风吹》。虽然写完了，可我总觉得不理想。

第二天，姜老师在课堂上选了几篇优秀诗作，读给我们听。慢慢的，思绪一点一点打开，有了。晚上回家后继续和爸妈讨论、修改。先后写了《外婆的菜园》《街头》《校园》《金水湖》，到最后还是喜欢《校园》。就这样我的第一首儿童诗诞生了，在姜老师的妙笔修改下，我的诗更有灵气，童真，童趣，童年的快乐跃然纸上。

童年编织着许多美好的故事，而这些都会成为我们快乐的源泉。在学写诗的过程中，体会学习的快乐，我已醉在诗中。

这日子，也太幸福了吧（杨亦扬）

这几天，我有了一种新的"玩具"——作诗。刚开始还不会，也没觉得多有趣。四五天的时间，经过老师的鼓励和指点迷津，以及父母的协助，又在热闹的班级 QQ 群里，看到老师和同学们的热烈讨论，老师还不时地点评同学们有趣的小诗，我把老师的一言一语都记在心头。

不知不觉我也爱上了作诗，就像遇见刚发芽的花苞那般心花怒放。那甜蜜的语言就像吃了一颗草莓味的糖。于是我和爸爸妈妈讨论着，和老师交谈着，和同伴相互欣赏着。

这日子太幸福了吧！

写出一首好诗，感受它的美妙，仿佛置身在诗的海洋流连忘返。沉迷在诗香中，谁也无法把我拔回来。

下面，请大家也来感受一下我的小小诗：

金昌植物园

看不见蜜蜂忙碌的飞舞／哪管它们丰收的喜悦／一阵雀跃，百花舞蹈／瑶池仙境落金昌／手捧草叶，淡淡幽香四溢／闭上眼，热带雨林奇幻尽显／哈哈一声，不知哪个"坏小子"打碎了仙境／咦，原来我在书中沉醉

快乐的小诗人
——第一次学作儿童诗（秦钰涵）

身处童年，我们每个孩子每天都在编织着美丽的故事。一只昆虫，一个玩具，一次发现，一场争执……看起来微不足道，却饱含着我们的纯真，饱含着我们的快乐、梦想和追求。

一首诗，一个记忆。

最近，姜老师带领我们这些小娃娃学做小诗人。第一次写诗，我对自己没有一点信心。姜老师领着我们反复诵读现代儿童诗，欣赏中外著名的儿童诗，给我们分析、讲解，我的灵感大门终于被打开了。

晚上，我与爸爸妈妈一起创作奇妙的儿童诗。正好这几日楼下的碧桃一树灿烂，我有了可写的东西。我们一家人，你一言，我一语，在争论中一首美妙的诗从我的笔尖流出。

我越写越开心，似乎自己就是诗中那盛开的桃花，脑袋里我在和诗聊着快乐的故事。每一笔，每一字都是灵感所赐。

从此时开始，我爱上了写作，真想立刻变成大诗人。

没想到，我的小诗发到班级微信群后，姜老师立刻作了精彩点评。激情被点燃了，自信暴涨。第一次正儿八经写诗就让我如此开心、快乐。让我原本平静的心越发有了想作诗的冲动，诗魔出洞了。

我爱写诗，我爱姜老师，我爱每一堂语文课。

快乐地写诗（梅国轩）

丁零丁零，上课了／一年级的小朋友／快乐地在操场上奔跑／欢声和笑语／挤着窗缝钻进了教室／教室里的琅琅读书声／也推开了窗户／和阳光灿烂微笑

上课的时候，姜老师教了我们三首诗，分别是《街头》《溪边》《江上》。之后老师让我们自己选一处心仪的地儿，展开想象的翅膀试着写一首童诗，把自己美好的愿望表达出来。我使劲地想呀想，终于从脑子里闪出了两个字——校园。

好，就用它做题目。写出了我的小小诗，我迫不及待地拿给老师看，"妙，妙，有点味道！"老师读了出来还夸我，心里美滋滋的那个劲儿没法提！

回到家后，我赶紧把作业写完，开始和爸爸妈妈讨论诗，想着想着，丁零，丁零，妈妈的手机响了，我一看"小诗人"们开始发诗了，我迫不及待地"觅食"。

看着看着，有灵感了，一下子修改出来了，爸爸妈妈称我为"小诗人"，这一夸奖让我心里乐开了花。

我爱上了写诗。

听说姜老师每天早上五点多起床，就给我们修改诗。老师，您辛苦了！要注意休息，别累坏了呀！

快乐的感觉（夏浩然）

作诗是一种快乐的感觉，作诗是一件有趣的事情，作诗是童年里最要紧的事。

诗是五彩缤纷的，诗里有我们的美好梦想，也有我们的快乐童年。

一连几天，课堂上都在品味同学们创作的妙诗。

姜老师呀，只要是在班级微信群或是 QQ 群发现哪位同学的美言妙语，就读给我们听。家里呢？我和妈妈兴头十足，一起作诗，一起改诗，再发给老师修改。

"你是一个有灵气的孩子！"看到老师的评价，我心里乐开了花。我，妈妈，我们都感到无比的快乐和幸福。

这也让我明白一个理儿：一个人只要做到坚持不懈，持之以恒，多难的事也会被战胜的，或许还会成为一件令你极为享受的事儿。

作诗是一种享受，是一种乐趣，是一种快乐，也可以说是一种超级有魔力的游戏。作诗可以让陌生人成为好朋友，可以带动大家一起专心地来干一件事，还可以让大家团结起来。

看看，我们班的微信群，简直成了老师、爸爸妈妈、同学们学习的乐园。

让我们大家一起来，沉醉在诗的海洋中吧！

一声惊雷叫开了河面／一阵暖风吹绿了柳叶／掬一把汗水埋进泥土里／发出春的嫩芽／抓一把暖阳撒在地面／发出夏的光芒／携一缕清风飞向蓝天／一声黄鹂的低吟飘过耳边／挂一轮明月在窗前／摘一颗星星捧在手里／划一下希望的桨／结出秋的辉煌／拨一下辛勤的弦／拾起冬的欢畅

校园（姚集涛）

走进诗歌，犹如走进了另一个世界，激发起我们的好奇心。每一首诗都有一个意境，每一首词都有它的独特。有句话说，语言不仅仅是为了交流，也是为了感受。一首诗，能绽放出艳丽的花朵，感受到自然的清新，发现蓝天似的广阔，学到海洋一样的知识。

诗，是我们语言表达的另一种独特的方式。

最近姜老师带领我们开始第一次写诗，对写诗我有点小怯懦，不知从何下手，在老师的精心指导下，我有点小小的头绪了。

晚上，我和妈妈在讨论怎样去写，慢慢地一首诗从我的笔尖而出。写着写着，我感觉自己身临其境。忽然间，我有点小小的激动，我爱上了写作。

我爱写作，我爱姜老师，我更爱每一堂语文课。

喏，听不见小鸟在枝头歌唱／只有读书声在校园回荡／书页在课桌轻轻翻动／墨水从笔尖慢慢地流出／小手高高举在老师跟前／也想向老师诉说自己的心声

拙作诞生记（王有峰）

纯真的童年是难忘的。

身处童年，一只小蚂蚁，一根跳绳，一次探险，一场争执……看起来微不足道，却饱含着我们的快乐、梦想和追求。

以前我不怎么喜欢写东西，那天晚上，我把写出来的诗拿给父母看，他们都不满意，那时候认为自己可能什么都写不出来，写出来也只能换来一阵阵不满。不过老师在班上掀起了一波写诗的热潮，大家伙都沉醉在诗的世界里，无法自拔。诗兴大发的同学们，似乎都已经陶醉在诗句的趣味中，班级群里同学们写的一首首动人心弦的诗歌使我受益匪浅，所以我也积极思考，想要写出一首让自己满意的诗歌。

绞尽脑汁，挖空心思，日思夜想……一首拙作诞生了。

一脚踏进东湖／也不知是哪一个淘气包／朝湖面扔了一颗石子／原本安静的湖就笑了起来／看着荡漾的微波／低垂的柳枝／蓝蓝的天空／还有惬意的我／童年的画就这样画成

妈妈第一时间把我改后的诗稿发到微信群里，没想到姜老师这样做了评价：@王有峰爱你，爱你们一家人！比起早晨的一稿，进步太大了！

诗可以表达出我的心声，诗可以让我快乐。说不定以后无聊的时候会写几句，多有味道。不过姜老师告诉我们了——好诗是经过千锤百炼的，要修改，修改，再修改。

正如这个叫梁梦琦的孩子爱上童诗的瞬间所语——

诗，可以把心中美好的憧憬，自由地表达出来；诗，可以让人的想象力井喷式爆发，尽情地驰骋；诗，可以让人如同看蓝天，望大海，那般惬意；

诗，可以把你带进遐想的美好世界，而且在这个世界的每一个角落都充满美好。

看着孩子们的作品，从独特新颖的标题，到用朴实的语言表达自己日常学习生活的真情实感，诗与文自然融为一体……都有了老师我的写作味道，做老师的幸福感怎能不油然而生呢？

2018 年 5 月 20 日

醉在春风里

——学生习作点评手记一

　　这几天领着娃娃们学习儿童诗，这不，正好批阅娃娃们的习作，看到这个叫邵吉昌娃娃的涂鸦以及写作经历和感悟，我想了很多。

　　如果说教育是用生命感染生命，那么诗歌也是；如果说教育是一棵树摇动另一棵树，一朵云推动另一朵云，一个灵魂召唤另一个灵魂，那么，诗歌也是。

　　当娃娃遇上美好的诗歌，惊喜之余，不免会看到一个孩子的童真之眼，童趣之心，童语之妙，竟然是那样明亮，一如三月粉嘟嘟的桃花般艳丽，如金黄的连翘般夺目。看看，"扑通一声，镜子碎了"，一群顽童入水嬉戏，打破平静水面的画面跃然纸上；"湖边跳跃着水花和笑声"，传神地将淘气包们欢声笑语再现眼前。再看习作的经历，"我迫不及待地和妈妈一起交流讨论，反复推敲""忽然豁然开朗，诗兴大发，于是和妈妈又陶醉其间""这种感觉真奇妙，我无法用语言表达这种美好的感觉"……对于一个十岁左右的儿童来说，他们的语言表达不仅妙趣横生，他们在创作学习过程中的那份美妙的经历、体验和感悟更让人怦然心动。与其说醉在诗歌里，不如说醉在学习的过程中，醉在和家人一同参与的过程中。从稚嫩的诗歌到情真意切的体验，让我们似乎看到了清晨初开的那朵花，花瓣上还留着晶莹的露水，又似乎看到了灿烂耀眼的阳光。娃娃们不仅用欢乐点亮了自己幸福的童年生活，也用自己的锦心绣肠和慧心妙笔描绘了自己美好的学习生活。

　　老师我，醉在春风里；学生他，醉在诗歌里！

　　或许，这就是诗歌创作真正的魅力吧！

　　且看，这个叫邵吉昌娃娃的作品吧——

这两天姜老师在我们班掀起了一股作诗的热潮。许多同学沉醉于作诗的热情中，当然也包括我。

唉，一稿的诗，读起来干巴巴的，就像老师说的——白水煮面条一样没味道。后来姜老师给我们讲了北宋大诗人王安石最著名的一段关于诗歌炼字的佳话。据说《泊船瓜洲》中的著名诗句"春风又绿江南岸，明月何时照我还"，一个"绿"字，诗人几经修改，反复推敲，先后用了"到""过""入""满"等十多个字，最后才敲定为"绿"字。

大诗人都如此，更何况我们小学生呢？

姜老师鼓励我们："好诗都是千锤百炼修改出来的，哪能一蹴而就呢？"听了老师的话，我暗下决心，一定要修改好自己的小小诗。

下午放学一回到家，我迫不及待地和妈妈一起交流讨论，反复推敲，第一首诗作好了，感觉还行。

当阅读了老师发在班级群中的精彩点评和同学们情趣盎然的诗作后，我豁然开朗，诗兴大发，于是和妈妈又陶醉其间。这种感觉真奇妙，我无法用语言表达这种美好的感觉，下面是我的拙作，请大家欣赏我的《金昌西湖印象》——

湖水如碧绿的翡翠／岸边的垂柳急忙对镜梳妆／当飞行的小蜻蜓把荷叶当作停机坪时／淘气的鱼儿却在湖底撒着欢儿／扑通一声，镜子碎了／湖边跳跃着水花和笑声／是谁在捉着田螺／像觅食的一群小鸭

2018 年 3 月 21 日

这个春天，幸福花儿朵朵开

——学生习作手记二

　　"老师，请您尝尝，这是我们做的菜。"两个娃娃一把推开办公室的门，一脸喜气地端着一盘新鲜出炉的菜肴请我品尝！

　　鲜美的菜肴，娃娃们从眉宇间、从心底里发出的喜悦，零距离的亲切感，迫使我压下写作的冲动，放下点评娃娃习作的笔。

　　年年岁岁花相似，岁岁年年人不同。

　　2018 年的春天，我还是干老本行——继续执教五（三）班的语文课。

　　只是娃娃们过了一个年，开学报到时个头蹿了一大截，几个女娃娃脸上开始长小痘痘了。那个叫寇亚伦的，还有那个叫李清祥的男孩子，许是假期里睡饱了觉，有足够的时间野，加之春节食品丰盛，营养超级棒，小脸蛋子鼓胀得似乎要撑破那层粉嫩粉嫩的脸皮儿。

　　该变化的都发生了变化。

　　那个过去几年老实巴交的，总耷拉着个脑袋，叫唐辰旭的小男娃也学会调皮了，班长次次抓纪律，捣蛋鬼的名单里都少不了他。说实话，唐辰旭会调皮了，对他而言真是一种幸福！至少我这么认为，因为我看到了一个孩童的活泼，一个孩童的烂漫。往日那个缩手缩脚沉默寡言一脸老天委屈了他似的样子不见了。想想，对这个娃娃而言，有个欢乐的童年，比什么都重要！

　　阳光、健康、快乐，比成绩还要紧些。

　　至少，我是这么认为的。

　　没变的嘛，还是娃娃们课前的叽叽喳喳，课堂上手里时不时地把玩铅笔尺子橡皮，还有你须臾地离开，教室里立刻喧闹起来，容不得你省心半分钟。

　　闹心，闹心，闹心死了！

淘气包"马小跳"依然老样子，虽然调皮捣蛋一样少不了他，可老师我还是蛮喜欢他的。课堂上你吊住了他的胃口，那发言比谁都积极，有自己的见解。让你爱他，爱得头疼！

桃花朵朵开的时节，教室里的窗台上渐次多了几盆鲜花。昨天，意想不到地还添了两盆绽放的桃花，欣喜的我不明就里，欣欣然还拍了几张小照。

结果孩子们告诉我，是那个叫张致承的和另外一个淘气包端来的，他们是被老师惩罚而为的。原来是没辙的辙，没法子的法子，班主任采取了捐献鲜花的惩办措施，狠抓班风纪律建设。哈哈，这个创意，倒是让教室里春风荡漾了。可是，爱说、爱闹、爱吵，"涛声依旧"。

班主任枉费心思！

也确实令我头疼！

不过，这几天学习第二单元课文——童年趣事。从"最喜小儿亡赖，溪头卧剥莲蓬"的古诗词，到萧红的"蜜蜂，蝴蝶……"的《祖父的园子》，再到高洪波的"我想，把小手安在桃树枝上……"，一件件一桩桩童年趣事跃然纸上。娃娃们学得高兴，借着《童年的水墨画》的诗歌学习，我在班上又掀起了学习写作儿童诗的热潮。

整整一周多时间，在班上，在班级微信群，在QQ群，及时发布娃娃们有点味道的习作，自己也不忘随时点评，鼓动家长们也参与到这件事儿里来。结果，点燃了孩子们、家长们的激情，老师和家长们在群里随时更新修改娃娃们的"杰作"，品味娃娃们的稚嫩语言，家校创作的热情一发不可收拾。

这不，就连端菜来让我品尝的淘气包大王——魏崇涛，都写出一首流畅的小诗来。虽然欠缺一点灵气，少点创意，可对第一次尝试写童诗，平时习作如流水账般的他，第一次和父母共同参与学习这件乐事，老师我喜不自禁。

我不时在群里发出"么么哒，爱你们！""我亲亲的家长们，爱你们！""我是你娃亲亲的老师""有你们这样的家庭，一家三口讨论学习，老师我太爱你们了！"……并时时刷新娃娃们习作的修改和点评。一首首充满童稚的小小诗歌新鲜出炉了，娃娃们兴奋，家长们热烈，老师我更是神采飞扬！

看看，今天下午学校搞社团活动，参加"厨艺社团"的他精心烹制了一道凉拌胡萝卜丝，品相、味道极佳。欣喜万分的他，第一时间想到了老师我，一个麻溜，喜气洋洋地端到办公室让我品鲜。瞧瞧，小家伙眉宇间都在开心地笑着。

猜猜，或许是这几日他的习作写得好，我不停地在班上、家长群为他点赞的原因吧！他的心情好得不得了！如他在小诗中所言，快乐在学到知识的一瞬间，快乐在老师洋溢的笑脸上。

点睛之笔，妙哉！

下面就是他的涂鸦小作。在班上虽算不上上乘之作，但是对于一个十岁的娃娃来说足够了！

丁零零，下课了／同学们，闹起来／我们的快乐在哪里／操场上，花坛边／我们的快乐在哪里／楼梯间，课桌旁／我们的快乐在哪里／学到知识的一瞬间／老师洋溢的笑脸上

这首小小诗节奏感极强，读来琅琅上口，道出了娃娃们真实的童年校园生活。操场上，花坛边，楼梯间，课桌旁，无拘无束地嬉戏玩耍，描绘出了日常生活的一幅幅生动画面。要说妙，妙就妙在最后一句，无论怎样的耍闹，落脚点却回到了自己的"职责"——学习上来，尤其是从一个孩童的眉宇间透出了因学到了知识而感到无比愉悦的心情。由此，道出了教育的真谛，兴趣——终生学习的原动力！

这个春天，老师我幸福满满！

2019 年 3 月 25 日　河西父母家

着了色的童年

——金昌市实验小学"研学旅行"一瞥

有一种学习，叫研学旅行。让儿童和本土千年文化遗迹、遗物近距离接触，了解家乡的人文历史和文化遗产。聆听古迹之声，回望千年珍藏。

——题记

从四角的墙里出来
像田野那样任风儿吹吹
快乐便在旷野里疾步行走
童心如麦苗那样痛快地晒着太阳
韭菜说自然匿迹了
喏，原来三角城并不是个三角
沙井文化，揭开神秘的面纱
站在少年们眼前千年的世界
驻扎在今天的一抹鲜亮里
看吧，新的学习疆域正在开拓

2018 年 5 月 11 日下午，我和实验小学五年级的一百多个孩子，开启了一段美好的户外本土历史文化的研学行程。

一路上孩子们叽叽喳喳，兴奋得不得了。

这也是自 20 世纪 90 年代后，实验小学的少年们再次走出课堂，走出四角的天地。

行走在双湾镇尚家沟三角城村——沙井文化遗址，在风中，在旷野，在阳光中，了解金昌本土悠久的历史文化，别有一番情致。

自然嘛，五年了，从指缝里溜走的一千多个日子，不是在混凝土的冷硬墙里，就是在平平整整的书桌上，埋头在精致的书本里。花儿没有风吹，苗儿缺了雨淋，童年的日子有点蔫不耷拉①。

"不必说碧绿的菜畦……也不必说鸣蝉在树叶里长吟……单是周围的短短的泥墙根一带，就有无限趣味……"少年"鲁迅们"真实地体验了一把"百草园"的生活。

苍白的童年，今天着实有了点新鲜味道，染上一抹色彩。

十来岁的娃娃们，对身边沉淀的灿烂文化或多或少地了解一些，这样的教育丰盈了教学不说，单是对孩子们的童年来说，怎不是浓墨重彩的一笔？

少年们又走进金昌市金川区三角城遗址博物馆。断垣残壁的土城墙，正在向他们诉说着两三千年前西周春秋时期，金川河畔先民们的古老故事；"在三角城现存的城址，改变了人们对先秦两汉时期北方游牧民族'逐水草而居''流动转场，居无定所'生活方式的传统认识，标志着沙井文化先民已经从原始的部落聚集开始走向较为先进、安全的城堡聚集，已具有了相当规模的聚落城堡"②。这一史实，让孩子们在感悟到沙井文化丰富的内涵的同时，也了解了金昌的先民们从居无定所到聚落城堡的历史演变过程，更加惊叹于在如此久远的两三千年前竟然有了这么繁华的城堡。

身为一个当地人，土著的我们双脚实落落地踏在先民繁衍生息的土地上，怎不任思想驰骋纵横？任情思随意流泻？在日新月异的高科技的今天，遇到刀耕火种一去不复返的旧时代，感慨，感叹，怎能不油然而生？

咔嚓，咔嚓，看惯了高楼大厦的少年们一个个对着三角城遗址狂拍，以存留一份弥足珍贵的记忆。对着文字介绍仔细浏览，不容错过一丝对先民们的文化足迹的追寻。

区博物馆的馆长和美丽的解说员们更是铆足了劲，在习习清凉夏风中，带领这群少年们解读着金昌的远古历史。

---

①蔫不耷拉：无精打采，没有精神。
②杨发寿，姜国文．甘肃金昌［M］．北京：中国旅游出版社，2015：54。

孩子们驻足聆听，感受三角城昔日的风土人情和文化风貌。

这不，四时许少年们走进区博物馆陈列室，耳闻翔实的讲解，目睹了出土的珍贵文物。

"哦，这就是两千多年前的铜镜？"一个声音高呼。

"哇，这是陶罐？"又一个声音惊奇道。

"我知道，这是青铜时代沙井文化的带孔石条。"

"我知道，这是青铜时代，沙井文化的石研磨棒。"

一声声的惊叹中，少年们细赏了博物馆珍藏的稀世珍品，真切体验了金昌古文化特有的氛围。

博物馆还组织了金昌古文化有奖知识竞答。孩子们在愉悦的抢答中了解了大美金昌距今约五千年的马家窑文化，了解了金川蛤蟆墩墓群、陈家沟关帝庙、大庙城遗址等数处不可移动文物以及三角城遗址出土的春秋战国时期的虎噬鹿青铜饰牌、镶绿松石凤首金耳环等可移动的国家珍贵文物。

猎猎西风，漫漫黄沙，少年们浸润在商周、春秋战国至秦汉时期金川河流域文化中……

夕阳西下，在收获了一肚子的当地远古文化知识后，少年们踏上归途。

2018 年 5 月 11 日

种下你的绿太阳

——致书桌和童年的你们

一束光，将我捉回童年
喂，它说坐在书桌前的样子
是世间最美的
赶快呀，打开心的门扉
去书卷的海洋里，那儿
有足够的东西喂养你
它还说，最好让躺下的笔尖站起来
漂洋过海走世界吧
天空就在眼前

它说，四角的天空
是绿色氧吧。书本会走到眼前
傻傻的你呵，书本，阳光
空气和时光，统统的免费
咋能错过？那个打算做小猴子的
还有，小老鼠一样的孩子
醒醒吧！做个追光的娃娃
是老师最喜欢的你呀
知道吗

此刻，时光路过我们的村庄
静待夏花，是五十一个天使的期许
哦，那瘦弱的光阴啊

捏在你们的小指缝缝里
一不留神，它可要溜走了
小心啊，最好最好
抓紧了，远方
朝着你招手呢

如果可以，老师容许你对一张蓝色书桌说
爱它一万万年。小家伙你听到了吗
如果可以的话，还可以地老天荒
做它，生生世世的小恋人
知道了吗？小家伙
别忘了，感谢它开垦了你的荒芜
将蓝色天空与你对接
种下了你的绿太阳

2018 年 11 月 30 日

夏夜私语

烈日晒蔫了灵感

热浪卷跑了情思

思想躺进了睡衣

想象被锁进抽屉

词语安静地待在老家

句子放不到纸上

东坡的友人黄山谷①真可憎

一语道破天机

三日卷书不读②

便觉语言无味面目实在可憎

霍诗放下月余

语感就躲藏起来

葡萄架下痴人说梦

星星叫醒夜晚

会面的是燃烧和热烈

2017 年 7 月 4 日

---

①黄山谷：即黄庭坚。北宋文学家，书法家。
②明朝陈继儒著的《岩栖幽事》一书记载，黄山谷云："士大夫三日不读书，自觉语言无味，对镜亦面目可憎。"

民乐县金山小学参观印象

童年是一幅画，画里有孩子们五彩的生活；童年是一首歌，歌里有孩子们的幸福和欢乐。

——题记

祁连山脚跟跟的民乐县
有个金山小学
金山上的娃娃们
花儿一样，笑颜开放
金色的年华
在彩绳上跃动
十分钟，快乐
这样和世界见面
明媚打开喉咙
纵情歌唱
阳光展开手笔
书写如画童年

2018 年 5 月 18 日

补记：

有些事儿过去了就过去了，有些事儿就不一样了。

"北京的金山上光芒照四方，毛主席就是那金色的太阳，多么温暖，多么……"这首歌曲在 20 世纪 60 年代在中国大地上唱响，其强大而久远的生命力，让人不胜感慨。

没想到的是咱身边祁连山脚下的民乐县，就是那个油菜花盛开的地方，

151

有一所"金山小学"，真让人惊讶不已！第一时间联想到这首歌曲，莫非这所小学是那个年代建的？因紧着上课交流，没来得及询问。

事情得从去年五月说起，我和崔承惠、马海霞两位名师以及来自金城的六七位名师在省教科院组织的"名师送教"活动中走进这所小学。晚春时节，金色的油菜花还在娘胎里孕育。天气有些寒冷，空气中有些草原的味道。这里的天气像娃娃脸，想笑就笑，想哭就哭，上一堂课还艳阳高照，下一堂课却是风雨交加。学校和不远处的雪山绿野，跟着祁连山的风自然呼吸。这里莫非是上帝遗落在人间的一块翡翠，有点世外桃源的感觉。这感觉实在是太奇妙了！这就是民乐县给我留下的第一印象，这地方是金色的！

第二印象呢？课间十分钟，随意走在操场边就发现无论是高年级的学生，还是低年级的小孩子，小脸蛋上的那种纯真、快乐，真的是一种久违的感觉。高年级的孩子似燕子一般轻盈地在彩绳上翻飞，花样玩法还真不少，每个脸蛋上都洋溢着一种无拘无束的孩童的天真和快乐。一年级的小朋友则在草坪上高高兴兴做着自己的游戏，三个一伙五个一堆，课间十分钟是金色的。快乐就这样和世界见面，不由得你不吟唱。

孩子们的笑脸是金色的！这是金山小学给我的第三印象。

其实，来民乐县之前我就知道，这儿的教育还保留着古老的民俗。娃娃们小学、初中毕业对家庭来说是件大事，仪式感很强，也很隆重，家家户户都要宴请老师和亲朋，举行给孩子挂红的重要仪式。于教育而言，孩子的责任感、家长的重视程度、乡邻的祝福以及淳朴的尊师重教之风，在此民俗中，无不淋漓尽致地体现出来。只要把娃娃们交到学校，一切学校说了算，老师说了算，这种现象在如今的时代实属罕见。倘若一些家长因孩子教育问题想找老师的"事"儿，家长们首先不答应，民乐教育不答应，这是千百年来当地的民风所致，这片净土因而也让民乐教育总是走在全省的前列。这儿的教师也是非常敬业，有相当一部分孩子住校，衣食住行休息娱乐统统是老师们轮流负责，每个老师既是教书先生，又是孩子们的在校父母。高强度的工作，没有一分钱的额外报酬，也从未有人叫苦喊累，几十年形成的民乐教育之风就是这样质朴、超然、纯粹！

想不到吧！这是第四印象——教育是金色的！

最让人惊讶的事还在后面。其实这次去只是给金山小学的老师们上示范课，同时和老师们交流探讨一些教学中的疑惑和问题，没料到民乐县教育局极为重视此次活动，号召全县小学几百名教师参加听课评课活动，大大的报告厅挤得满满当当。民乐教育重视教师的培训和再提高，那是见缝插针，乐学、善学之风由此可窥一斑。民乐的师资培训是进行曲模式，是昂扬、是金色的！这是民乐之行的第五印象。

原以为也就这些了，哪料此行的压轴戏才叫个不得了！我是从头乐到尾，口就没合拢过。拜师仪式特别正式，学校安排每位名师带两名徒弟，在县教育局领导和学校领导主持下，在几百人的见证下，颁发聘书，师徒互相拜礼，签订协议，握手，拥抱……试想，有了这样隆重的仪式感，为师者能不尽其心教，为徒者能不刻苦用功学吗？

金色的拜师仪式，既是淳朴的民风使然，也是民乐式教育之风使然。

不仅教育研修是这样的，民乐教育工作者的那份敬业，绝对得让你竖起大拇指。在研讨活动的第二天一早，两份快报即出，原来金山小学的马多春校长带领班子成员连夜赶写材料，加班加点到印刷厂监印，为的就是保质保量，以便第二天能够让所有参与学习的老师有的放矢，及时了解活动情况。即便活动结束回来后，自己需要什么资料，无论老师还是校领导都会第一时间提供给你。工作上如此，生活上也是，负责行程安排的刘华善校长把出行方式细化到车次参考，还温馨提示活动期间的天气变化、衣物准备。所以说金山小学的服务真是没得说，是金色的，是一流的。

金山小学的领导和老师的好学也是金色的。回来后，好多老师加了我的微信，时常和我交流沟通。有工作上的，也有自己孩子教育上的，有了这些鞭策，让我不敢有半点放松和懈怠。

感谢金山小学，2019年的今天还让我对那些印象如此动容！依然留有如此深的记忆！

不补上一年前落下的这一课，我自己也不答应。

2019 年 3 月 18 日

共同读书，一起成长

知识永远是教不完的。让学生喜欢读书，痴迷读书，乐在其中，一生都热爱读书，或许是最成功的教育吧！

——题记

执教四（三）班语文课四年了。从一年级起，我就时常在家长们中间游说，每天午睡和晚睡前抽那么几分钟的时间，和孩子共同读读书，在春天把读书的种子种下。

平常的日子里，除了课本，我都要求孩子们每天带一本自己喜爱的课外读物，漫画、趣味故事、名家著作……只要自己喜欢都可。作业提前完成了的那三五分钟，课余闲暇的个把钟头，统统可以拿来作为阅读时间。每周，也给孩子们留出一节课专门读书，交流读书信息，交流阅读书目，交流读书感受……

到了寒暑假，随着年级的递增，由最初阅读连环画，到插图注音读物，再到纯文字读本，一部分孩子渐渐在阅读中成长起来了。我还时常把自己总结的一套读书经念给孩子们，并向家长推荐一些适合孩子们阅读的书目，建议家长给孩子办个市图书馆的借阅卡，或每周安排固定时间到附近书店去阅读。引导孩子尽量和书交友，和名著约会，这不，三五载下来，班上就有了那么一些种子生根发芽了。

孩子们眼中的学霸——邵吉昌这个男娃娃，读书的种子已经破土而出了。他在课堂上的发言，那见解，那语言，没的说。那些读书少的孩子和他真的是无法相提并论的。

这不，我的教育叙事集《思想在笔尖行走》出版了，孩子们欢呼雀跃着，成了首批读者。瞅瞅，我的天使们，他们怎么说。

王天齐：当我看到这本书时，恨不得一下子蹦上讲台去拿。

杨亦扬：如饥似渴地阅读了老师的《思想在笔尖行走》，真要感谢上苍送给我这么好的老师，让我们的学习生活变得如此有味，如此有趣，如此快乐！

李文琴：老师，太感谢您啦！谢谢您帮我打开了阅读的那扇窗，让我现在特别喜欢读书，就像流浪狗小沸点，一个小时就能看三十页书。

阅读，让孩子们沉醉在字里行间；阅读，打开了孩子们乐读的那扇窗；阅读，更让孩子们自信起来。

卢志磊：当我拿到这本书时欣喜若狂，第一次自豪地看着那美好的花语，骄傲地看着自己学习时的图片，感到老师对我们那淳厚的爱，才知道老师也不容易呀！我喜欢语文老师。

瞧瞧，这些小家伙多激动、多兴奋，他在书中找到了自己！

秦钰涵：思想在笔尖行走 / 行动在大脑起步 / 阅读在书本中沉淀 / 作为在考试中展现

老师，你所著《思想在笔尖行走》，在我心灵埋下了酷读的种子。老师，您辛苦了！您连夜写作，在我们心灵中您就是我们的楷模。我也要像您一样，以后当一名作家。

又及（两天后）：老师，希望您再出一本书，很想再一次拥有您的书。您陪伴我们成长，让我们真切地体验到一句名言——读书破万卷，下笔如有神。我喜欢这本关于精神文化的书。

再及（十多天后）：老师的书打开了我兴趣的大门，我越来越喜欢读书了。

哈哈，觉得老师写的书是最棒的，做老师的学生是多么自豪的一件事。

哎呀呀，这个女孩亦诗亦文，每天都有新的理解和认识，多好的启迪——埋下酷读的种子。不但感悟到读书与写作的紧密联系，还有了"精神文化"一说，认识如此深刻。

卞志红：刚拿到这本厚厚的书，我就迫不及待地阅读起来，字里行间感受到老师对我们的悉心呵护，觉得它是我人生中最美好的一页，就像老师的影子一样伴随着我！

又及（几天后）：上语文课，如同快乐地遨游世界；上语文课，让我沉醉在快乐的时光中。我们的语文课就是这么有趣。

又及（半月后）：人生中谁都有精彩，我的精彩在语文课堂上。上语文课太有趣了，就像看电影一样，每一节课都是那么美好，每一节课都是那么快乐。我爱姜老师，我爱每一节语文课。

看看这个娃，处在阅读兴奋中的他一连几天都给我递个小纸条，说说他的读后感。什么是成功的教育？当你的学生由喜欢你，进而情不自禁地喜欢你所教的学科，这就是成功。

梁梦琦：让我们行走在幸福的学习路上。

说得多贴心，孩子们能有此感悟——行走在幸福的学习路上，做教师的我难道没有行走在幸福的教育路上？

孙开奇：

拿到这本书，书中的内容让我感到了老师对我们满满的爱。

拿到这本书，感到这就是我们学习的一部好书。

拿到这本书，让我不知不觉"醉"在字里行间。

拿到这本充满爱的书，让我看到了无比快乐的老师。

拿到这本书，也让我感到童年生活是这么幸福！

李春清：我没有读老师的这本书，但我知道老师写这本书不容易——把我们从一年级带到四年级，把我们每天的生活都记录下来。学好语文多有趣！

又及（第二天）：您上课时嗓子哑了，我很心疼您；为了给同学们批阅作文，您有了黑眼圈。您可知道？那黑眼圈让我不安。老师，我知道您为了写这本书花了很长时间，您的心我知道。您的神情让我明白写完书您特别开心。姜老师，您说我们是五十一朵绽放的花，从现在开始到毕业，我们永远是您的日记。和我们的妈妈一样的姜老师，我爱您！老师，请您再不要那样辛苦了！我会和其他同学一样喜欢语文课。

看看，这个班上不咋爱学习，写作业总是拖沓的女娃，多多少少体会到了语文的趣味了，也不错。人都说女儿是妈妈的贴心小棉袄，这个女娃多贴心呀，看来她也是老师我的小棉袄了！

夏浩然：虽然我没有这本书，但是我借阅同学的看了。从中我知道老师把我们五十一个同学的一言一行都记载到了这本厚厚的书中，感到好幸福！

梅国轩：当翻到花语课那页，看到了老师把我们甜甜的笑容都记录下来了，真开心。

阅读，让孩子们体会到了"爱"；阅读，让孩子们体会到了童年幸福的学习生活！

张致承：读了老师的书，知道了老师的辛苦，您一个人的辛苦。老师，从今天开始您再也不是一个人了，您还有连老师、王老师，他们都是我们四（三）班的成员。我们不是五十一人，而是五十四人，我们都会陪您写出第二本《思想在笔尖行走》。

陈悦：我从《一堂花语课》知道了这本书为什么叫《思想在笔尖行走》了！真是越来越爱语文了。

"思想在笔尖行走"蕴藏教育玄机的书名，这个孩子在《一堂花语课》中解读到真意，多么深刻的感悟和体验啊！

唐晨旭：从《做一个学生喜欢的老师》这篇文章中，知道了姜老师把我们当成自己的孩子来教。

这个班上学习吃力的孩子，也在具体的篇目中找到了老师的爱，当教师的读到这句心语，能不"醉"吗？

毛紫雯：向老师借了这本书看，让我印象最深的是《一堂花语课》，老师把没出去赏花的同学那急切的心情写了出来，把出去赏花同学的开心也写了出来。我喜欢这本书，我一定会和父母交流一下。

李熙珍：翻开这本书的每一页，都能体会到老师对我们的关爱，您是我们一生的老师啊！

刘子琪：长大后我也要成为一个作家，也要写书分享给老师和同学。

邵吉昌：这本书对我的触动很大，因为我读出了老师对我们全班五十一个人的关爱；我要好好珍藏这本书，它不仅记录了我们的成长，也包含了老师写作的艰辛。长大后我要像姜老师一样，当一名作家，好好写作，送老师一本我写的书。

这是孩子们这一刻最直接最质朴的话语，我真的相信。因为，在我一生的教育中，这样酷爱读书酷爱写作的孩子，他们真的能和老师我一样出版自己的书籍了。

姚集涛：看了老师写的《老尹，这个人》这篇文章，知道了称谓很重要，做什么乐在其中也是最重要的。

谢佳宁：拿到这本沉甸甸的书，感到老师很不容易。

王鹏：我没有这本书，向陈悦同学借了看。一看书的厚度，第一反应就是老师写这本书得花好几年时间吧？里面记录了不少我们和老师在一起的快乐时光，感到老师付出的辛苦太多太多！

高泽浩：老师的这本书把我带到书的海洋了！

看看，孩子们的感受多么丰富。身教重于言传，这就是最好的例证。

安蕊：虽然我没有拿到这本书，但我能体会到老师写那么厚的书，肯定很辛苦。虽然我学习不好，但我真想对您说一声：老师您辛苦了！我一定会更加努力地学习。

鲁冬青：读了这本书，我知道该咋做了——一定要把写作水平提上去。

吴文君：写一本书谈何容易呀！让我想到了一句名言——一寸光阴一寸金，寸金难买寸光阴。让我们珍惜童年的每一分每一秒吧！

孩子们在阅读中开始反省自己，多好的教育。

张一凡：书中记载了我们成长的足迹，记载了老师对我们满满的爱。拿到这本书，我就想，长大后如果想念老师了，就可以看看老师写的书。

寇亚伦：虽然没有《思想在笔尖行走》这本书，但是我借阅了同学的书，字里行间感到了老师的用心良苦。我和爸爸妈妈说好了，一定要有一本此书，并把此书作为我一生的珍藏。

就这样，春天来了，我为孩子们种下了读书的种子！

孩子们从喜欢爱阅读的我，到喜欢跟着我阅读，一颗颗阅读的种子，渐渐深入泥土，生了根，发了芽。

阅读，尤其从小开始热爱阅读，是一件多么美好的事情。让我们用心点燃心，和孩子们一同捧起好书来，围拢在阳光下，在教室、在操场、在书房……为遇见一个更好的自己读起来吧！

自我评析：身为甘肃人，咱有影响力极大的《读者》，那咱就该让"读者"成为自己的美好身份，成为甘肃孩子们骄傲的身份。作为一个语文人，打孩子们入学起，就想方设法为孩子们种下读书的种子，让孩子们终身拥有"读者"这一身份，这是我多年来的一个教育梦想。如何实现呢？教育教学中，一要注重家庭教育和学校教育的合力，倡导亲子阅读；二是随着孩子们年级的升高，推荐相适应的阅读书目，拓宽语文学习渠道；三是让学生从最初的喜欢老师，再到喜欢老师所任教的学科，进而同老师一样痴迷阅读，乐在其中，欲罢不能。这就是我语文教学的秘密法宝，一个个邵吉昌式的如饥似渴喜爱阅读的学生正在班上诞生。另外，作为一名从事语文学科的教育者，身体力行，把教育观察和写作融为一体，和孩子们共同阅读写作，这也是一种最好的影响和教育，师生彼此分享，彼此体验，共同进步。看看，教师专著的出版，引发多大影响，"真要感谢上苍送给我这么好的老师，让我们的学习生活变得如此有味，如此有趣，如此快乐！"那个叫陈悦的，从《一堂花语课》知道了为什么书名叫《思想在笔尖行走》了！"真是越来越爱语文了"。孩子们多么真切直白的话语。正所谓有一千个读者就有一千个哈姆雷特。不同的孩子，针对自己的学习状况，发出了不同的感悟。这种教育，我认为就是最好的教育，也是最成功的教育。

同行评析（冯蓬勃）：许多大作家一谈起之所以"成名立家"，无不同声答道，那是得益于孩提时期多看了几本书。姜老师深谙此道，那就是指导孩子们进行广泛的课外阅读，根据年龄特点和知识水平帮孩子们选好读物，引导孩子们读优秀的课外读物，让孩子们在浩瀚的书海中遨游。为了激发孩子们的阅读兴趣，姜老师亲自写教育孩子们的故事《思想在笔尖行走》，孩子们能读到老师写的自己的故事，读书兴趣之高涨可想而知，正如杨亦扬同学写道："如饥似渴地阅读老师的《思想在笔尖行走》这本书，真要感谢上苍送给我这么好的老师，让我们的学习生活变得如此有味，如此有趣，如此快乐！"有了浓厚的阅读兴趣，还要培养孩子们写作的兴趣。姜老师做到了，比如鲁冬青同学体会到："读了这本书，我知道该咋做了——一定要把写作水平提上去。"秦钰涵同学更树立起这样的志向："我也要像您一样，以后当一名作家。"姜老师的书使孩子们受到思想的启迪和知识的教育，果不其然，孙开奇同学读后收获道："书中的内容让我感到了老师对我们满满的爱，让我感到这就是我们学习的一部好书。"姜老师更是以自己渊博的学识、高尚的人格、高超的教学艺术让孩子们喜欢上了语文，好比卞志红同学所说："上语文课太有趣了，就像看电影一样，每一节课都是那么美好，每一节课都是那么快乐。我爱姜老师，爱每一节语文课。"姜老师的教育的确是成功的教育，正如姜老师所言：什么是成功的教育？当你的学生由喜欢你，进而喜欢你所任教的学科，这就是成功。姜老师满怀热爱地指导孩子们读书，给孩子们种下读书的种子。这才是最成功的教师，也是最成功的教育。

（冯蓬勃，省级学科带头人、农村骨干教师，全国百名班主任之星，全国作文教学能手，由他执教的课多次获甘肃省、市奖励。他辅导的学生作文中有六十多篇发表于省级刊物，有上百名学生获县级以上奖励。）

这样的读书娃，不简单

"一年之计，莫如树谷；十年之计，莫如树木；终身之计，莫如树人。一树一获者，谷也；一树十获者，木也；一树百获者，人也。"被后人誉为"圣人之师"的管仲在两千多年前的这段经典阐述，给我们诠释了"十年树木，百年树人"的深刻意义。

教育的确是"慢"的艺术，一个好的教育教学理念需要持之以恒地坚守，一年，两年，三年……曙光才会出现。所谓静待花开，便是这个理儿吧！

这不，带六（三）班整整六年了，在语文教学上，可谓是韧性地持守：倡导娃娃们从小就开始阅读课外书籍，并尝试用课堂上学到的语文"学法"去读书，即不动笔墨不读书；苦口婆心地动员娃娃们坚持每日的诵读，哪怕十分钟都成；不间断地写作，写学习中的趣事，生活中的新鲜事。

这不，这个寒假一结束娃娃们就给了我一杯酸酸甜甜的"开年早茶"，一份爽而不腻的"开胃甜点"和一份"美味小餐"。

一

"哎呀，娃们做到了，娃们做到了……"假期读书，六（三）班一部分娃娃按我的读书要求做了，甚至比我预想的还要好。

十来岁的娃娃这样来读书，真是不简单。反正是做了三十多年老师的我第一次看见。

这个叫邵吉昌的娃，他的读书笔记让我大为震惊。天哪！近六百页大部头的《中国上下五千年》，一个假期他用语文课堂上学到的勾、圈、画、批注，外加他们喜爱用的"标签贴"加评或概述的读书方法，揣摩和品读了每一页所记载的中国上下五千年发生的大事件、重要历史人物、辉煌成就和灿烂的文化。稚嫩的笔触在巴掌大的一页页彩签页上翻飞，远古时代的钻木取火、黄帝战蚩尤、尧舜禅让、盘庚迁都……一篇篇读下来，一页页写下来，对一个十二岁的孩子来说确实不简单！

真不敢想，只要这样坚持读下去，十年，二十年后的他会是怎样的？再看看刘璐这小丫蛋，也是让人佩服！批注占满了每一页空白的边边角角。

爱读书的娃娃，啥时候脸上都洋溢着学习的快乐和自信。

二

六（三）班现在有五十二个娃娃，喜爱读书已然形成风气，不仅邵同学一人喜爱读书，自主安排假期读书生活，班上其他娃娃也同他一样。

看，这位叫鲁冬青的女孩儿——

"假期我阅读了路遥创作的一部小说——《平凡的世界》。

"当看到这个独特的书名时我心中有些疑虑。世界是丰富的、多彩的，但是怎么会是平凡的呢？带着疑惑我踏进了《平凡的世界》的大门。

"那个特殊的年代，平凡的人们大多都吃不饱，穿不暖，家境好些的才能勉强供孩子上学。故事中的主人公孙少安因受当时的家庭条件所迫，在没有完成学业的情况下代替父亲成了家中的顶梁柱。这对于一个在学习上刻苦努力的学生来说是多么的残酷。

"读到这里，我哽咽了……

"故事情节中，令我十分敬佩的还有主人公孙少安的弟弟孙少平。他教我学会了对待友情的正确方法。不论是伤害过你的人，还是成就了你的人，你都要懂得感恩和回报……"

小丫头关注主人公命运的同时，还不忘学习人物身上折射出的朴素的美好品质。如果仅这一点，也没啥让老师我心心念念的。

接着往下看，不吓你一跳才怪！

"这本书，还让我了解到几件国家大事：1976 年的元月周总理逝世；随后撤销邓小平党内外一切职务；朱德委员长逝世，紧接着发生震动全球的唐山大地震……

读到这里，我真切地为当时多灾多难的祖国忧心、焦虑。"

在字里行间，她梳理出了那个时代国家发生的大事件，关心关注国家重要领导人的变故以及中国大地上发生的令世界震惊的自然灾害。

鲁同学就是这样读着路遥的《平凡的世界》。

看看，一本《平凡的世界》让这个十一二岁的女孩揣着一丝好奇、一丝期待，走进故事中和主人公进行深层次的心灵对话，在阅读中，不仅关注主人公的命运，更关心关注国家大事，把一个小女孩忧国忧民的情怀抒发得淋漓尽致。

从这个女孩儿身上，我也看到什么是"得法于课内，受益于课外"。

三

去年放假前上的最后一课，是我给六（三）班家长上的课，我是最晚一个离开校园的。

今年的第一堂课，开学的第一天，我又给六（三）班家长上课，也是和几位家长最后走出校园的。那天我就讲六（三）班语文学习的三件事——读书，朗读，写作。这些年坚持跟着我做下来的娃娃收益多少不好说，但却实实在在地影响了一拨拨家长。

"反正我觉得你的方法好，我就让她姐和她弟也这样做。"这是一个农民工妈妈上个学期在空间里有感而发的话。

"你家娃子遇到好老师了！"这是一个孩子母亲的朋友羡慕的话。

开学第一天，学生还未到校，借学校开家长会的机会，让家长们带着五十二个娃娃假期根据学情自由选做的作业，互相交流、借鉴、学习，效果挺不错。这两天，早晨早早起来朗读背诵的队伍越来越壮大，大有比、学、赶、超的势头。

"不知不觉，我来到了刘子琪家的窗下，他正坐在书桌前学习，再不像以前那样调皮、淘气，或趁老师一不注意就从座位上随意走动，或在课堂上舞动。经过这一个寒假，他变得稳重多了，心也静下来了。"

这就是学生眼里变化了的一个小捣蛋鬼。一个假期，基础底子薄的他，家长帮他选择了复习基础知识和练习钢笔字。

"一晃，我又被风吹到了王天齐家。她那笔挥动的速度多快呀，仿佛被施了魔法在和时间赛跑一样。争分夺秒，跟时间不分上下。也不知道到底是谁赢了？"

这风风火火有着男娃性子的王小丫，寒假作业书写卖力吧！质量也是没得说。时光稍纵即逝，她惜时的学习态度一样影响感染了杨亦扬同学。

"飞了一圈，我回到了家。想着大家都在寒假里读书学习，想着，想着，我飞快地动起了笔。"

榜样的力量无穷大啊！

远比教师和家长喋喋不休的唠叨，有点功效吧！

四

再听，一声声诵读隔着时空在我耳畔回响。

娃娃们动起来了，家长们也不甘示弱。较着劲儿在空间里给我发娃娃们诵读的经典文章、古诗词以及背诵《文言文二则》。连部分平时不太喜欢学习的学生也加入了"朗读者"的行列。

数了数，今晨三十多位孩子诵读，发出朗读信息近八十条。

我得给娃娃们点赞啊！

"我知道我要的那种幸福

就在那片更高的天空

我要飞得更高

飞得更高……"

摇滚歌星汪峰的愿望在这儿扎了根。

莫等闲，白了少年头，空悲切。你看，起床最早的娃娃六点过点就开始读书了。"三更灯火五更鸡，正是男儿读书时"。

当然，这一切也得感谢学校领导的助推，改变了学生的作业模式，给我提供了放假最后一天、开学第一天和家长见面的机会！

不谈"命根子"的成绩，只说怎样读书学习！

2019 年 2 月 27 日

后记：

即兴而写的一篇教育随笔，在空间里发出来后引发不小的反响，短短的几天内就有一千五六百人的阅读量，有网友，有家长，有学生，还有陌生的读者……从不同的角度和我交流了这个话题：

一位教师的心声：

真不错，这种读书效应，不能仅仅让六（三）班的学生独享，也应该让全校学生，乃至全县、全市的学生受益。（永昌三中赵永刚老师）

一位母亲掏心窝子的话：

姜老师！曾经这个躲在角落里哭鼻子的女娃，开始有了自己的自信。假期里每每聊起读书增长知识，便长篇大论没个尽头。往年新学期，未开学就愁眉苦脸，为啥？作业未完成。今年却说，"快点上学吧，有点想念校服了"。我有点疑惑。 哦，今年的作业"自主＋开放"，不管多少，只要质量。我看到一个活泼、自信满满的她有了一个好的开端。

来自山西的老师：

姜老师，在不？我想跟您交流一下关于一年级语文的学科活动，也不知道您那边这样搞不。我们以前的农村学校语文学科活动主要有硬笔书法大赛、古诗词诵读等，现在来到西安这座城市，真不知该搞哪些学科活动来辅助教学，以提升孩子的语文素养，恳请您帮我支招，谢谢姜老师！

对这个间接结识的教育人，我诚恳地给出了建议。

一位网名为"天边的笑脸"的读者：

姜老师您好！我是一位孩子上小学二年级的学生妈妈，昨天有幸看到您分享的有关学生在阅读过程中如何养成良好习惯的教育随笔。就想到我家孩子。我很迷茫，因为我文化水平低，在教导孩子这方面很欠缺，希望能得到姜老师的指教。

网友：

我家是女孩子，但性格是男孩子的性格，平时就喜欢和男孩子在一起玩，在学校胆子太小，有什么事都不敢和老师说。这不刚开学，老师布置的背诵课文，在家读几遍就背会了，可就是不敢到老师跟前去背，害得我老去学校跟老师解释。姜老师请您给我支个招，怎样才能让孩子不胆怯。

我支的招：和老师私下里沟通，给孩子一次机会，发现某个闪光点，比如：原来你背诵得这么流畅啊！掌声响起来。明天第一个背给大家听……这样她得到老师的鼓励，有了自信就不怕了。

一位叫"晓琴"的读者：

受益匪浅。老师的坚持与坚守，对孩子们来说则是终身的幸福和幸运。

一位心疼老师我的家长：

老师您还没休息？这都一点过了，太晚了！您休息吧！

一位落泪的家长：

老师，今早再读您的美篇，一字、一句、一个图片都蕴含着您对孩子们的良苦用心。此时，我含着泪想对您说："您才真正是孩子们的好老师！家长们的引路人。"想想刚入学的时候，孩子是多么胆小，我也无从着手。是您用课堂的四十分钟让她活跃起来了。相处不错的几个孩子跟我说，"冬青的脸上终于有笑容了"，听到这席话我又落泪了……老师，千言万语说不完，我只想深深地为您鞠一躬，谢谢老师！

面对众多不同关注点的读者，我想读者"晓琴"的话"老师的坚持与坚守，对孩子们来说则是终身的幸福和幸运"，应该引发我们教育者的深思吧！那位心疼老师的家长，更是我持守的底气和勇气吧！

2019 年 3 月 6 日

我跟名师学作诗

我跟名师学作诗

——陇原教师就是这样成长的

只要行动起来，从没有太晚的开始。

其实，2014年之前，我对诗文一窍不通，曾戏曰"三不"语文人，即"不懂，不会，也不咋喜欢"，于诗歌和散文而言，总觉得散文才是诗情画意中实实在在的叙事，因而散文是我的最爱。而诗歌呢，那种意象，总觉得是虚无缥缈的怎么抓也抓不住的神韵，捉摸也捉摸不透的灵魂，实难驾驭。故而多少年来很少触及。现如今，在陇原名师QQ群时常阅读到霍军老师的即兴诗作，在微信朋友圈看到陇原名师卢卫东的配图诗，突然发现诗原来也可以这样曼妙无比。受他俩的影响，榆木疙瘩般的我有点开窍了，涂鸦般学着作起诗来，竟然欢天喜地。不会，咋办，依着自己的读书口味欣欣然跑到书店去购买了冰心的《繁星·春水》和《泰戈尔诗集》。回到家对这两本心仪的诗集，点灯熬油地一首一首地揣摩。灵感来了，校园里孩子们踢球、跳绳、打乒乓球，回家路上的树啊，叶啊，一花一木皆不放过，都是我直抒胸臆的素材，边学边写，自得其乐。不时，把自我感觉得意的拙诗也发往名师群，获得诸多名师的点赞鼓励。其实，我心里明白，在这个群里，我只是一个小学教师，底蕴文采比起那些名师，相差十万八千里，大家的点赞只不过是一种激励鞭策罢了。就是现在，再读之前写的所谓的诗作，天真，稚幼，甚至十分好笑，不过却也反映了自己当时的一些点点滴滴真实的体验和感悟。说它是诗实在算不上，不过是严重的自恋情节罢了！不过嘛，我还是喜欢自读，读出一种蛮有趣味的鲜活的生活情态，读出有味道的色彩斑斓的人生百态，我还是蛮欣喜的。用霍军老师的话说：要与往日的心态谈爱／要与闲情偷情／要跟一刻遐思私奔／要与吟诗的念头厮混。

哎呀呀，真是读书人，跟书私奔了，那是不由自主的热恋。就这样，一步，两步……迈开蹒跚的学写诗歌的步子，一步一趔趄走进了 2016 年。由于特喜欢霍老师的即兴小诗，凡遇到感兴趣的，有意思的，就忍不住反复咀嚼，反复吟诵。比如"你嗒嗒的马蹄声 / 是个美丽的错误""被一朵菊花看穿 / 我没有遗憾 / 如果，只是因为简单""只要蓝天呼唤一次 / 就会有一个少年的梦 / 长成白杨"，再比如"站在荒凉的地方 / 生长繁华的思想"等等。前几日读到他的一首小诗，其中的两小节特别喜欢，就此还不无冒昧地跟霍老师做了交流。下面就是我们的对话：

我：霍师，每每读到你的诗，总是那么欢喜。今天的诗，最最喜欢这两小节了：

爱跟你手携手 / 浪迹天涯 / 收获每个角落都藏着的 / 神话

只要你沸腾 / 雨露会为你沏一杯绿茶 / 只要你把太阳背在书包里 / 字词都会自己表达

探讨一下，"字词都会自己表达"这句能否诗意一些，仅仅是个人感觉，班门弄斧了。

霍老师：感觉很准——我那是兴来随手敲到 QQ 上去的。看可否改成"字词都会自己发芽"。

"字词都会迸出火花"？你来一个吧。哈哈。我有些短路。

霍老师：字词都会向黎明进发；字词就会变成人和人之间 / 滚烫的悄悄话；只要你把太阳背在书包里 / 你就可以向北冰洋进发

我：向黎明进发直白了一点，后两种改法有不同的味道。哎，我呀实在是没那个能耐，虽也想把太阳背在书包里，什么时候才能拽住您的一点底蕴的尾巴，即兴就可生成诸多这样鲜活的东西来？

霍老师：只要你把太阳背在书包里 / 还会担心冬天到来吗 / 只要你把太阳背在书包里 / 所有的夜路 / 都铺满光华

咬文嚼字，成了习惯，就像在垃圾堆里拾荒，总会有好一点儿的东西呀。

我：凡人眼里，路边，街角，不起眼的一块石头，一经你的打磨，那是什么？

霍老师：烂石头抱在怀里养着，摩挲着，玉的感觉就出来了。

惜花爱草，古人风尚。所以那时候盛产唐诗宋词元曲。从这个意义上讲，语文审美教育，让孩子拿好手中的笔，其实是经济学，也是环保学，更是今天改变世界的政治学。

我：你的即兴短诗和散文随笔，是两种行文风格，统一不到一个人身上，想不来。不过，思想的恣意驰骋，这种神韵却相通。说到底还是你的家底厚实，上可九天揽月，下可五洋捉鳖，收放自如！

霍老师：我去年迷上写诗。可看我微信。

我：我呀，也是去年读你们妙不可言的短诗，才迷恋起来的，但我什么都不懂，只是随性把玩一下，感觉曼妙极了！

今天在朋友圈又看到霍老师的配图诗：

我相信有鸟的天空 / 正如相信 / 沉默的轰鸣 / 相信树枝出现 / 是分割黄金律的画面 / 而阳光 / 只栖居在欣喜的枝上 / 照亮 / 一瞬间的疯狂……

天空、树枝、鸟雀，美丽的配图，我忍不住即兴附和一首：

光的眉笔给树梢 / 晕染了一抹嫣红 / 瞬息，羞怯了树们 / 顽皮的雀儿，追逐着 / 光的足迹，做客些许冷清的 / 光着脑袋的树，一展清亮的歌喉 / 兴头十足放开了，可着劲地 / 舞着，闹闹腾腾嗨翻了静默的冬日 / 惊得书屋里的哈里曼大叔 / 怎个不动点儿容颜 / 咔嚓，咔嚓 显就沧桑的厚重，国画的风韵 / 轻轻地，点击着心的键盘 / 和鸟朋们树友们 / 絮叨着冬日的万千心绪

霍老师回应道：诗歌，就是人与人之间的相互应和。我吟几句，姜老师乘兴发挥，结果触动了自己的诗情，我们就都有了自己的作品，世界上就多了一大堆好话。再加上周围人们的喝彩，一个诗歌事件就诞生了——好话引来了开花的舌头 / 词语手拉手 / 演出美的传奇 /……对话 / 养一条好听的歌喉

原来，教育还可以这样做——教会每个人好好表达，爱算账的学会用合理的数字表达，爱歌唱的学会使用柔美的声带表达，大家互相赞美应和，在应和中，你可能鼓励了别人，但你也写成了自己的作品，像咱们姜老师这样。

……

我接受了霍老师的诚恳建议，作为一个语文人，开启了和名师们的交流对话模式，及时汲取陇上名师的思想，以充实自己，丰富自己。同时，把这种擅于向同行学习的方法传递给自己名师工作室里的学员们。

前些日子，到敦煌参加"京陇名师面对面"交流研讨会，我借用霍老师的贺词作为我发言的结束语，而后在QQ空间这样告知他：

@酒泉中学—霍军　给力啊，今天借用并弱弱地改动了一下您的贺词，作为我在京陇名师互动交流会的结束语，先斩后奏了！不过，您的著作权我绝对是公开维护了！

有酒泉名师的文笔支撑，有敦煌教育人纷飞雪花中的热情接送……

不承想，霍老师不仅及时回应了我，还把我的这段文字进行了诗歌创编，着实让我真实地体验、感悟到霍老师诗歌创作的底蕴。

霍老师：姜，你是体验之亲历者，我则是想当然耳。绝对赞你的发挥！

该换个格式。让姜老师变成诗歌——

酒泉名师的／文笔支撑／敦煌教育人纷飞雪花中的／热情接送／莫高窟／郊外公路维修老大哥客车的／免费搭载……／天女撒花，飞天之乡／满满地温暖了这个冬日／温暖了"京陇名师面对面"／研讨活动的大家

瞧瞧，一段普普通通的话，在霍老师的笔下，竟然演绎出这么美妙的旋律来。就这样，在霍军等名师的影响、引领、熏陶以及悉心点拨下，在自己反反复复地阅读揣摩学习中，我猛然发现自己有了点小长进，对诗歌的热情一发不可收拾，和大伙交流更喜欢尝试用实在算不上诗的"诗"来表情达意、畅抒胸怀，尝试慢慢地揭开诗歌创作这层神秘的面纱，喜欢体验诗歌的神奇韵味和无穷的魅力。

我，这个生活在黄沙漫天、石子遍野的西北荒漠戈壁的小学老师，年届半百的语文老师，在一群名师欣然的引领下，善意的鼓励下，悄悄地在心底种下了一颗诗歌的种子，并开始生根，发芽，节节生长起来。正应了德国哲学家雅斯贝尔斯送给我们的那句话——"教育的本质意味着一棵树摇动另一棵树，一朵云推动另一朵云，一个灵魂唤醒另一个灵魂。"亦如

霍老师所言：

陇原名师 / 帮助世界成长 / 一粒米 / 也能拥有 / 一颗星球的重量 / 一个请求出现 / 无数盏灯 / 瞬间点亮

我们陇原教师就是这样，在自我专业成长的道路上相互引领、相互感召、相互影响、相互激励和相互切磋，向一个更高的领域奋进。有句话说得好：你是谁并不重要，重要的是和谁在一起。今生有幸和陇原骄子在一起，不停歇地享受着大师们精彩纷呈的教育华章，开启了我教育人生的又一篇章。

2018 年 3 月 12 日

总得迈出的一步

今天在 QQ 空间里阅读了霍军老师的诗文——《关于丁香花的拍摄过程》，受到启发，情不自禁地也涂鸦了两笔，感觉有点蹩脚，生硬、呆板、稚嫩的拙句连自己都不敢再看。转而又一想，丑媳妇见公婆，总得迈出这第一步！

总不能重蹈三十多年前的覆辙吧！

梦惊醒了，就出发吧！

一二——大着胆子迈步吧！我偷偷给自己打气。闭上眼睛，不就鼠标轻轻地一点嘛！咱又不是奔着去做什么大诗人，只是觉得快节奏的时代，用短小的诗意语言，第一时间表达一下某一时刻的心境，就这么简单。

往事浓淡
色如清，已轻
经年悲喜
净如镜，已静
指缝太宽，时光太瘦
一辈子真的很短
若懂，请惜
不解，勿语

慢慢地睁开眼睛，一、二、三……心里默默地数着时间。整整一百二十下！嗨，没退路了。

两分钟时间已经过了，没撤回的机会了。

霍老师，是不会笑话我的吧，会帮我忙吧！我也"预言一个圆润的秋天"，"也许，打碎一切外壳"涂鸦的几笔"不过是自己的诉说"，保不准还能得到霍老师"一对一"的一番指导呢！

梦，总得有吧！呵呵！

纠结，再纠结，第一次写作的经历不禁浮现于眼前。记得当时二十出头的我，即兴写了一篇豆腐块文稿，劳烦同人转交给当地的一位教育权威人士，期盼给予斧正一下。谁想，等啊，等……最终只等到一句回复：标点都不准，就不要……

瞬间，我那涨得通红的脸真不知往哪搁了！

因着这一定论，呼呼呼蹿出来的一股要写作的火苗——灭了！

因着怕出丑，怕丢人，结果一放十年不再动笔。直到三十多岁重拾，感慨万千！人生能有几个十年？今天，既然心动了，咱尝试一下，拿出来就是要让更多的专家来指导，来批评，来指正，这不交学费的"一对一"指导，打着灯笼哪里去找？嘿嘿，权且先这样自我安慰一番吧！

2017 年 4 月 28 日

写一个好看的"人"字

教育是什么呢？有人说

说到底，教育是培育人的精神长相

哦，孩子们来吧

让诗书喂饱我们饥饿的细胞

让文化丰润我们干渴的血脉

让文明打通我们的经络

让灵魂铸造"人"字形的骨架

去掉可能沾染的各种污秽

跟着老师，写好一撇一捺那个好看的"人"字

一步一步对自己的精神长相负责

这样，在人生的土壤里种下的

这枚亮闪闪的种子，就会

长出铮铮的脊梁

等毕业的那一天，自己会是

一个好看的"人"字

当迈向光怪陆离的世界时

你，就有着自己

高贵的样子

2016 年 12 月 7 日

把心种在一行诗里

草根，能做的
除了赶早，还是赶早
只是不想错过那滴滚动的晶莹
不愿与最好的自己失之交臂
因为，人生就是一行诗
不该睡得太久，让梦
长在远方，有着自己
好看的模样

也许，会有风吹过
它会把一丛草吟成诗句的样子
也许，会有雨降临
它会把灰暗洗刷成有味道的水墨画儿
无论如何，都要把
长满青苔的日子挂在青天里
把打了结的心
种在一行诗里

2016 年 12 月 22 日

拇指上的莲花

站在，一晃而过的
杏坛缝隙里
偷得的那份心灵的安闲和自在
悄悄地填满了时光的
沟壑，足以让我背起诗意
和远方的行囊

看吧，蜡梅花儿开的时节
我吟我咏，夕阳里的一抹灿烂
被我的目光捉住了
飞雪舞动着身姿光顾校园的时刻
我书我写，时光醉卧在了
一群童心里

春下江南，苍茫的我
并不期待得到一手心的赞美
也不奢望收获一大捧的喝彩
只想，埋头去做自己顶想做的事儿
让静卧的笔站起来
我就是，　一朵
拇指上的莲花

2016 年 12 月 29 日

情愿被你俘虏

朔风中，几抹枯黄的

芨芨草，可着劲儿用手心

攥住生养自己的黄土地

仅剩了一把的老骨头

顶着一头华发

挺直了腰杆站立在天地间

苍茫的原野这个大舞台

空旷却并不苍白

虽然没有，晶莹的唇彩

绿色的裙裾，最激昂的音符

萧萧北风，却情愿伴你起舞

谁能说这不是，生命的

另一种复活。游子的我

情愿被你俘虏

2017 年 1 月 9 日

一场赶往春天的梨花盛会

几只小蚂蚁偷偷爬上茶台

来做客了，我知道一场花事

正在赶往春天的路上

金昌蓝带着一面镜子赶来

于是，春梦中醒来的小城

开始梳妆，杏花最爱抢先出镜

大口大口咀嚼着早春的美艳

失约了一冬的雀儿回家了

沉默不再是一只羔羊

蜜蜂嗡嗡嗡地说着情话

想爱哪一朵就爱哪一朵

小桃花也不甘示弱，鼓起腮帮子

想怎么涂粉就怎么涂

丁香花羞羞答答掀起紫色的裙摆

回眸盈盈一笑，暗香浮动半条巷子

这样的盛会，黄灿灿的连翘

一定是少不了的气喘吁吁

都嫌到场有些晚

一场梨花的盛会，正从都市

赶往那个叫龙景的村庄压轴

四月的花事，野狐湾纯天然的光

免费住进紫金花城彩色的客厅

有谁能拒绝得了呢

2019 年 4 月 26 日

也做一次"阿里巴巴"

一 愿望

拽住春的尾巴，再次出发

也想做一次阿里巴巴

夕阳一般地夺目，在金城

也许深藏一双妙手，在心的愿景里

在梦的深处。从此不在杏林

逗留，哪怕片刻

二 惊喜

小别归来，小院这颗豌豆上的公主

揉开惺忪的眉眼，居然盛装新绿

笑意盈盈，在门口迎接主人的归来

风魔头洗劫又能如何，我是

阿里巴巴。抖去黄沙浮尘

冰岛虞美人依旧，干瘪瘦小的枣树们

也拿出眉笔，在天空中勾勒出无数媚眼

欣欣然，让绿色恢复了一切的记忆

别以为葡萄藤闭目养神，静卧架上不说话

搭眼处，满是悄悄的惊喜

迟来的，不起眼的苹果树哦

未必没有孕育希望

新发芽的柿子枝条

怀揣火红，向梦想进发

三　心念

跃上心的高度，剃尽

三根烦恼丝，精精光光的我

萌生出了一个古怪念头

沙漠里种草，广种薄收

也是一丝新绿，那个

皱皱巴巴的心，隐约

闻到阳光的味道

2017 年 5 月 4 日

地球村的春梦

铆足劲儿，一把推开土地爷爷的
一扇窗，芽儿四处张望
自然的探险家们，个个
追随季节开启旅行
从这垄地飞向那一片
原来，满世界都渴望
阳光和自由

秧有秧的垄，树有树的埂
藤条向往无垠的天
瓷实的地那是苗儿的家

祥和，安宁，平静
是地球村的春梦

2017 年 5 月 5 日

遇见，一株黄刺玫

一

初夏的时节遇见了你

遇见了你，就知道半世的冰霜已融

我不摘你的精致，只为触摸你的指尖

我不采你的清雅，只为守候你的到来

邻家的深闺小女，这般

风姿绰约。我愿深吻你的眸子

赠你一世痴情

二

那一天，急切地向你靠近

不为修得来生，只为途中与你相见

那一夜，垒起的心经

不为参悟，只为寻访你的一丝气息

默然，寂静，欢喜

不留一世独觞

2017 年 5 月 6 日

初夏

走进了五月，天
喜欢着一件蓝色的衣衫
云朵跳出寂寞的窗
和开心并行
原野新鲜的泥土上
生机站在了青草的发梢

金叶榆开始疯长
明艳出现在嫩黄叶儿的脸颊
洋槐花努出嘴儿
芬芳主动把香甜的吻送上
池塘里蛙声一片
欢笑打开了紧闭的门窗
呵，山坡上劳动着的妇女们
快乐爬上树梢

五月，夏天紧着步子赶来了
美好醉卧在湖畔的花海

2017 年 5 月 19 日

我是一朵会飞的云

围城里久了，打紧了
坐上风的动车逃之天天
葱绿的树头，是我
倾心交谈的故友
平缓的山包，是我
歇脚的老屋，得意了
忘形地舞蹈一会儿
心酸了，云朵儿
陪着滴几滴泪珠儿
任性了，邀着灿阳
去搭一座七色桥

外面的世界，我来了
我是一朵会飞的云

2017 年 5 月 9 日

185

五月，母亲节之歌

一

初夏的风，轻轻地推开了

一扇五月的大门，小雨淅淅沥沥下个不停

小街深处，一个叫北极光的咖啡书屋

感恩母亲的声音润泽着心湖

书友们，品茗中话说着母亲

即兴的小诗，一段深情的诵读

从腔子深处流淌出的心经

娘亲啊，一个咱老百姓的故事

和着初夏的小雨，滴滴答答

甜蜜温馨，还有

几多的感念

二

那个倾诉着妈妈一天扛二百多袋水泥

供千里学声乐的儿子。那个泪光闪闪

诉说着走散娘亲的女子，几度的哽咽

哦，母亲是原野上那朵芬芳的花

自个儿尝遍了生活的苦味儿

却撑起一朵朵伞花

风起时，把儿女送到

她最想去的远方

三

说起娘来，这个七尺男儿

一肚子的话儿汩汩地往外流

前几日，天好好的

怎么就今天，下雨了

这到底是母亲的汗水

还是母亲的泪水

娘啊，是故乡的那片热土

让儿女魂牵梦萦

四

书屋外静静地走来

一位丁香一样的女子

轻轻地落座一隅

静默的神情中略带些许忧伤

一段母爱的诵读

沉重地让人透不过气来

一如窗外流着泪的天

堵在胸口多年的母子悲情

在这一刻，让我们潸然泪下

小小的书屋，几度沉寂

窗外，滴滴答答的小雨

湿透了这位丁香一样

女子的心

五

唉，轻轻的一声叹息

日子老去得真快。那年的秋天
走进古道小城做了孩子王的女孩儿
如今银丝悄然上头，成了半个老太婆
不曾想，静静地落座咖啡屋一角的
那个美丽女子，是自己走散三十多年的学生
这美丽的邂逅，翻出了
一帧久藏的日历
老师，当年您那条
红色的裙子真美

2017 年初夏　母亲节于北极光书屋

在大自然里穿行

窗外，雀儿们闹腾起来
叫醒了昨夜迟眠的我
步入庭院，绿叶
追着点点亮光
移步小径，雀儿飞飞
目光，跃上了碧海青天
自在逍遥。趁着歇歇脚的工夫
和云朵话话衷肠，淡淡的忧伤
躲在了身后。一个人的世界
不再孤单，因为我在
大自然里穿行

2017 年 5 月 16 日

风的吻痕

五月的风，浅浅地笑着
驻足在高高的洋槐树下
扬起脸吃惊地注目着
那串串洁白的花蕾羽衣
闭起双眸，轻轻地呼吸一下
芬芳就惊醒了半酣的小城

那一树的繁花，相望时
浅笑不语。只是不想
惊扰这一刻美丽的邂逅
只有，心的快门咔嚓
留下芳菲的国色
生怕下一时刻
那五月的风
空留一巷的落英

只是，风的吻痕
可还留在绿叶的唇边

2017 年 5 月 20 日

白杨之歌

很小很小的时候

满世界除了你，还是你

房前的苗林，是绿意盎然的你

屋后的大坝，是三五人合抱才能围拢的你

上学的路上，是只留下一线青天的你

大会战的田埂地头，是勃勃生机的你

对望着飘扬的一杆杆红旗

笔直和高大，就是你的全部家当

一如那群天南海北来的知青

和他们的儿女

那年那月的那一天

再次遇见你，在娃娃们的课本里

知道了在大西北哪儿需要你

你就在哪儿很快地扎根落户

不管遇到风沙，还是雨雪

牢牢地驻守在西北边疆

如同我们的父母，和那些

唱着嘹亮军歌的军垦战士

再后来，再后来

那个叫金昌师范的学校

在小城一隅的戈壁滩上落了脚

一群十六七岁的学子

书声琅琅中，细嫩的手握住镐头铁锹

和石头沙子奋战。一棵一棵

一排一排，让你骄傲地挺立在荒原

初春最早的一抹新绿，抗住了狂虐的风沙

秋日泛起的一片金色，是那么拉风

你是，小城最最靓丽的那道风景

如同我的那些老同学

和一拨一拨的学弟学妹们

今天，小城最北端的防护林

站在最前沿的你，再次

闯进人们的视野，远离繁华的霓虹

仍然昂首云天，走过几多的沧桑

初心依旧，倔强的身影

铸就绿色长城，一如天南海北

奋战在镍都的儿女们

梦里梦外都是紫金花海

2017 年 5 月 23 日

布谷鸟儿来了

布谷，布谷
我听到布谷鸟儿来了

嗨，你好布谷小哥
这么着可着嗓门儿，是想
喊醒还在沉睡的夏天吗
可不嘛，麦苗儿准备着拔节
枣花们也喧闹起来
你挤我拥争抢着芬芳天地
那俊俏的青杏儿，站立枝头
也梦想着明天的俏丽
最是那雀儿和鸣虫的交响乐团
趁着夜色上演着小夜曲
蔷薇们只好羞涩地爬上了篱笆
耐心地静待着
明天的怒放

葡萄架下
笔墨流香怎不生翠

2017 年 5 月 25 日

热恋开始的节奏

一

晨光中，庭院的蔷薇花们

赶早探出身子，在朱红栏杆间

绽开笑靥。这一朵

眉眼忽闪，热烈爬上了绿叶

顾盼生情。那一朵

含羞低眸，捧起一脸娇羞

躲在角落里窃窃私语

最是登高翘首的那家伙

却没个羞，在爱河中

欢畅沐浴，因为灿阳

是它心仪的人儿

二

一树一树的繁华

蜂飞蝶舞深吻浅嗅

莫非醉心于时光

一墙一墙的烂漫

掩身花梦顾盼生姿

莫不是想今晨，占领

爱情海

三

斜影栏杆，醉卧花间

拥一怀的光影

枕着半卷书香

时光就写成了诗

岁月便风姿绰约

清浅的日子，就这样

迈过一季的相望，热烈相逢

华丽相拥。这便是盛夏和我

热恋开始的节奏

2017 年 5 月 28 日

阳光，书写着美好

清风划开天际
蓝天逃离了囚禁

太阳出来了
一朵明艳抬起头
相守，跟着老爷爷和老奶奶
幸福地坐在长椅上
空竹爷爷把精彩抛向高处
得意地耍着快乐
栽种绿色的老哥呵
让阅读填满时间的缝隙
劳动，有了好滋味

太阳出来，阳光就这样
书写着各种美好

2017 年 7 月 28 日

走进了，就悄悄挽住

走进了蔷薇花儿
心就开成一片花海

当烦丝落地时
时光会邀你
登上绿叶的发梢
撑起一树的繁花
依着叶厚实的后背
细叙花语。我情愿
静泊于湖心
等黄昏时分
让静谧守护我的
村庄

呵，走进了
就悄悄挽住

2017 年 6 月 1 日

当时间煮成雨

不知道是指缝太宽
还是时光太瘦，走着
走着，不经意间
一头的银丝写就
沧桑岁月

当时间煮成了雨
时常，也会淋湿日子
日月熬成了婆，虽然
沟壑纵横，也有
一道山梁

当明天变成今天，成为
昨天。昨天那些扯心①的事
今天流成岁月
今天心心念念
惦记的，明天终将定格成
一道风景

放下意味着起来，周围
几个苍蝇的嗡嗡声，不必在意

①扯心：方言。挂念、牵挂。

只在时间里，放入一枚汤圆

时光会告诉你，努力

会写出甜美

2017 年 7 月 6 日

永远不要奢望

种一丛小草在心田

春天蓬勃，秋天枯萎

让它自己体会，生命的春来秋去

栽一朵花儿在心中

夏季盛开，秋天零落

让它自己去体会，命运的四季轮回

植一棵小树在心中

春天繁茂，秋天飘零

让它自己去体会，生命的短暂时光

挂一弯月亮在心中

夜晚辉照，白昼落下

让它自己去体会，生命的阴晴圆缺

掬一泓浪花在心中

风中回旋，雨中激荡

让它自己去体会，生命的跌宕起伏

生活就是这样，永远不要奢望

谁的生命总是一帆风顺

2017 年 7 月 8 日

让心，出走片刻

当烦闷偶遇热浪

心绪撒落一地

星星躲进了云翳

悄悄地伤心落泪

黑夜钻进莽莽草丛

忧伤黯然生长

几声犬吠，热心

抚慰流浪的风

唉，柔软伤风了

把脸掉向窗外

打开院门

放一屋的星辉进来

把烦闷挂在

远山的天边

让心出走片刻

归来，将不再伤怀

2017 年 7 月 11 日

201

乡村物语

淋了雨的心
放在麦浪里晒晒
金黄一片

溅了泥点子的日子
搁进碧空里淘洗一下
一片湛蓝

颠个口子的人生
栽进稻田里接一点地气
就会沉甸甸的

灰扑扑的山药蛋
装进筐筐里掂一掂
满篮子的情谊

初生的小燕子呵
呢喃梁间
幸福在悄悄说话

昨日那个
云翳挡住的日子啊
过会儿就亮起来

2017 年 7 月 13 日

空中朵朵夏花在盛开

早醒的曙光，将第一缕金辉

大把大把撒向塔顶的老乡

早起的晨风，把浸透露珠的第一丝清凉

一捧一捧给予楼顶作业的大哥

行走在叮当作响吊塔林立的建筑工地

劳动的火热顷刻将我淹没

搅拌机放喉高歌，追拍的镜头

定格钢筋铸就的脊梁

空中朵朵夏花

在盛开，清凉一片

2017 年 7 月 17 日

独处，是爱意味深长的馈赠

一朵花，远离了喧嚣
与自己对白，在超群的世界里独处
孤单，却不孤独

一棵向日葵，踮起脚尖
把脸捧到太阳的高度，与阳光对酌
寂寞， 却不失光彩

一条小路，独自走在朝圣的路上
谁说，蜿蜒里没有乾坤
自由和宁静是它虔诚的信仰

我愿与此刻时光，独处
是爱意味深长的馈赠

2017 年 7 月 19 日

五月，劳动者之歌

一

楼前的民勤大妹子呀

锹把一抡去劳动

鸡冠月季香水玫瑰花

院里院外安了家

不曾想和姹紫嫣红

联了姻来结了亲

心情像花儿一样好

二

楼后的张家老妈妈

一把铲子也能搞生产

青菜走进了小葱家

南瓜葡萄住一屋

走东家来串西家

大杂院里闹嚷嚷

遗失了的故乡梦园终找回

呵呵，感情好了

就是一个欢乐的大家庭

其他的，那都不是事儿

咱赶上这孤苗单秧秧的时代

上了年纪，老太太高兴就成

三

老赵——

邻家妹妹娇声一呼

我家先生赶着脚儿忙指导

菜苗苗儿这样栽

大树坑坑子那样挖

有机蔬果不再是传说

亲朋来了忙品鲜

笑称蔬果是

听着我家先生的琴弦声长大

就这样儿

猴年走了，鸡年来了

左邻右舍忙耕耘

撸起袖子加油干呵

2017年，一起

共同建设魅力的紫金花城——金昌

任谁都不落份儿

四

大爷，种得在行

我家斯文的笔杆子"名记"

一声"大爷"，这奖励好特别

傻了他，可笑死了我

过路人眼里的老把式

把个家园侍弄得

蔷薇花儿爬满朱红的栅栏

柿子葡萄杏树梨树核桃树

满园住着好可心

茄子辣椒西红柿

垄是垄来沟是沟

多样的蔬果

高兴

在俺家安了营扎了寨

蜜蜂亲吻着果花

鸟儿热恋着枝头

戈壁滩上的香格里拉

不再是海市蜃楼

2017 年 5 月 6 日

你是谁，并不重要

——有感于凯乐石川藏队全国巡回金昌分享会

跟着蜜蜂
你，就能吮吸甜美
跟着花朵
你，就能艳丽芬芳
跟着鸟儿
你，就能自由欢歌
跟着雄鹰
你，就是蓝天的骄子

跟着河流
你，就能一路欢乐奔腾
跟着大山
你，就能走向高远处
跟着太阳
你，就会学会播撒阳光
跟着月亮
你，就会倾泻一地银辉
跟着"背包客"
世界就在你的眼前

你是谁，并不重要
重要的是，你跟谁在一起

2018 年 5 月 5 日

秋日，随想曲

一

浅浅的秋，拉上了夏的幕布

乌云蹲守在天边

站在山头的闷雷

低吼着，一个闪电划破长空

纠结了一整天的夏， 做着

别离的挣扎

倾盆泪雨中

转身，做着最后的祷告

秋，就这样安然端坐在时光的门扉

迎来了自己出嫁的日子

二

仰望静谧的夜空， 一轮新月

挂在心头。绚烂的夏

留下了远去的背影

看着满地落红

唯有，那花开的记忆

成了永恒不变的芬芳

三

躲在树后的凉风，漫过

草尖上滚圆的露珠，说着

闲闲的话。走在光阴里

守着一份宁静和安详

季节到了秋，犹如
人生，翻过那华美的篇章
在沉淀中，时光终将是
浅浅淡淡，抑或
暗香盈袖

2017 年 8 月 7 日　立秋

时常走过鲜花盛开的村庄

当你迎着光明，铆足了劲头

向前奔跑的时候，它悄悄地躲在了身后

默默地随你前行

当你身处灰暗，前路缺失光亮的时候

它勇敢地跑在了前头

点起了一盏心灯，为你引航

当你留恋周边的花草，驻足不前的时候

它牵起你的手，与你同行

把正方向，当风雨过后

太阳出来欢呼的时刻

发现，原来自己

竟然这般高大

是谁，一生的不离不弃

让我时常走过鲜花盛开的村庄

哦，那个如影随形的

我们心灵深处的

美好信念

2017 年 8 月 8 日

白天不懂夜的黑

星星们出来
要寻找月亮
是谁偷走了那个
浅浅的笑意和酒窝

走失的心啊
傻傻地呆坐在夜的凉风里
指缝里流泻的一丝光亮
或许会进来坐一会儿

白天不懂夜的黑
谁能走进月亮的心

2017 年 12 月 18 日

好想，是个木头人

如此看来
还不是全然没有感觉
心还在敲击着键盘
思绪的几个脚指
还苦行僧般地行走
在羊肠小道上

好想是个木头人
不想就不疼，不思就不痛
再也没有一丝的力气
走进阳光瘦弱的冬日
不知道这样的喘息
是逃离，还是夕阳西下
落在，山脊的
那一抹血色

2017 年 12 月 19 日

213

又是一年九月九

九九重阳，相遇百合花
澎湃就待在这，静静等我
将眼的门扉开启
向着太阳奔腾，母亲河
女儿的心房，就在这儿
刚刚安营扎寨

晨辉，神思
不觉像春天一样
绿绿地发呆
一条河，一座脊梁
跟珠穆朗玛比
排名一样

2018 年 10 月 17 日 戊戌年重阳节于金城百合花酒店

天空，没有一丝光

阳光，打马走过
我的村庄
煮一壶酷酽的老茶
我醉跌在
彻骨的寒冷里
太阳沉着脸空挂着
冰冷解读着
世间的一隅
黑暗在和你对视着
说话

我的头顶
倾泻的一地清辉
比零下二十三度还冷
裂出的寒缝
结成一层岁月蹉跎的
白霜

四周里都在落雪
戈壁的天空，为何
连一片小小的雪绒花
都不愿停留
片刻

我本，十万万万个
不愿，走一条悬空的
独木桥，彷徨
呐喊

2018 年 12 月 8 日

长满皱纹的教育人生

学校，就这样长大了

12 月 18 日，学校官网里政教处发了个通知，定于次日在录播室举行"一二·九运动"的纪念活动，公布了参会的 80 后、90 后青年教师的名单——赵、陈、李、孟、刘们，并特邀有 30 年教龄的 60 后老教师范、李、杜、张、郭、宋等参加活动。呵呵，名单上着实排列着实验小学老老少少两代人的名字啊。有意思的是体育教师田华，戏称自己"两头都不靠"。我不禁在空间打趣调侃道：

嗨，年轻真好

机会承让与你，速速

紧抓青春的尾巴

若不然，一个不经意

银丝就会偷偷恋上你

悔之晚矣，哈哈哈

说真的，这两天感冒还没好利索，本不想参加活动了，不承想，今早政教处的小艳主任给我布置了一个任务，让我下午代表参会的老教师说几句话，说什么？还在发烧中，就我这状态？本想推辞了，架不住人家年轻人的好意，拉不下面子就应承下来。

咋说呢？说什么？一种冥冥中的巧合吧，准确地说再过二十二天，实验小学即将迈入三十岁的行列。想想三十年，弹指一挥间。对于学校这个大家庭来说，它已度过了起步的少年时代，正在扬帆起航进入风华正茂的青春岁月，对我而言，还要在校龄的基础上加上二十岁，对于人生而言，我不得不说已经步入老年者的行列。悲乎？喜乎？个中滋味，难以言说。

尘封的记忆，一旦被打开，滚滚而泻；心底的琴弦，一旦被拨动，嘈嘈切切，错杂弹唱。

人们都说夕阳无限好，更有说春华秋实来得更实在一些。是与非，答案是矛盾的，却亦正确无比，是矛盾的统一体。不是吗？要我说，简简单单就一句话——年轻真好！看吧，二十来岁的亲们一上班，两三千元的工资一个人花，洋装在身，住着大楼房，开着小汽车，进门现成饭……哪像我们那个年代，毕业工资四十三元，十八九岁得领着八九岁的一群娃们抹煤块，生火炉，小手冻僵了你还得给娃们捂热，咋个洒脱？穿的衣服，黑白蓝绿一统天下，男中山装，女五个扣的正装，穿个街头流行的喇叭裤那叫奇装异服，还得挨批，似乎是不雅着装的代名词，这样的打扮有街头二流子的嫌疑。哪有如今美女们脚蹬高跟鞋，身穿蓬蓬裙，吃着麻辣烫、酸辣粉，唱着卡拉OK，自驾神游？在学校的课堂上，还提倡我的课堂我做主，这样的洒脱，这样的自信，这样的自我，这样的豪气……唉，望尘莫及！

时代造就一代新人！只能说年轻，真好！

年轻，就是资本！

再看，两鬓斑白，银丝悄然来袭，大妈级、奶奶级们努力地借助现代乌发剂，紧紧地揪住青春的尾巴；嘶哑的声带，喊了三十年的破锣嗓子漏了底；今天头疼了，明天脑热了，按倒了葫芦起来了瓢；孙娃子没人带，七八十岁的父母躺医院了……怎么样？话题越说越有点沉重，有点小悲情了吧，换个话题吧！

当然，一本本书写整齐的画满红钩钩的作业，送出实验小学的一拨一拨的孩子们，北京的，上海的……这是老家伙们为之骄傲的，自豪的，是令人惬意的夏季的风！一如天高气爽的秋之画卷，让人陶醉；一如溢满戈壁田野甜美味的苞米、葵花、山药蛋；咧嘴笑的石榴，红透脸的枣子……无不传递着收获的气息，一辈子的心血，沉甸甸啊！朴素朴实中，华彩依稀。

真应了那句话——天凉好个秋！欢喜的余韵还未散去，随之而来的瑟瑟秋风，淅淅沥沥的秋雨，这亦暖亦寒的时节，老家伙扛得住？颈椎增生了，腰椎间盘突出了，记性子丢了，"下课"误说成"上课"，车库放车时又推着出来了……哈哈哈，岁月不饶人！千万别价①，老家伙们的今天就是你们年轻人的明天！在这方面自然造物主对谁都是公平的。老吾老以及人之老，幼吾幼以及人之幼，这是传统美德，只有老、少、青互敬互爱，和谐相处，精诚合作，共同打造实验小学的卓越才是真！

老了，最大的标志是什么？回忆。这不，戏开场了。

话说二十岁的青春年华，1987 年的 8 月在金昌市实验小学（前身金昌师范附小）建立的第一天，我来了！当初，学校只有六七个教师，发展到今天已经是有百十来名教师的学校了；由当初借金川区第一小学一、二、三年级的三个班，增长到如今的三十多个班级；由最初的一百三十来个学生，壮大到现今的一千五百多个学生，真可谓枝繁叶茂的大家庭。当初那个低矮的工字形的教学楼消失了，进驻时土疙瘩、石头块、土坡连着土坡、无处下脚的校园不见了，那个我们一翻墙就能到教育局的花栏式围墙早已拆除了，校园中心那几棵繁茂到孩子们抓住长长的枝丫就可以荡秋千的大柳树无影了，墙角老校长和我们共同栽种的那棵早春三月开着紫花西北戈壁滩最早的报春使者——一丈来高的大桐树无踪了……面对这样的实验小学，谁知我心？谁体吾情？

顺应时势，连花们树们都如此。就连钢筋水泥铸就的教学楼都换了三茬，更何况当初学生娃的娃又成了自己的学生，当初的学生娃现在和你成了同事，就连娃们的娃都入学了，你还得继续和他们并肩作战，做课件，做网站，笨手笨脚学着操作一体机，你做何感想？号称有着几十年教学经验的老教师，在忽如一夜春风来的课改中，也变得手忙脚乱，头重脚轻，你又做何感想？同事们来了，走了，不知换了多少茬，不忘初心，自始至终能够坚守下来的只是凤毛麟角，你又有何感想？唉，还有随风飘逝，早已作古的几多青黄叶片。太多的经历，伤不起；漫步小溪，踏入桃园，挺进杏林，登上高山，跌入谷底……狂傲，奋斗，失败，努力，成功，挣扎，太多的思绪，无法停歇；欢笑，痛苦，喜悦，悲伤，低至尘埃，太多的情

---

①别价：方言。表示劝阻或禁止。

殇，难掩于心；酸的，甜的，苦的，辣的，涩的，几多味道？尔等理解乎？

无须！想透了，这世界上走得最急的，总是最美的风景；痛得最深的，总是沧桑的心。生活，是煮一壶月光，醉了欢喜，也醉了忧伤；人生，是磨难在枝头上被晾晒成了坚强。人生就像一杯茶，刚入喉有涩涩的苦味，后来慢慢就会品尝到清淡的甜。吃苦是人生必要的积累过程。吃苦的时候，恰恰是成长的时候，是自己慢慢强大、慢慢成熟起来的修炼过程，之后迎来的成功只是一个自然而然的结果，只有经历过足够的艰难困苦，才能破茧化蝶，成为一个能撑得起一片天的人。努力了，每一滴汗水都不会白流，每一颗种子都会拥抱春天。幸福可能会迟到，但一定不会失约。

今天，青春年少，阳光、快乐，是你们的本性；年少气盛，自信、自强，更是天之骄子的特质。我为年轻的你们点赞！

站在这时光隧道，浮想联翩，夜不能寐。感慨万千，年届五十，当初的老师和学生，今天反转成了学生和老师，我心甘情愿做回你们的学生，学习，学习，再学习，酿造一壶新酒，醇香——四溢校园！

瞧瞧，会场上，看着年轻人的恣意张扬，老一代悄悄地撤退了，我亦悄悄地溜走了，贺词拜托小组代表小孟同志代诵，聊表心意，不负如来不负卿。

2017年，我们来了
——献给实验小学老少两代人

释迦牟尼说

无论你遇见谁

他都是你生命里该出现的人

都有使命，都有因果

绝非偶然。他一定会教会你一些什么

没有人是无缘无故出现在你生命里

每一个人的出现都是缘分

都值得感恩

李、张、范、杜、郭、梁、袁、宋，老教师们的

今天，就是孟、柴、宋、刘、潘，80后

陈、毛、李、杨，90后

明天的你们

今天，我们因缘

相聚实验小学，站在这里的老一辈教师们

三十多年的风风雨雨中，我们拼搏过成功过

我们失败过，努力过

我们奋斗过，辉煌过

但是，从来没有后悔过干娃娃王

这一行

岁月如溪，更是白驹过隙

回首，再回首

年轻真好

活泼，健康，精彩的你们

团结，合作的你们

求实，奋进的你们

未来，实验小学的精英们

既然选择这一行，必持守于心

人生，就是不断历练的过程

任何时候，请记住自己的理想

坚持自己的梦想

不断升华自己的思想

成为新一代的实验小学的骄子

愿你们梦想成真

回顾实验小学的历程
老辈们，岁末的今天
大家健康地相聚于此
话教学，叙家常
我们是幸福的

再过二十天，我们将迎来 2017 年
实验小学，老骥伏枥、青春炫丽的两代人
我们来了，幸福，快乐
属于我们

　　谨以此文，献给奋战在一线的老少兄弟姐妹们，愿大家身体康健，幸福快乐！

2016 年 12 月 9 日

"达人"是这样铸就的

时下，"达人"这个词时常在媒体出现，什么"达人秀""捕鱼达人""达人来了"……对于这些概念，我始终有点模糊，又感觉它似乎和生活娱乐脱不了干系，不过最近的工作生活让这朦胧的潜意识终于有了具象化的认识和体验，也是我个人主观认为的——在某些方面、某种状态达到一定境界的人。

促成我悟出此意的直接原因是：从三月末去河南永威参加为期一周的考察学习，到回来连轴转地工作，让我见证了"工作达人"就是这样铸就的。

周一前两节课上完，紧接着参加十点多的行政会议，下午听"常态推门课"，四点多开始评课，并安排本周内"永威考察学习汇报课"的活动，这就是一周第一天的生活。

从周二开始，自己班的课几乎都是早晨的前两节，第三节课听"常态推门课"，第四节和下午第一节或第二节课陆续听全校十九人的"永威汇报课"，除此之外零星的空余课节几乎都是见缝插针的"推门课"，无论哪种课，眼睛、脑子都不得空，得专注地听讲，否则评课时说不清也讲不到点子上，也是对老师的不尊重，不仅时间塞得满满当当的，眼球、脑袋、耳朵也统统的一个满，课改也是拼了的节奏！

下午四点半左右集体评课开始了，直到下班或六七点钟结束。这期间，脑袋时常不停地运转，就是偶尔歇息的工夫也要赶紧思考另一件事情，得理清思绪，得空还得拼命给学生补学习期间落下的课程，得批改落下的作业，时常还得想着周五我的"汇报课"和由我主持的永威学习讲座报告会以及 PPT 的制作。最糟糕不过的是我恰恰选择汇报交流习作课，娃儿们的作文还得加班加点批阅，上课得点评啊！想偷个闲都不成。教师发言、学生作业、课程讲座、稍后的研讨小结……在脑袋里不时地来回跳转、运行，思想还不能抛锚，风筝线还得牢牢牵住。这一天的工作状态就像咱语文人写散文，"形散而神不散"，哈哈！

这就是一天上半场的生活。

晚上，夜深人静别人开始休息的时候，我的下半场工作正式开启。批阅学生习作、备课、写讲稿、制作PPT，弄不好劳累至极导致失眠，便通宵和明月做伴。可无论怎样第二天还得继续"战斗"，马不停蹄地"战斗"，忘了自己是谁，家人是谁，只是知道一个"达人"就此诞生。

是年，我四十有六，是即将参加高考的孩子的母亲。

2011 年 3 月 26 日

恼人的并发症

如今的我，日子似嚼蜡一般没味儿。

一年多来感觉无尽的劳累与疲乏，以致身体是按倒葫芦起来瓢，不知是胃寒还是胆囊切除留下的后遗症，吃了东西老感觉不消化，左侧肋骨下方胀满胀满的，双手十指骨关节肿胀，颈椎酸困……就说这颈椎疼痛吧，以前只是脖子发硬，似断了一般，扯着半个脑袋不舒服，现在整个人晕乎乎的。为了看病，跑断了腿，大夫告诉我这是颈椎压迫脑神经引起的脑供血不足，而一天连轴转超强度的工作直接导致的腰椎骶骨发生病变，更是让我每天下班后坐坐不成，躺躺不成，那种难受劲儿有谁体验过？吃药、扎针、拔罐、牵引、按摩、刺血……什么法儿都使过了，不顶用。

又怎能顶用？今天治疗差不多了，明天一上班，"外甥打灯笼——照旧"。前一天一切的治疗效果归零，连先生都不乐意给我贴膏药了，戏言道：巴掌大的膏药一片一片贴起来实在是麻烦，我干脆建议厂家直接生产脊背大小的整张来，一次到位。至于浑身青紫不一的大小火罐印，更是惨不忍睹。

疾病就好似黑色的大魔头，百般折磨着我，工作没了兴致，更提不起一点活着的精神头。

每一天，我似乎都在苦苦地挣扎着。忙碌、辛苦、熬夜……想想一辈子这样的自己，不禁悲从心起，恼人的并发症啊，何时是个头？

2011 年 9 月 19 日

希望，逢着一个丁香一样的人儿

"Give me a break."是我自己写的一句英文，表达现在的我最最想的一件事，就是"让我休息一下"。或者，更准确表达就是：给我一点属于自己的时间！之所以这样写，是怕别人笑话，矫情个啥，就你忙？于是，用这句英文发发自己的感慨罢了。

半年来，生活差不多就是一个词"工作"，两个字"课改"，三个字"进课堂"，四个字"听课评课"。时间几乎全被工作"绑架了"！每天像陀螺一样一个模式地旋转。

每天早晨，我任教的课安排在前两节，一下课欣喜也好，失望也罢，来不及思，来不及想，来不及回味，就得赶着去听课，上卫生间都得跑着去，要不晚那么几分钟就找不到听课的地方了。故而，每天除了自己上课的时间，剩下的时间几乎堂堂都在听课，精神高度集中地听课，然后参加五点以后的评课——当天听的所有课一一过一遍。对于自己的课，老师们的课，没有时间静下心来捋一捋，如果说还有一点成熟的思考，也仅仅是边听课边想到的一点想法而已。

晚上回家后，累得一屁股坐在沙发上，不想动弹一下，就这样也得强打精神准备第二天的课。整个人几乎没有一点自己的时间。

儿子眼瞅着高三了，当妈的我几乎没有一丁点的精力去过问孩子的学习，尽心地真正陪陪他；饭菜简单不说，所有的家务活都转嫁到先生身上了。

如今，2011 年的春季，涛声依旧。毫不夸张地说，我，哪是像机器人呀，明明就是一个天天超负荷运转的"机器人"。

曾经那个灵动的、透着活力的、讲点儿情调的——我，不复存在了，没时间接一接姐妹的电话，也没有空闲问候问候年逾古稀的父母，更没了和朋友聊聊天的闲情。

生活是一潭死水，在"绑架的时间"哀曲里，没有了"自我"，渐渐地，缤纷的色彩消失了；慢慢地，迷人的芬芳散尽了。

没有了读书的空隙，内心就像一块没有播种的贫瘠的土地一样，长不出几棵春意盎然的草苗；没有独自思考的时间，思想被桎梏着、荒芜着；没有喘气的空闲，既不能吐故，更谈不上纳新，人怎么也生动不起来，教学怎么也飞扬不起来。

整个人就像"撑着油纸伞，独自彷徨在悠长、悠长又寂寥的雨巷"①。

上苍哦，假若你还眷顾我，给我一点雨露吧——

Give me a break！

留给我一些自己备课的时光

剩下一节课的工夫，让我批改批改孩子们的作业

渴求一刻回味教学的时间

等待那么一段自我调整教学的时间

期盼那么一会儿神思遐想的间隙

奢望一点点照顾儿子的时光

剩下一点问候古稀父母的精力

得空让疼痛的躯体缓冲一下

哪怕缓冲一下下……

我彷徨在悠长、悠长又寂寥的课改中，我希望逢着"一个丁香一样的颜色，丁香一样的芬芳，丁香一样的忧愁"②的"time"人儿！

2011 年 3 月 3 日

---

①②引自戴望舒的《雨巷》。

宁静致远的教育，离我们有多远

"宁静致远，淡泊明志"这句话，时常在人家办公室或人家客厅里看见，总觉得这句话有点禅意的味道，也没有深究过到底是什么含义，只是就字面意思肤浅地理解为静下心来做事，冷静地观察世事的变化。今天，这句话突然地就那么闯进心头，百度了一下，才知道了"宁静致远，淡泊明志"出自诸葛亮的《诫子书》："夫君子之行，静以修身，俭以养德。非淡泊无以明志，非宁静无以致远。夫学须静也，才须学也。非学无以广才，非志无以成学。淫慢则不能励精，险躁则不能治性。年与时驰，意与日去，遂成枯落，多不接世。悲守穷庐，将复何及！"这是诸葛亮在告诫他儿子如何做学问的一封信里说的。 他教儿子以"静"来修养身心， "非宁静无以致远""夫学须静也，才须学也"，这是求学的道理，对于工作我想道理也是相通的吧。品味着这句名言，想想在这个喧嚣浮躁的时代，能够安静下来看一本书、听一首歌、写一行诗似乎也是一种奢侈。

星期一下午六点，下班时间，突然通知开会，原来从星期二开始，上面要派二十多人的专家团队到学校蹲点调研，最直接的方式就是听课，涉及学校开设的所有学科和所有执教的教师。

本来从 2 月 14 日开学伊始，学校内部已经忙得不可开交，整天不是上课就是开会、听课、评课，像赶集似的。开学才四周，这已经是学校第三次大行动了。第一次：2 月 28 日开始的开校工作检查，听课、查资料。第二次：3 月 12 日为期两天的"三风"督导检查，听课、谈话、资料检查。第三次：也就是 3 月 20 日开始的蹲点调研。

每次检查，晚上都回不了家，需要加班准备课改资料。就这样一直忙到凌晨近四点，出门连个出租车都打不到，而晨扫的清洁工已开始新一天的工作了。唉，以后还是手头勤快点，随时做好这一类的事吧！

家里冰锅冷灶，凑合着吃了一点东西，就开始看白天的课件。这就是周一一天我的生活。上午上一节课，十点至十二点开会。下午一上班还要开会，讨论"星级少年"争卡创星活动的设计方案，讨论"教师课堂用语"的规范问题等，讨论解决方案，直到四点半会议结束。六点开紧急会议，近七点结束。接着还需加班。

周二，除了上自己的课，还要准备学校第三轮赛课安排，听了两节语文课。

周三，早读照常，前两节是我的语文课，后一节听课，然后再接待外校的教师听课。下午直奔报告厅听两节语文课，然后安排和调整下周赛课。下班时得知消息——第二天要听我的习作课，忙得哪顾得上批阅习作，于是又是不能下班，加班批作业、备课，直到晚上十点多才回家。

回家，又是冰锅冷灶。爷儿俩到外面就的餐，没饭吃不说，才知道第二天儿子要参加省里的第一次模拟考试，我这个当妈的竟然忙昏了头，别说为孩子做饭了，竟然把这么重要的事情也忘得干干净净。就这样，心里还一直惦记着明天的课，忙到子夜一点半才睡觉。

周四，七点四十分早读，第一节语文课，第二节准备下午的习作课件，第三节报告厅听课。下午两节习作课，局领导听了我的课。

周五下午，从两点半一头扎进教室，五点钟出来直奔报告厅，参加本周评课活动，直到接近七点才结束。

回家，照旧冰锅冷灶，爷俩又在外面吃的饭。一周五天，三天都没顾得上回家做饭，这就是一个家有高考生的教师母亲的一周生活。

"如今的学校咋这么多活动？"一位普通工人朴素的话，引起了我的深思。

"宁静致远"四个简简单单的字，其实分量该有多重呀！

漫天沙尘的天气，最好早一点结束吧！

2012 年 3 月 21 日

被药浸透的日子

——也说今日中药材

从年头到年尾，一直被病痛折磨着，说有病似乎也不是什么大病，要不了命。说是小病，却折磨着你一日不得安生。能说也能动，可就是日子不好过。不光是不好过，是实在难熬。家似乎被药浸透了，一进门就能闻到处处弥漫着药味，床头、厨房，哪哪都有药渣子的痕迹。每天一睁眼得记着泡药，出门得记着提药，午间回家第一件事直奔药锅，到了单位算时间喝药。有时忙急了，空腹咬着牙关，闭着眼，一个字——喝。家里小院的一角药渣都堆成了堆。办公桌上永远堆着一大堆中成药、西药，葫芦还没按倒瓢又起来了。

到处求医问药。从市区的医院，到省城的医院，从城市的医院到乡村的名医，从本土的到外地的，涂的，抹的，西药，中药，都试过了，不曾有半点的好转，年底了反倒越发严重，食不安寝，夜不能寐，身心的煎熬，挣扎了再挣扎。

从普通的门诊，到专家的诊疗，哪哪都说得有几分道理，可病还是那个病。越看越没有信心，跑得我是心力交瘁，一提起看病心里就发怵，乃至绝望！

病始终不见好转，时轻时重，轻时，刚刚提起点精神，看点闲书，写点东西……日子似乎刚有个盼头，可病魔王又以迅雷不及掩耳之势来撩拨你，喝不敢放开了喝，吃也得小心翼翼，甚至提心吊胆，工作还得照干，日子还得照过，不顾及你半点的难过，病痛让人感到生命是如此的无奈与无助。

年底了，病痛越发厉害，令人崩溃，真的有点坚持不住的感觉。出门看病，站在家门口，不知道到底到哪去才能见个天日！

大家都说实在不行就到远处走一点，可我清清楚楚地知道不是那回事呀！也不是没走过，这不是一天两天、十天半月的事。

前些日子实在无计可施的我听了同事的话，到了一个有点知名度的小诊所去试试，没办法，有病乱投医嘛！不然咋办？别说以后，就一天都很难熬。

这不，还得去看。看到医生，小聊一番，感觉医生特别自信，于是我似乎觉得希望来了，又坚持去看病。一服，两服……个把月过去了，病还是那个病，不但没减轻反倒一天比一天重了。

"这很正常。"相信医生的话，是正常现象，让我别担心，他有把握。

又十几服药吃下去了，情况照旧。医生还是那么自信，我则将信将疑地坚持着。身体的那个难受，心里的那个煎熬，没法提。但是看到这个有信心能医好我病的医生，他的那份自信着实让我受到感染，我努力地坚持着。因为，我确实感受到了他的那份实为少见的自信。我也的的确确感知到了他的那份真心，那份实意，那份少有的真诚！

但是病确实不见丁点的好转，我，几乎无法忍受了。这又是不容忽视的事实。

单位同事都在劝，十几二十几服都不见效的医生，你怎么还傻傻地找他，赶快换换医生吧。本着对他的信任，我决定和医生好好聊聊。拨通了医生的电话，我想真诚地和医生谈一谈，问题到底出在哪。不待我提这个，医生已经有所怀疑，按他行医几十年的临床经验，这是不应该出现的现象呀！服药初期病情加重很正常，这么长时间就有点问题了，药不对路？还是什么？

医生的意思，药方应该没有问题，难道是药材的问题？如今的药材都是人工种植，药性自然打了折扣，这是不容置疑的。

那还有什么？他建议我换个地方抓药试试看。医生的提醒，我就留心了。一个方子换了两家药店，两个药店的药价差距也着实大。药性也实在是让人惊讶！不试不知道，一试吓一跳。

实验开始了。抓药时，外行嘛，也就留心查看了每味药的形状和出具的价格单。味道么，尝一尝；材质么，摸一摸。感觉到确实有所不同。高

232

价的齐整一点，形状也大一些，干净一些，味道足一些，野生的做了标注。价格稍低一点的，形状似乎小了一点，味道也不是那么浓，也有家养的痕迹。这是第一步。

实验的第二步，煎药。首先第一服从价高的开始。药店的店员告诉我，不同的药材按不同的时段下药。第一服药喝下去三四个小时后，没想到长期困扰我的烦燥症状减轻了。

第二天，煎第二服价格稍低的药，由于抓药的人一股脑把药混在一起，拣是没法拣开了，也没有分开下药一说。于是只能照常规法煎熬，喝下去后，似乎不见功效。

问题真的出现在药材上！

病的时间久了，人也是急了。第三天，毫不犹豫将低价药扔掉了。日子好过那么一点点。真没想到，看病，不光看医生，还得看药的质量。有了好医生，还得有好药材。

话说到这里，不管这个医生能否把我的病彻底治好，我都要感谢这位有良知的医生，因为他对药材的质疑，至少让我稍微舒服了一点。

人都说久病成医，不是吗？如今的药材市场药相百生，也是不见怪的，但病得在谁身上那就另当别论了。如果按实验的结果下去，真是药材的问题，就不得不思考一个民生的话题——医生、药的质量、药价，不光光是病人，值得每个人深思！谁能保证一辈子不生病、不喝药？医生看病看得怎样，那是能力水平问题。药的质量，真真切切更是不容忽视的大问题。

夜半醒来，也是有感而发的一点个人的小见解，但愿能给朋友们提个醒，如今看病，不光看医生，药材的真假、质量照样也得重视。

但愿我的发现，对大家有所帮助。且看后续治疗吧。

2017 年 12 月 11 日

也有锦鲤来

愿每个孤独的教育修行者，都能成为自己的太阳，所到之处，遍地阳光。

——题记

一

我本布衣，是土生土长在丝绸之路河西走廊上的一位"孩子王"。

那一年十八岁，还是一个懵懵懂懂的小丫头的我，扎两条小辫子，提一卷行李走进了祁连山脚下的一所县城小学，开始了一根粉笔、一块黑板、一本语文教科书、三尺讲台的教学生涯。整天混迹于一群吸溜着鼻涕、笑靥如花的孩子中间，走起路来乐癫癫还要蹦跳两下，和清纯的孩子们在一起甭提有多开心了。

土块泥巴墙的教室，水泥抹的黑板，地面被娃娃们用笤帚扫得凹凸不平，深一脚浅一脚的，却把课上得有滋有味儿。冬日里在蹿着红火苗炉子的教室里讲课，娃娃们好喜欢听咱的声音。呵呵，谁让咱在小县城普通话讲得好啊，一手字儿也拿得出手呀。布置个教室，红艳艳的纸上大笔一刷，"好好学习，天天向上"八个大字贴在黑板上方，教室立刻有了汩汩涌动的思想。后墙各色皱纹纸弄几条彩带拧个花再一贴，把娃儿们的好作业贴上墙也美得一塌糊涂。再说了，咱小丫头课讲得也不赖呀，穿个红裙子在那两排教室夹着的小道上走过去，身后保准有一群看稀罕的眼神。

那时节呀，就像宿舍门前小花坛里的八瓣梅儿一样，摇摇曳曳，幸福真的像花儿一样！

每月四十三元的薪酬，二十八斤的供应粮票，喂饱自己不说，还能给爹妈剩点。闲暇时间，一群年轻人男女混搭，分成金昌师范和武威师范两个战队，在那个土地平整成的场地上比拼篮球。看，一个长传，球儿从后场直接飞到前场，小丫头我的海拔虽然不高，好歹上学时也在师范学校篮球队混过几天。

周末约七八个同学聚会，大家集体做饭聚餐，然后，我们骑着借来的笨重的二八自行车到水库的冰面上滑冰，玩得不亦乐乎，那时的我们，真正是芳华岁月中的芳华啊！

那精神头儿噌噌直往上冒，欢喜从不和咱爽约。谁让咱是一股清流，谁让咱是娃们的老师。

芳华岁月，实难忘却！虽然如今偶尔有点自我，可这辈子精力最旺盛的时候，最能"得瑟"一把的，还是二十岁的芳华啊！

那时的我们是那么纯粹，像一片没有杂质的天空一样，永远敞开着蓝色怀抱，等你相约，等你作画，等你……

那个有着超前思想和深眼窝的上海籍校长王楚俊，在信息还有些闭塞的 1985 年，率先让还是小丫头的我搞课改，就扔给我一张报纸让我一个人琢磨去。只是过段时间，王校长夹个本子来听课，听完啥也不说，走人；再过一段时间，再拎个木头板凳往教室最后一排一坐，再听一堂课，还是啥也不说。给足了咱琢磨的空间和探索的自由以及对人格的尊重，还真有点著名学者陈寅恪的味道——"思想之自由，精神之独立"。

"模式 + 风格"，不唯模式，神韵存在即可！

一年多后，全市的首次大规模课改现场会在小县城的学校举办，由我一肩挑唱了识字、阅读、小学语文习作教学三大系列教学观摩课的戏。初生牛犊的小丫，傻傻地不知道害怕是个啥，就这样为了学校风光了一把，火爆了一把。

那年，我还被音乐人瞅准，选我主持了全县六一文艺会演的盛大晚会。扎着两个小刷子的我，穿条红红的 A 字裙，借了一件黑打底衫上衣，蹬蹬地走上县大剧院的舞台，在聚光灯下，为挤得水泄不通的学生、家长和老百姓主持汇报演出。

如今想来，都不可思议！那样的事发生在自己身上？是傻着呢，还是老天爷借给了小丫一百个胆子？全然不知。

一年后，在市上举办的中小学生运动会上，我又被抽调来当播音员，这事如今真的也不敢想！可它，就真实地发生了。

这就是教育的魅力，也是我一辈子痴迷教育，倾心教育的缘由。

就这样，恍惚间三十四个年头的教龄就这样从手指尖溜走了，一不小心步入了知天命的年龄。蓦然回首，逝去的一万两千多个日子里有苦，有乐，有喜，也有忧，可以说过得忙碌而充实，劳累但却快乐着。

一路阳光走来，就这样和孩子们互相成就，教育这个行业的幸福不言而喻。其实教师的幸福再简单不过！很纯粹很纯粹！常常因为不经意间，一个孩子雨天突然在身后给你撑起一把伞；你大病归来，围着你叽叽喳喳问个不停；在你淡出了灿烂的圈子，遁入心灵的孤岛时，耳边有一个少年的声音甜甜地响起，然后，师生之间，亦师亦友地攀谈着，寒暄着……诸如此类的一个小举动，一句话，一个问候……触动心灵，感动不已，欣喜不已，幸福不已。

这样的幸福感，或许皆因是那些孩子带给我的。

那个长得憨乎乎的，胖嘟嘟的，叫杜文岗的小男孩，多少年来在我的记忆中挥之不去，始终占据我心。"老师笑醉了！"你听，一个稚嫩的小嘴里竟鲜亮亮地蹦跳出这么一句让人心醉的话语，任谁听了不觉得甜滋滋的？那一幕过去多少年了，忆不起课堂中的我是怎样忘情地笑的情景，孩子们跟着我进行了怎样的快乐学习，单单只记住了这一句话，一句让我想起来就觉得甜、想起来就觉得当老师也挺美的话。我想，孩子们一定是跟着我学习很尽兴，很陶醉，才会情不自禁地这样欣赏她的老师，喜欢她的老师；我想，天天面对这样的孩子，当老师的我欢喜，孩子们自然快乐，生活再苦再累也会挺过去；我想，成了孩子们喜欢的老师，童心童趣就会伴随我的一生。不是吗？

在我步入中年时，又一个男孩再次闯进我的心田——"老师，天天这样笑就年轻，美得很！"又一个叫王得鋆的小男孩，悄悄地告诉我年轻美丽的秘诀。

那一日，他很阳光地跑过来，趴在我的肩头笑眯眯地对我说："姜老师，好喜欢你笑呀！"是呀，带着快乐的心情步入课堂，你的神采才会飞扬，学生们才会随着你的节奏，开心地学字、识词，美美地读课文，轻松愉悦地做文章。老师在快乐中工作，学生在陶醉中学习，多么美好！

一个孩子让我醉心，一个孩子让我年轻美丽，童心童趣就这样伴随了我的教育人生。如今虽然步入知天命的年龄，但我依然是一个乐观、开朗、童心未泯的人！

"别看姜老师年纪大了，浑身透着童趣，就像一个'老小孩'一样，经常领着我们赏芍药、追雪花、捡树叶制作书签，还领着我们作儿童诗，让我们迷恋上语文，爱上阅读，爱上写作。"五（三）班的孩子们这样评价他们的老师，讲述着他们的学习生活。

美国诗人惠特曼在他的小诗《有一个孩子向前走去》中，还告诉了我"孩子王"这个职业是多么的有趣，教师这个职业所肩负的使命。

有一个孩子每天向前走去／他看见最初的东西／他就变成那东西／那东西就变成了他的一部分……还有那青草，那绚丽的朝霞／还有谷仓空地上或泥泞的池塘边，那叽叽喳喳的小鸡一家／还有池中好奇的鱼儿……所有的这一切，都成了这个孩子的一部分／那个天天向前走的孩子／他正在走，他将永远天天向前。

多年来，正是抱着这种职业幸福感，一边教书，一边启迪童心，一边品味教育生活。青春与童心为伴，教育与文学共进，思想与激情齐飞，生命与使命同行。

最让人难以忘怀的，是小城人的实在和质朴。周末，常常有几个人被王菊英等老教师拉到家里去吃晚饭，节假日更是少不了。端午节的油饼子卷糕，八月十五的月饼就着好吃的永昌特色粉汤饭，冬至的窝窝饭……三年时间我都不知吃了平行班的茹兰英老师家多少顿饭，她待我如她家的姑娘一般啊！我们是工作上的搭档，发挥各自的长处，互相帮助。年轻人不爱操心的事，她全替我揽过去；布置墙报是我的强项，我全包了。几年下来，我们成了忘年交。

小县城短暂的时光，让我一生留恋，一生难以忘怀！

二

那时，在一个学校上班，得跑三个地方。宿舍在政府的单身公寓楼，办公室设在师范学校的一间大教室里，又在区小学借了三间教室，全校三个年级三个班，合起来共有一百多个娃娃，风里来雨里去，下班匆匆忙忙回师范灶房打盒饭，在凳子上斜倚一会儿，再接着去区小，就这样将就着过了一年。1988年，新校舍终于竣工了，搬进去时楼前楼后都是大土堆，连个下脚的地都没有。操场更是连绵的土山包。就是到了20世纪90年代末，操场还是个石子裸露的地面。

谁能想到我们四男四女八个小年轻去局里办事，都是翻墙过去，直奔目的地。野马无缰般，看不出一点文化人的矜持。"青葱"岁月嘛，大抵如此吧！

可咱也有值得回味的事儿呀！上完课，回到办公室，办公室的中间支了一张乒乓球案子，谁愿意活动了，拿起拍子即可打乒乓球。谁的办公桌都有毛边纸，抄起一根柔软的羊毫笔管，一边聊天逗乐子，一边习大字。到颜真卿家转一圈，在柳公权处切磋琢磨一番，又到赵孟頫书斋逗留片刻，多多少少沾染了一点书法艺术气儿，虽说字写得不怎么样，可随手办个墙报布置个走廊文化还是游刃有余的。

那段时间，每到下午四点多，娃娃们放学后，我们几个老师都是扛着铁锹平整操场，再不济也得让娃娃们有一块做操活动的场地呀！春天来了，我们又早早地拿着钢钎打坑掏石头，填土，栽树苗。几年下来，学校内的四周已经绿意盎然。如今，校园四周这些长得高大挺拔的槐树，根茎叶里也流淌着咱的丝丝青春汗水。

最令人难忘的是那个待我们如母亲般温暖的老校长。

那个身材矮小瘦削、目光炯炯的上海籍裘奇文校长。她老人家可厉害着呢！晨检的时候胳膊向上一扎，手一搭门头边框，见有灰尘，或玻璃不干净，对不起，即刻命令你爬上爬下擦干净。晚间放学，厕所不干净，娃娃们拉屎后捡石子擦屁股，堵了下水道，没啥商量的，赶紧拿铁钩子掏去，弄不通谁都别想着下班。管你臭不臭，恶心不恶心，晚饭咽得下咽不下，更甭提"脏"字是个啥了！

还记得那个一米八几的大小伙子王世锋，鸵鸟一般的他天生恐高，老太太哪管那个！上，硬是让他踩上梯子去擦离地三米多高的大厅的吸顶灯。小伙子试探着试探着……咋都是个不敢上。可老太太眼都不眨一下，铁了心就认准他！亲自扶着梯子，不敢上也得上！就这样七尺男儿猫着腰，战战兢兢，哆哆嗦嗦，头不敢抬，腿不敢直，身子不敢动，好不容易干完了活。惹得我们在下面忍俊不禁，谁让他长得顶天立地。他不上，任谁都够不着那高地儿！老太太也是识才，发挥了他的优势资源嘛！

就连宿舍，老太太也不放过，严加管理。那时，二楼西头教室作男老师宿舍，右边东头是女老师宿舍。老太太操着爹妈的心呀，她担心男生女生的住地离得近了，晚间孤男寡女一群热血小年轻闹出乱子，她这个家长没法交代呀！

别看老太太工作时眼毒，容不得半点沙子，但在日常生活中，一群人咋吃，咋住，十分的贴心，全然没了工作时的严厉劲儿。记得有一次去她家，满满一海碗清汤羊肉，吃得小丫儿我七个方儿八个劲，碗不见底老太太不依呀！

还记得刚和先生处朋友那会儿，他从县里来没住处，老太太专门给了一间宿舍，命总务处搬了单人床，铺两个冬天用的棉布厚门帘，像自家娃一般对待。

这样的她，着实让我们感动。哪个头疼脑热了，她赶紧拿来自家买的药，非盯着你吃下才肯走开！流感来时，她又拿来自家的醋，熬着熏宿舍，防患于未然。不是亲人胜似亲人！

周末了，七八个年轻人也不消停，等华灯初上几个人相约去跳舞。快三慢四，在管乐队或悠扬或激昂的演奏中，在歌手卖力的演唱中，在终场震耳欲聋的迪斯科的狂热蹦跳中，结束了一周热情似火的生活。

三

后来吧，成家了，疯癫的脚步慢慢停下来。心思全部回归在了教研上，从最初的手工制作教具，制作识字卡片，到幻灯片的制作……教育技术的革新，渐次发展成教学方式的转变，从20世纪90年代的学法指导，到今天的这教学模式那教学模式，可着劲学。久之，也就悟出点门道来，有了自己的思想、自己喜欢的课堂味道。

领着一帮娃娃们，春天赏芍药、写花语；夏天观月季、做习作；秋天一起观赏色彩斑斓的树叶，制作漂亮的书签；冬天，打雪仗，尽享童年的欢乐；参观"三角城遗址"，进行社会实践活动；课余闲暇时间，踢足球、跳绳、打篮球、打乒乓球……尽可能加入孩子们嬉戏的行列里，那是一种怎样的情景啊？欢乐爆棚了！有了你的参与，活动中的孩子们格外卖力，格外热烈。想想，成了娃娃王他们能不喜欢我吗？

以朗读为友，以文字为伍，以诗歌为甘露……与一群顽童在一起，乐在其中，不能自拔。

有付出的辛苦也有收获的喜悦，家长们那些发自肺腑的心声也着实令我感动。

"儿子酷爱读书，真的要感谢姜老师！她引导孩子们每天坚持阅读和习作。为给孩子们加油打气，自己却不顾多病的身体，班级微信群中玩命似的修改点评孩子们的习作，好多次我都睡了好几觉了，她还在群里点评作文，她为班上五十二个娃娃倾注了太多太多的心血。说真的，这样的老师也着实让人心疼！"这是学生母亲的心里话。

"爱自己的孩子容易，爱别人的孩子难！姜老师时常都会在微信群里表扬课间用心读书的孩子，哪个孩子坚持晨读了，提醒哪些学生语文基础需要加强，哪些书写需要改进……每每看到这样的话语我都很惭愧，老师如此在意我们的孩子，把孩子们放在心尖尖上，作为家长我还有什么理由不帮助孩子努力上进呢？"一位母亲这样感慨。

"对于像我们这样进城务工的农民家长，也没啥文化，农忙了一走十天半个月，女儿上学全靠老师操心。女儿特喜欢姜老师，也因此爱上了语文。今年我大部分时间在老家，基本没有过问过女儿的学习，可期中考试她却考了九十九分。说实话我们农民工遇到这样一位老师，是我们和娃娃的福气。"五（三）班的谢佳宁母亲这样说。

握一杆贴心的笔，心无旁骛地一头扎进教育的后花园里，不必说小淘气们的欢蹦乱跳，甜美的笑靥，扯着嗓子时的高音喇叭；也不必说喜欢阅读的娃儿在书丛里散步，喜欢写作的娃儿伏在格子纸上沉思，喜欢画画的娃儿在书页上涂鸦，单是这些闹腾的小鬼头们——猴屁股的魏，龙飞凤舞的文，还有时刻也闲不住的马……就有无限的趣味。

2018 的冬天来得太早，刺骨的寒风侵袭着我的身躯！年龄大了，抵不住一阵紧似一阵的寒风呀！

在缺少灿烂阳光的日子里，唯一温暖我的是那十三个娃获得了习作奖，娃娃们的辛勤耕耘终于收获了自己的锦鲤。多好的事！不过呀，老师也有了自己小小的一尾锦鲤——和一群六岁孩童的课，获教育部奖！该哭？该笑？现在，都不重要了！

孩子们，咱们一块儿向阳而生

可好？自己成为自己的太阳

所到之处，遍地阳光

孩子，可好

2018 年 12 月 13 日

是什么温暖了岁月

对于寻常人来说，日子大多是淡色的，抑或是一个基调的。娃娃们去学校里念书，大人们为生计也好为梦想也罢，整日里忙碌奔波。日头升起复落下，年复一年的劳作中，日子就渐渐磨起了老茧。

很多时候，心似乎秃成光头，失了绿气。目之所及，漾不起一丝涟漪。花开花落成了季节的标记，风霜雨雪被敲进键盘，生活成了寡淡的旋律。

既然如此岁月怎能不苍白？我想许是平常的日子里习惯了一个眼神的暖意，忽略了一句话的温度，不在意一碗饭的心意，瞅不见一只雀儿的注视，听不见一棵树的招呼，感受不到一片叶的深情……忽略了上苍给予我们的免费阳光，忽略了免费的空气，忽略了免费的露珠；疏忽了舒适的清风，疏忽了诗意的秋月，疏忽了残冬的暖阳；辜负了眨眼的星星，辜负了……岁月又怎能不沧桑？

其实呀，打开心的眉眼，温暖岁月的往往是这些看似不打紧不起眼的东西。

前日——一枚印章

忙急了，盼着闲下来，哪怕睡一个囫囵觉也是幸福的。今日，终于闲下了，也不打算再动笔，就想彻底放松一下自己。于是浏览今日头条，看后，依然觉得无聊。再走进QQ群，出来进去，进去又出来，还是无聊。无趣的夜晚，耳朵里灌进的全是飞沙走石的狂风。唉，心走出栖息地竟然无处安放。似乎前世的荒漠寂寥独独守在今生的路口，过不了安闲的日子。

百无聊赖中，看到友人发来一枚渴盼已久的我的笔名的篆刻印章——"映荷"。呵！一人，一印，世界突然间就被欢心挤满了。

昨天——千万颗树籽

学校门前的马路口，一左一右两株大槐树。这两株大槐树可不同于市区街道两旁栽满的其他槐树，也不同于那些花树们。等左邻右舍在春风里赶集似的聚拢在一起，并且来一番争奇斗艳后，它才在盛夏的七八月悄然在枝头绽放出一嘟噜一嘟噜的米粒大小的明艳艳的雏菊色小花，年年如此。

上班下班每每路过，注目礼是非行不可的。它让我牵挂，让我心悸！皆因焦灼的夏阳里，居然能长出嫩嫩的一抹星黄！

到了初冬季节，百树成了秃头，它却在枝头挑着一个个笑呵呵的娃宝宝。这不，昨夜一场大风，娃宝宝离开了妈妈，铺了一地。于是，早操的十来分钟我就和六（三）班的孩子们兴奋地在路边捡起树种。兴许能种出一棵棵幼苗，这是我对明年的一个期盼。

孩子们捡拾千万颗树种后的兴奋，就这样填满了残冬的今日。

今日——两首童诗

今天这个日子被排得满当当的，上午四节课，下午两节课，一整天的课全被我包场了。

就是个霸气！霸气的日子，霸气的老师，还有后来者——霸气的娃们！

早晨任课老师要去听课学习，下午班主任病了，老腰再怎么不答应，也得硬顶着上！

新课上完了，作业写完了，书也读完了，麻辣烫就是再好吃大概娃娃们也吃腻了。于是，做起娃们喜欢的事情——写童诗。

看，一天起皱的时光就如此被娃娃们抚平了，还蹭出点点星光。

会飞的叶子（张盼）

谁都怕冬天 / 说冬天冷 / 小麻雀却说不 / 在光秃秃的树丫 / 朗读小诗

谁都说冬天难看 / 孤孤单单没有绿意 / 小麻雀站在枝头 / 给寂寞的老树 / 添上一片 / 会飞的叶子

啊哈，小丫的奇思暖了老树也绿了我的课堂。

杏（安蕊）

这是否就是我前世的妖／守在今生的路口——／为的就是未解之缘／杏，冰冷的雪狼／在春天的枝头纵身一跃／空留我的思念／在茫茫山野

怎么也想不到班上最尕的小丫，古灵精怪的十一二岁的她，写出这样让老师玩味了又玩味的语言。开篇就已让我醉倒。

上上个周末——一棵树，一蓬草

上上个周末，回到故园，去给妈妈过百日。原先房屋四周的防护林不见了，住过的老屋也不见了，老宅地上只留下了一棵妈妈栽种的杏树。碗口粗的它高高地挺立在秋风中，默默地坚守着，给我们留下了儿时的记忆、老家的念想和对妈妈的思念。

南山坡上，妈妈静躺的地儿前是辽阔的庄稼地和隐约的连队营房。许是妈妈的眷顾，出城时还是风沙漫天，我们到时不但没有了一丝风，而且秋阳还暖暖地照在这伤心的地界上，父亲几度忍着眼圈里打转的泪水……

祭奠完亲爱的妈妈，走出几步，在这荒原的土地上一蓬火红火红的籽儿草竟然绚丽地绽放着。哦，原来它在伴着天堂里的妈妈。再走出几十步，一棵老榆树静静地也在端口处默默地守候着。

一个声音在脑海响起——天行健，君子以自强不息；地势坤，君子以厚德载物。冥冥中，这大概是妈妈最最要紧的对儿女的嘱托吧！

这些日子——两排老槐树

校园的南北两侧都栽着老槐树，整整三十岁了，和我一起进的校园。

过去的一万多个日子，我们一起呼吸，如今——我变老了，它变壮实了。春日，一身新绿的衣衫缀满串串馨香，一呼一吸之间，满腔子都是它的芬芳；冬日，卸去一身的金甲后，苍劲的它直面苍天，张开了臂膀，在高远辽阔的蓝色画布上尽情书写山水。

就这样，许多个缺氧的日子里，抬头醉心于这样的美丽画卷，瘦了的岁月怎不丰盈？

往前数的日子——七八棵毛头柳

距离学校三十来米处便是体育公园大道，一个一年中风景都最好不过的地方。不说春日里最先怒放的银翘花和碧桃树，不说秋日里烧红半个栅栏的爬山虎，单说那七八棵毛头柳，最是我年年儿记挂的。

它，没有曲柳的婀娜多姿，没有柔柳的二月春风似剪刀的妖娆，却有着春日给碧空戴顶盎然头盔的本事，有着秋日给蓝天一树金冠的能耐。

有那么几年，再把什么都忘记的日子里，它却不时挂在我的心尖上，总要抽个时间过去看看。看看它冒头了没有，长得咋样了，模样变了没有……

你说，牵挂几棵树的日子，怎能不被春风染绿？

唯愿安然的时光，静好的岁月，能在这不打眼的一树一花一草，不打紧的一事一物一人中，摇曳生姿，顾盼生辉！

2018 年 11 月 15 日

做一名教育守望者

近日，我的教育教学专著《思想在笔尖行走》由光明日报社出版发行，系光明日报社名师名校名校长书系中的一本，是继 2010 年出版的第一本专著——《梦回杏坛》后的又一本教育专著。

深冬的金昌，晨光在携着一丝绿意的微风中照进书房，在暖暖的浸润中，心海荡起丝丝涟漪。在这个寻常的日子，打开《思想在笔尖行走》，和一线教师心灵的对话和碰撞，自然生成一种奇异的景致——生命欢悦。再次在字里行间捕获的激情思想在心里漾起层层波纹。我不得不说，拥有《思想在笔尖行走》的这个周末，如金昌五月的槐花般清香润甜！

我本是一位普通的小学语文教师，平素时常在报刊发表一点东西，感觉小学女教师在语文教育教学方面应该也有自己的思想和见地。记得有人这么说过："每一个时代，每一种生活，每一个独特的生命个体，都在向我们显示着他们非同寻常的精神主体性。"《思想在笔尖行走》整个篇章以教师专业发展的反思为线索，不仅让我看到自己对生命敏锐的感悟，从中也写出了飞扬的自信与云卷云舒的心境。

"开往春天的列车——和陇原名师的对话""相约在幸福的教育路上""好老师应该怎么做"……全书分七个部分，每一部分都讲述着自己点点滴滴鲜活生动的教育生活以及对教育的思考认识、学习感悟、困惑与收获。如"好老师应该怎么做"这一部分，编写了《做一个学生喜欢的老师》《此生，为孩子们而来》《好老师，是什么样的》等等。全书收录了八十多篇文章，展现课改行进中的欣喜，点滴的理性思索、收获和取得的成果，而诸多文章，几乎都是以文学的笔调，以女性的柔情，以教书育人的独特视角阐述了对教育的思考。不仅让我自己感受到心灵交流的舒畅与欢欣，同时也再次让我感受到了教育的艰辛，一个执着行走在基层教育路上的教育工作者的辛劳和不易。其实，这种把教育思考与文学笔调有机结合的写作方法，是一种创意，也是一种新的教育探索与文学创作方式。

惠特曼曾说："艺术的艺术，表达的光辉和文字的光彩，都在于质朴。"因此，《思想在笔尖行走》一书，是我的真实的心音，是一个基层教育工作者执着的人文情怀。记忆中，自己一直笔耕不辍，每有妙想偶得、心灵悸动的东西，我都会记录下来，借此抒发情感，传递正能量。虽然如今年纪大了，那老骥伏枥的勇气，那霜天枫韵的沧桑，那微笑人生的心态，还是时时感动自己。

美国女作家梅·萨藤说过一句话："如果一个人专心致志地看一朵花、一棵树、草地、白雪、一块石头、一片浮云，这时启迪性的事物便会发生。"多年来自己躬耕陇原杏坛的姿态，思想在笔尖行走的真实快感，就是最好的见证！

全书图文并茂，尽可能用优美的文笔，用多姿多彩的教育实践体现基础教育课程教学改革的理念，尽可能增强可读性，对中小学教师尤其是年轻教师而言，希望它是一本可读的好书。由此，我想到现代社会讲求的团队精神，融入教师伙伴群体，研究效法优秀教师以此获得快速发展。从"陇原名师姜辉莲小学语文工作室"研修活动导师、学员的感言中，我看到了金昌教育的一股新生力量。我衷心期望来自金昌市城乡和定西渭源县贫困区援助的各位研修教师，"而今迈步从头越"，在名师引领下在更广的领域、更深的层面开展教育教学研究和实践，谱写教育生命的华章。

最后想说的是，希望各位老师做一个教育守望者，做一个教育书写者，衷心祝愿我们简约的教育生活幸福！

2016 年 5 月

教育即生活，生活即教育

向着明艳，出发吧

——致自己

有一种快乐，长在脚上

有一种美丽生在户外

亲爱的，赶早抓几把升腾的朝晖

采几筐滴着露珠的晨光

喂饱我们饥饿的眼睛

抖擞起精神，向着明艳出发吧

阳光来了，赶快把心锁

打开，让心成功越狱吧

飞上春的枝头

快乐，就这样疯长

二月二，欢腾蹦跳着

跃上龙树的枝头

喜悦，一朵接一朵地盛开

那出门的时尚啊，和乡土

结伴，村庄便笑靥如花

岁月酿造的这壶老酒啊

醇香，谁说不是藏在了

村庄古老的容颜里

　　2018 年 3 月 18 日农历的二月初二，是传统民俗中龙抬头的日子。在这个日子里，民俗中有一个比较盛行的做法就是剪头发，成人理发是一种对新生活的向往，而儿童理发的寓意是在新的一年里，能够长高长大，健康快乐。因而人们大多会选择这一天在理发馆理发，寄托对未来的向往和美好的憧憬。

二月二，这一天也是弟弟的生日。他早早就另做了打算，安排好了一个美妙的庆生行程，出发去民勤县的一个小村庄，看望"大寿星"——一棵年逾四百岁的老榆树，传说中的"龙树"。

我要与朝阳成同伙

要与清风成兄弟

还要与蓝莹莹的天成闺密

我还要跟快乐成同桌

跟爽朗结死党

跟吉祥和如意成家人

哈哈，快乐的我们向着一片明艳，出发。

一路上，粗犷的白杨、沧桑的沙枣树一一和我们打着招呼，而无边的旷野更是向我们展示着雄浑的体魄。几经周折，九点多太阳正好的时候，我们走进黄土包裹着的村庄。

起初，周围静静的，一个人影儿也不见，怎么回事？左拐右转，哇，面前出现一大奇观，不大宽敞的村道两旁停满了一大片一大片的车子，有各式各样的小汽车，有农用三马子车，还有无数辆自行车，再往前看，一棵古朴、苍老的大树周围挤满了村人和为观赏古树远道而来者，每个人的脸上都洋溢着无比的快乐，欢愉就这样和我们拥抱了。

在喧天的锣鼓声中，村支书向我们简单介绍了古树的来历。据说这棵老榆树在沙漠边缘经历了严酷的自然灾害的考验，顽强地存活下来，如今依然焕发着勃勃生机，曾在沧桑岁月中如母亲一般，以她身上的榆树钱儿和树皮救活了当地的许多百姓，故而深得百姓厚爱。我想，这也是生命的奇迹，生命的坚挺，更是生命的礼赞吧！

此刻，方圆几里的百姓齐聚于此，和游客们载歌载舞，为百年老树庆生，见证这个特殊的日子：龙抬头喽！

生日快乐！祝福弟弟，也为弟弟祈福！

兴奋的弟弟还即兴吟诵：

山一程，水一程／飞雪漫天去／又是一年春来早／风一更，雪一更／身向古树祈福行／纳吉祥临，只为今朝生日庆

回来后，看着一张张中胜村百姓乐呵呵的照片，那种扬眉吐气乐开怀的感觉历历在目，于是忍不住把照片发在 QQ 空间和大家分享。

偶尔离开一下这四平八稳的几案，走进乡村，走近百姓，过一下接地气的农庄集体生活，真叫个爽！

在那一时，在那一刻，城市的精致包装面具统统被击个粉碎，可我愿意。肩并肩，背挨背，随意地走近每一位陌生乡民，他们是那么的亲切热情，我感受到他们发自内心的恣意的快活，自然流淌出的幸福和对生活的那份热爱。

看看，小伙子们生龙活虎地舞龙，爷爷奶奶大叔大妈们兴致勃勃地驻足观看，娃娃们看到城市的你带着的那份甜津津的羞涩，一如打包的杏花、桃花、迎春花和田间地头刚刚冒出头的小树、小草、小花的嫩芽芽。你在给他们带来快乐时，他们也毫不吝啬地给予你热爱生活的信心、勇气和力量。

悸动，悸动，除了悸动，还是悸动。

二月二，感谢中胜村的乡民们让我尽情地感受了一把生活的美好，这样的美好，恰似喝了一壶乡间的醇香美酒！感受了许久没有的恣意快乐。我像个孩子一样，如小小鸟般在村庄里快乐地飞来飞去，全身心地和爷爷奶奶们、大妈大婶们在一起，在一起。

看看满脸沧桑的老婆婆，露出如此灿烂的笑容，让我一下子释然啦，原来会心的笑容，可以抹去所有生活的苦难。日子总得过，笑容不能少。我向往这样蓬勃热烈的生命状态。

完完全全忘却了那个来自城市的钢筋水泥混凝土包围的我，洋装粉面涂抹包装的我，些许虚头巴脑装腔作势的我。和中胜村的乡亲们在一起，

过一下接地气的生活，倍儿棒，倍儿开心！灿烂的笑容，热气腾腾的生活，一个字——美！

　　大地，母亲，我们来于斯长于斯。来于自然，回归自然淳朴的田地、大树、农庄的生活，感受亲切、热络的生活，汲取生活的源泉和动力，真好！

　　我热爱这样的生活！唯愿人人都拥有开心的、热络的生活！

2018 年 3 月 20 日

今日山大王

——渭河源行走记之一

清晨的渭河源头，清幽，宁静。

偌大的山峦仅有我们一行三人做客，山神许是被感动了，洒一把雨露，一阵蒙蒙细雨刷新了一切。连日的疲惫不但瞬息被其擒走，还慷慨地将新叶、露珠、嫩草、一树一树的李子花、挺拔的云杉、清冽的溪水、唱着欢歌的鸟儿……一切一切的美好，一股脑儿合盘托出，倾情给予了我们。

好个亲切的见面，握手，接见，礼遇。渭河源大度，大笔一挥，毫不吝啬地即刻降下圣旨，封我为山大王，今日可恣意巡山。

我的天，我的地，我的渭河源！

好不气爽，好不神清，脚步好生个轻快！

斜风细雨中，与友人杨彦峰夫妇漫步渭水河畔，自由、欢愉、畅达，欢跳着可着劲儿拥向了我。杨夫人不咋健谈，来时早做了准备，拿个小铲一门心思自顾自剜着新绿的野菜，乐此不疲。彦峰兄随我随心地游走。

在幽静的小道上，他向我解说着隋炀帝的"五竹林"传说。偏偏是乡音浓厚，说了很多遍，我怎么都听不明白"五竹林"是什么。没法子，让夫人给我解读。杨夫人大概也怕操个乡音说不明白，含笑不语。就这样，我们以慢四或慢三的节奏，悠闲自在踱步前行。

一路好景致！大树上苔藓绣出朵朵奇形怪状的树花，喜得我挪不动脚步。依着，靠着，搂着，抱着，亲吻着，仰望天空，放空，再放空……将自己融入妙不可言的花树中，成为树的女儿。

山大王，独享那一时的宁静，那一刻的美好。

我是人间四月天。生物学教授边走边讲解的什么苔藓啊，什么植物植被学啊，全然成了耳旁风。我这个全身心走进自然的"山大王"，他呀，注定没法教。蜿蜒绵亘的山道上，一块块石板琴键上，欢愉的我，欢跳着，走过去，蹦回来，在咔嚓、咔嚓的音符中，弹奏着《春天奏鸣曲》。

欢乐的乐章，浸染了白桦树，与我热切地牵手、拥抱。甜美的旋律，和着溪流欢快地流向远方，去和灞陵桥相会，谈一场穿越朝代的旷世之恋。在一处悬崖峭壁处，"大禹导渭"四个字赫然出现在眼前。彦峰兄告知，此字为左宗棠所题。那是公元 1875 年，青陕甘总督左宗棠奉光绪帝之命，督办新疆军务，溯渭河西进，见源头民众富足，耕耘有序，顿思大禹导渭、泽被苍生之功勋，即挥毫题写"大禹导渭"之墨宝，以寄托追缅敬仰之情。

就这样，兜兜转转，一路走向大山深处。

喝足了一河的渭河水，品足了一河的渭河源文化。

水，灵性之物。渭河源，性灵之地！

2018 年 5 月 2 日

偶遇山的女儿

——渭河源行走记之二

鸟鼠山①，渭河发源地。

源头之水，清澈甘甜，千百年来奔流不息，不仅滋养着两岸万物生灵，还孕育了灿烂辉煌的渭河文化，奇异的"鸟鼠同穴"传说就诞生于此山。

走进山谷，林繁草密。水资源极为丰富，行走在清幽宁静的山涧，随处可见石缝间、崖石边、草窝里、枯叶旁，就连游人行走的石板小路上，清冽的水流汩汩涌出，一股，一股，形成小溪，淙淙地或急，或缓，或穿山，或过草，或跃林，欢愉地奔走在山林间。

山路上偶遇捡拾垃圾的农家付大姐，便相邀同行。起初，大姐执意不肯，惦记着山路上或许还有游客扔落的垃圾，她无论如何得去捡拾。后来，我们边走边聊，相谈甚欢，不知不觉中憨厚的大姐反倒高兴和我们结伴而行了。

别说，跟着这位山的女儿收获了今春最美的见识！

这不，认识了大片地大片地长着的野草莓，还有长在树上的一种稀罕的野菜——树花，中药铺常见的一味药材——柴胡，还有一想到就要流口水的山珍野味——蕨菜。

开心至极！于是拽着大姐，定要到山涧寻觅一番。"一场雨，一茬蕨"。行走攀谈中，大姐告之来的不是时候。时间早了十多天，小蕨芽刚发，眼不尖，甭想瞅见。

说话间，大姐引着我们一行三人往湿漉漉的阳面山坡爬去。看她，噌噌噌，手脚麻利，如履平地，走山路似乎不是个事儿。而我脚踩手抓，一步三滑，半天行不了几步。瞧瞧，眨眼工夫，落下一大截。谨慎的彦峰兄更是不敢爬，只好留在了山脚下。

①鸟鼠山：在甘肃省境内，海拔2609米。

果真如大姐所言，我们想都不要想，根本就是山瞎子，就是蕨芽在脚下，也难以瞄见。大姐眼尖，不时有发现，唤我去看。就这，一个不留神，晃个眼，草丛里的蕨芽似乎隐身了，就寻不见了。

恍然间，就明白了冬虫夏草昂贵的理儿。山民们采集的蕨菜，少说也有五六寸长吧。冬虫夏草呢？就一寸来长、芨芨草那样粗细的小东西，长在百草丛中，不来看看，真是难以想象！

兴奋中的我，萌生采几株带回家种在院子里的念头。于是央求大姐，她便用铲子小心挖着整株嫩茎老根，培上湿土，让我携带回家中栽种。

"栽不活，栽不活的。"大姐一边挖，一边笑我。

可此时的我，像个任性的女孩，兴趣、情志所致，就是想试试。

"够了，足够了。"敬畏山神的我，不敢贪心。说笑间，大小已经挖了七八株。

"你看，你脚边就有，我就说你们看不见嘛！"下山途中，大姐在我站立的四周又瞄见几株。

呜呼哀哉！山间小精灵啊！

哎呀呀，捉弄大姐我吗？细细想想，我等俗子，即便蕨芽儿不做鬼脸，也实难瞅见。猪眼，猪眼，真正的猪眼窝哦！

"你呀，可真能！"同行的彦峰兄打趣我道。

"哈哈，哈哈哈……"一串一串爽朗的笑声在山谷响起。

"唉！我不说了，你个植物学专家咋讲？书本上的教授吧！"我回头取笑他这个植物专家比起山风吹成红脸堂的大姐，小样小样的。

"好了，好了，快下来，快下来吧！"彦峰兄，这位特实诚的老兄，见雨中山坡湿滑，一个不留神担心我有个闪失，因此，他不停地唤着，催促着。兴奋的我，哪管得了这些，平生奇遇，岂肯罢手？

微风细雨中，边撤边寻，一步三回头，恋恋中就是不舍。

舒心的，欢愉的，收获的……朗朗笑声，不时在山涧响起。

此行不虚！

2018 年 5 月 2 日

今日之"大禹"

——渭河源行走记之三

"山不在高有仙则名，水不在深有龙则灵。"这句话印证了今日之渭水河畔的鸟鼠山。千百年来，鸟鼠山之所以负有盛名，皆因"大禹导渭"的古老传说。因着这一点，来此地若说不去走走此山，实为憾事。

去年就错过了一次游览的机会，今儿说啥也不忍再次与之失之交臂。

据友人彦峰兄讲，鸟鼠山位于渭源县城西南八公里处，是渭水发源地，穿小城而过的渭河，人们也称其为禹河。传说在四千多年前，由于鸟鼠山堰塞湖洪水泛滥，给关中华夏民族的生命安全造成极大的威胁，大禹跋山涉水，疏水导渭排洪，恩泽一方流域。为了纪念大禹的功绩，人们将这条河称为禹河。时至今日，陕西一带的百姓依然称其为禹河。

一路走来，每到一处，彦峰兄总能道出个历史典故来。可见渭河历史之遥远沧桑，文化内涵之源远流长。从传说中的伏羲、女娲到炎帝、黄帝，再到尧、舜、禹，无不在渭河流域留下印记。

难怪江西桑海中学的渭源籍何文宏老师这样说，"我有个心愿，退休后整理关于伯夷、叔齐的史料进行研究"。可见家乡源远流长的厚重历史文化在一个背井离乡的游子心中所占的位置和分量。

是日候车前有个小半日空闲时间，便约了友人彦峰兄一路寻源。

从县城坐车，也就二十来分钟的时间即可到达。行至龙门涧，见山峰巍峨，绝壁千仞，呈现"一线天"奇景。隆隆隆，隆隆隆，只见眼前，一道水流从"一线天"奔涌而出。虽然时值四月底，水面上依然多处布满近一米多厚的冰层。游人至此，需借助两侧的铁链和踩踏人工灌注的一块块石柱，方可前行通过此道天然屏障。

恍惚间，我猛然茅塞顿开，此山即鸟鼠山同穴山？此地即千年前大禹治水之处？传说中大禹治水至鸟鼠同穴山，见山间云雾翻涌，黑龙作祟，阻渭东去，大禹举神斧劈山开河，疏导水患，从此，渭河奔腾，恩泽渭川。

哦，此时我脚踩的，就是千年传说中"大禹导渭"之地？

惊喜又惊叹！

不承想，跨石攀链，左转右转，当我们一行三人行至"一线天"出口时，惊喜再现。只见四个当地汉子，脚穿高帮雨鞋，立在水道中央，双手挥动大锤，一起一落，浑身铆足了劲，破冰通道，以防酥脆的冰层融化，导致游客踩塌落水。眼前的一幕，仿佛"大禹"再现。

幽幽山谷，深涧狭缝，逢今禹人，钦佩之情油然而生。

兴奋、激情，亦被大汉们唤起！

于是，在水道出口处，我和红脸堂的渭河源头的汉子们热络地攀谈起来。你一句，我一句，说话间老哥们不忘拿出自家媳妇蒸的黄澄澄的包谷面馍馍、花瓣样的馒头请我们品尝。

喜得我是眉开了，眼笑了，手舞，足亦蹈。可劲儿地大口大口往嘴里塞，那纯纯的香甜，一点不夸张地说，记忆中是迄今我吃过的最美味的馍。

老哥们热心肠，抢着给我们又说又指，再走一个来小时的路程，能看到比这里还好的景致，水草丰美的山巅还有成群的牛羊。红脸堂的付大哥还拿出手机，给我看昨天他在上面拍的刚出生的牛犊和盛开的野花……

哎呀呀，繁重的劳动之余，竟然还能寄情于大山，不忘欣赏美丽的渭河源自然风光。今日导渭人，怎不让人刮目相看？

我，不得不竖起拇指上的珠穆朗玛！

这就是，渭河滋养的一方百姓——今日之"大禹"！

2018 年 5 月 2 日

霸气十足的卧龙

——渭河源行走记之四

谨以此文献给渭水河畔教育体育局教研室陈具才主任，感谢对名师工作室工作的大力支持！

献给清源二小名师工作室的陆暎、周彦东、汪富强导师以及全体学员！

感谢你们在渭源县小学语文教育中出色地发挥了示范、引领和辐射作用！

感谢你们的努力进取的态度和锐意创新的精神！

初进渭源县城，感觉整个县城好"袖珍"。坐落在山谷平地上的小城，无论从哪个角度看，一抬眼便是山峦，和放眼望去一望无际、一马平川的戈壁风貌截然不同。城内依着地势似乎只有两条不是那么直溜的东西走向的狭窄主街道，不过几十米就有一个南北走向的小十字路口，无论走哪抬步即到，感觉很是个爽。

就是这样一个不打眼的小城，你可千万不敢有半点小觑，传说和历史故事说起来有一大箩筐呢！

我的名师工作室所在的清源二小，别看窝窝大小，却有着百年的历史。据史料记载，清源二小始建于1920年，系邑人前陇东镇守史、厚威将军张兆钾创办，是当时县内最好的私立学校。1938年，历史学家顾颉刚以"文化考察团"的名义带着"庚子赔款"来此校开办师训班，为当时社会输送了不少教育人才。

更令人惊讶的是坐落在城郊清源镇柯寨村的分校——书院小学，历史更为悠久，是目前国内尚存的书院小学之一。

不得了吧！文化积淀厚重吧！

这么个小地方，感觉到哪，哪都有个历史由头和说头。

这不，入住宾馆后，清源二小陆暎校长说她下午忙，让我稍事休息后可随意去街角转转，感受感受小城风情。

"要不去看看灞陵桥吧！"她建议道。

"你看，顺着这条街往前走几十米，再拐个弯就到了。"热情的她站在窗前给我指点着。

"找不到了，随便问一个人，大人娃娃没有不知道的。"

呵呵，您别说窝窝县城确有它的好处。原以为到灞陵桥至少也得有一段路走吧，不承想出门没几步即到。

只见一颗颗高大粗壮的左公柳静默地守候在河道两旁，宽阔的渭河静静地流淌着，像个千年的时光老人，静谧，安详。

许是前几日下了雨，河水有一些浑浊。抬眼望去，稍远处一座古朴典雅的桥梁横跨河面。这便是渭河源人人口中的灞陵桥，像极了一条卧龙，韬光养晦，不动声色地横卧渭河南北。

走近了，细观，纯纯的木质结构。尤其令人惊叹的是，这又是一个国内唯一一座纯木质结构的悬卧臂拱桥。古朴、端庄、典雅、低调中透着一种奢华，隐约中透着一股别样的风韵和气质。想来，这大概就是蕴藏其间的深厚的文化底蕴和内涵吧！

果真是名不虚传。当地年长一些的人，更习惯亲昵地称其为"卧桥"。难怪乎来此，每个渭源人就像是自家珍藏的稀世国宝一样，个个会骄傲地将其介绍与你，让你走进它，亲近它，珍爱它。

同行的友人告诉我，此桥修建于明朝洪武年间，桥身南北向，全长40米，高15.4米，宽4.8米，曲跨24.5米；全桥分13间、64柱；桥顶是灰瓦长廊，两头为飞彩挑阁式廊房，与长廊浑然一体，故而亦被称为"渭水长虹"。

你看，友人彦峰如数家珍般介绍到，桥面和桥的底部每排10根方木并列为11组，每组用一根横木作为支点，从两岸桥墩逐次递升，飞挑凌空，就形成了半圆形的桥体。霸陵桥，足够霸气。走进桥头，一眼望过去桥廊处处呈现历代名人题字匾额。有明朝陕甘总督左宗棠所题的笔锋遒劲的"灞陵桥"桥名，民国政要孙科书写的"渭水长虹"……可惜，没有开放，不能一一登临游览细赏，实为憾事。

由此看来，久负盛名的灞陵桥，不仅仅是因为精湛的工艺，造型的美观，更是有着不少名人为它题匾颂辞吧！

再看，桥头南面的小广场，休闲娱乐的人们三个一伙，五个一堆，下棋的下棋，跳舞的跳舞，头对头聊天的聊天，健身器材旁领着小孙娃子戏耍的戏耍，桥上桥下人来人往，好个祥和的太平盛世景况！

一如友人所言，渭源是个风水宝地。

2018 年 5 月 3 日

冬阳，雀儿，老婆婆

一 老人与麻雀

好些天，不见雀儿了
窗外没了叽叽喳喳
寂寥，无声
张开笑脸的三角梅
一脸的沉闷

风，飕飕地刮着
莫不是戈壁的北风
吹跑了？欢快的你
到哪儿去了
天空，悄然掩口窃笑着

冬阳里，温暖的小院里
慈祥的老婆婆，安坐在庭前
一脸灿烂地张望着，等待着
那个美妙时刻，四时许
密友们的来访

叽叽叽，喳喳喳
不用抬头，就知道伙伴们到了
老婆婆乐颠颠地忙前顾后，不停地
撒着谷子麦粒，盛情款待着

空中来客

不着急，有你的
不抢，不抢
谁都有
婆婆的四周，雀儿们
欢欣地围满了一大圈

茶足了饭饱了，雀儿们和老婆婆
热火地喧笑着
灿烂悄悄爬上来
看啊，老婆婆笑醉了
乐成了一捧菊

原来雀儿呀，走亲访友
到了远方，渭河水的源头

二 给一位渭河水的儿子

前些日子，因着名师二级工作室的启动，去了一趟黄河最大的支流渭河的发源地渭源县。据同僚说渭源县城西南的鸟鼠山是渭河的源头，大禹曾今治水于此地，渭源可是一个有着厚重历史故事的地儿。

相传渭河又叫禹河，在两千四百多年前，由于甘肃渭源鸟鼠山堰塞湖洪水泛滥，给关中华夏民族造成了极大的生命威胁，大禹跋山涉水，导渭排洪，为了纪念大禹的功绩，人们将这条河称"禹河"。

因着这古老传说，很想抽空去观一观涛涛的渭河水，瞅一瞅大禹留下的足迹。可惜因时间关系，遗憾地没有目睹到渭河的容貌。

匆匆的一行，归来后和那位渭河水源头儿子的对话，在我脑海里留下了一副弥足珍贵的美丽画卷，经久不散。这不，这几日养病在家，忍不住提起笔来，写了《老人与麻雀》一诗及其创作经过。

那位个头不高，四十来岁侃侃而谈的渭河水的儿子，给我们讲述了他老母亲和一群麻雀的故事。猜想得出他母亲喂雀儿时的表情是多么的幸福，就他给我们描绘那一幕景象时那满脸的灿烂，眼睛、鼻子、眉毛、耳朵、嘴巴似乎都在欢笑。手在舞，足在蹈，以致坐在凳子上的身子也在欢唱，似乎如雀儿般也要飞翔起来。

话说他的老母亲，每日午后总是坐在庭前，一脸祥和地等待着她的密友——一群准时准点到的雀友们。依他的说法，准时得很。每日四时多，老母亲和一群麻雀们欢欢乐乐热热闹闹地相处一隅，说着话儿，喧着荒荒①，满脸的喜气，满脸的祥和，满脸的慈爱，满脸的美好。那情，那景，深深地刻在心底，让他做儿子的咋都忘不了。

雀儿们一来，小院里就热闹了起来。老母亲忙里忙外，撒粮食，倒水，乐此不疲地忙着招呼这群空中来客，默契得很！老母亲恐儿女们说她浪费粮食，就在儿女们出门上班后的这个时段，悄悄地，乐滋滋地享受着她一个人欢实的幸福美好时光。日子久了，通灵的雀儿们倒是配合得很默契，不早也不晚，就那个点，一准儿到。

叽叽，喳喳，叽叽叽，喳喳喳……冬阳里，寂静的小院里美妙的雀声此起彼伏，奏响了一曲欢乐颂歌。

听了这个极为喜感的老人与雀儿们的小故事，连我这个异乡人也被感染得一塌糊涂，脑海里时不时回放着那个场景，那一幅美妙绝伦的画面。

就说啊，究竟是什么让渭河水的儿子忘不了此情此景，与远方的客人津津乐道？思来想去，与其说这位儿子在说着母亲喂麻雀，不如说他在说着母亲的一种精神，一种寄托；一种大爱，一种美好；一种快乐，一种幸福；一种祥和，一种人性的光辉。

不是吗？麻雀与老人，勾勒出了一幅多么喜气的人与自然、人与动物和谐相处的美好画卷。勾勒出了一幅冬阳里、人世间美轮美奂的幸福晚景图。

---

①喧着荒荒：闲谈，聊天。

难怪让这位已经当了局长的儿子，依然对老母亲生活中的一个小片段魂牵梦萦。也不知这位儿子从哪听说我是当地作家协会的会员，平素里喜欢搞点小创作，乘兴就讲述了母亲与麻雀的故事，还殷切地希望我这个初次结识的异乡人，能把这个故事写出来。那份迫不及待，那份热切的情愫，当下的生活里鲜见。这不，有了这美好的故事，老人家有这样孝顺的儿子，就有了这段美好的文字。鲜活的画面，情趣盎然的生活，也勾起了我对诸多时光的回忆。

三 消除"四害"的斗争

1956 年 1 月 23 日，中国共产党中央委员会政治局提出《1956 年到 1967 年全国农业发展纲要（草案）》，《纲要》要求从 1956 年开始，分别在五年、七年或者十二年内，在一切可能的地方，基本消灭老鼠、麻雀、苍蝇、蚊子。这样，麻雀就被列入要消灭的"四害"之一了。想想，那个全民动员、人定胜天的火热年代，麻雀的命运能怎样？想想在那个粮食依然匮乏的年代，呼啦啦来呼啦啦去，一群群麻雀活跃在田间地头，觅食快要成熟的麦穗儿和粒粒饱满的谷穗儿，与人类争抢粮食，不消灭不足以大快人心。

记忆中，"嗽使——嗽使——"驱雀人的声音从远处的山谷传来，常常不绝于耳。麻雀确实是坑苦了庄稼人。

大坝林、条田地的田间地头，常常看见扎着用来恐吓雀儿们的稻草人，大人们在庄稼成熟快要收割时，总是到田里驱赶麻雀。

于是乎，麻雀依然被人们所憎恶。

大人们如此，孩子们自然也不例外。上学的时候，学生们以谁捕获的雀儿最多为荣。战天斗地，灭绝麻雀自然是一件最荣光、最堂堂正正、最光明正大的事儿。

弹弓也就是在那个时候，在孩子们中间盛行，尤其被男孩们所喜爱。男孩们常常找来粗细合适的树杈，褪去树皮，用小刀削光了面，在丫杈顶端一厘米左右的地方，凿一圈浅浅的凹口，再用线绳绑紧了皮筋，一个弹弓就做成了。没事时，常瞄准前来村庄觅食的雀儿，嗖嗖地发弹（石子做成的），以至于一些淘气的男孩儿练就了弹无虚发的本事。

看，一群欢唱的雀儿来了，男孩们悄悄地潜伏于最近的距离，屏息凝神找准合适角度，从兜里掏出早已捡拾的指头蛋大小的石子，左手拿弓，右手装弹，慢慢拉开皮筋，只听"嗖"的一声，一只刚刚还在枝丫间活蹦乱跳的雀儿应声落地，一群早已等候在旁的孩童们欢呼着、雀跃着，一拥而上奔向战利品。此时的弹弓手则洋洋自得，一脸傲然地待在原地，静等手下的小喽啰们屁颠屁颠地将消灭的战利品拎回来汇报战况。这个一弹命中脑袋，就地毙命。那个一弹命中翅膀，还在地上扑腾着想逃跑。打折腿的，拖着瘸腿没命地在地上躲着。一拨人，兴致勃勃地讨论着。

闲暇时间，这些弹无虚发的神弓手们弹弓时时在兜兜里揣着。只要发现目标，立马掏出来进入一级战备状态，乐此不疲。不仅如此，一拨人还常常比谁的弹弓做得精巧，谁的皮筋材质好。手拙的孩子常常为了也拥有一副好弹弓，偷偷拿来家里舍不得吃的好东西去巴结小伙伴，希望给自己也做一副人人羡慕的好弹弓。一些想尝试弹弓威力的孩子，更是拿自己好不容易收藏的精美糖纸、转花筒、香烟叠成的三角片来交换。于是，弹弓和麻雀就成了那个年代男孩子们津津乐道的话题。

女孩们嘛，自然也有自己的法子。家里喂鸡的活儿大多数是逃不脱的，当夕阳落在山头，鸡们回窝就餐时，雀儿们瞅准时间也就凑来了。一把秕谷子撒开，呼啦啦鸡们争先恐后扑上去，雀儿们也当仁不让，扑棱棱争先恐后落下树梢，飞下房檐，钻在鸡腿的缝隙间，尖尖的嘴巴哪哪地啄个不停。害得女孩们得时时赶麻雀，不敢离开半步。想偷个闲，玩两下踢毽子或和姐妹玩一玩跳方方，都有被母亲责打的可能。要知道，鸡饲料也金贵得很，母亲全指望第二天老母鸡咯咯哒产下的蛋来改善一家人的生活或变卖了补贴家用。哪容得让雀儿们钻空子抢食？

时间长了，女孩们也琢磨出捕灭麻雀的妙法。在一块空地上拿一个家里盛粮食的笸箩，用一根小棍支起一端来，再在小棍上拴根细长的线，笸箩下撒些谷子，远远地躲在一个隐蔽的角落，等麻雀们扑腾腾落下，钻在笸箩下吃得不亦乐乎时，绳子一拉，来不及逃跑的麻雀自然束手就擒。少则一两只，多则三五只，战利品一点不比男孩们差。

我清楚地记得，那时候我们晚上学习都有学习小组。班主任按照连队和家的远近分配小组，四五个人一组，每晚轮流在各家学习。写生字，背课文，读"毛选"，昏暗的煤油灯下，有组织有纪律地在小组长的带领下认真学习。一些调皮捣蛋不爱学习的家伙，这时候往往离开了大人的视线，大的小的高年级低年级臭味相投的家伙们，三五个结成伙就到附近的马棚牛圈去上房揭瓦抓麻雀去了。那办法更叫个绝，偷偷拿个家里装粮食的麻袋，敞开大口，一左一右两个人堵在几根木头棍子斜搭的窗框上。然后两三个人悄无声息地猫①进棚去，拿根棍子在顶上一阵乱挥，刚刚入睡的雀儿们吓得魂飞魄散四处逃窜，大多数蒙头转向一股脑儿都朝有光亮的窗口飞奔。哈哈，一阵叽叽喳喳乱叫，扑扑腾腾，多数雀进了男孩们早已布好的天罗地网。尔后，坏家伙们就把捕获的雀们投到火炉中，燎掉羽毛，等到感觉肉差不多熟时再拣出来，用小刀刮去黑乎乎烧焦的毛皮，津津有味地享用起美食来。别说，那么一丢丢肉渣渣，还真的是喷香无比，不由你不流哈喇子。

有一回，男孩们拿着烧熟的战利品，一堆黑乎乎、扎着脑袋的雀儿到女孩们面前炫耀，女孩们炸锅了，吵吵着第二天要告老师。这招奇灵，坏小子们瞬间没了脾气，要知道一旦老师知道他们不学习，还做坏事，挨批评不说，要是通知了家长就少不得一顿"皮带炒肉丝"。于是，赶紧刮好雀肉，觍着脸让女生们尝尝鲜，也打个牙祭。抵不住诱惑的我们，一番装腔作势地咋咋呼呼后，也享用起那点不够塞牙缝的美食。那真叫个香啊！皮焦肉嫩，就是今天作料十足的烧烤也是没法比的。

四 麻雀坐上火车上新疆了

这样的日子不知过了几个年头，到了20世纪80年代，人们突然间发觉，

---

①猫：方言。躲藏。

河西的大地上不见了世代与自己为邻繁衍生息的麻雀们。出门来，院子里再也听不到叽叽喳喳的雀儿声，麻雀不再来光顾人家。树林里，麻雀也不见了踪迹。

家园寂静起来。

树林田间少了那么几分生机和活力。各种新型除草剂，让林子里、地埂上没有了茂密的杂草，野兔啊，野鸡啊，黄鼠狼啊，野猪啊，统统地销声匿迹了。就连蚊子这种叮咬人的恼人家伙，也少了许多。儿时夏日傍晚全靠点燃的湿草堆滚滚浓烟熏走害虫，才能换来大院里消停地吃个安生饭的场景不见了。人们庆幸的同时，似乎生活中又缺了诸多的味道和美好的东西。

麻雀成了人们挥之不去的情结。有一个问题始终困绕着人们：麻雀究竟到哪里去了？

过了十几年，二十年……

有一天，听到了一个让人啼笑皆非的消息。

麻雀们是坐上火车上新疆了！

人们在哈哈一笑后，静默了。

许是家在火车道旁，上了年纪的老人们，尤其是经历过大灾的老人们，清楚地记得当时许多人为了不再吃糠咽菜讨个活口，就拖家带口跑去了新疆。许是这个原因，老人们揣测，麻雀逃生到地广人稀、广袤的新疆去生息了。

风沙开始肆虐，土地开始干涸。少了动物的日子开始干瘪起来、苍白起来。女孩们虽然伸手就有结实耐用的跳绳，再也不用长草搓的那种两三天就不能用的跳绳了。男孩们手里是奥特曼、变形金刚。可人们老觉得日子寡淡寡淡的，缺了一种味道，一种来自自然的清香味道。

日子就这样过着，过着。

不知啥时候起，种花种草，退耕还林，保护动物植物，治理环境提上了人们的日程。

人与自然和谐相处。广播呀，电视呀，街道呀，各种媒体发出了声音，政府的号召声也响起来了。一时间，爱护花草树木，保护大自然，不仅成了学生娃娃们课堂中的教育内容，"爱心筑巢，给小鸟一个温暖的家园"的实践活动也在青少年中如火如荼地开展起来。

春天来了，工厂、学校、机关，所有的人都行动起来。到郊外、到戈壁，垦荒植树。在城市的北部，一道几十公里长的绿色防护林经过十几乃至二十几年的苦心经营，如今蓬蓬勃勃结结实实形成一道绿色屏障，不仅成了抵抗风沙的排头兵，也成了人们休闲纳凉的好去处。

东湖湖光山色，引来了一群群水鸟，落户安家。西湖碧波荡漾，群鸟展翅飞翔。各种花儿竞相开放，郁金香亭亭玉立，沙枣花香飘十里，玫瑰谷千万朵花儿娇艳欲滴，植物园南北生物千姿百态，百菊园中菊花摇摇曳曳。尊贵的薰衣草落户镍都，一望无际，绚丽金昌成了花的世界。

每当夕阳西下，人们走出家门，漫步绿荫小道，徜徉十里花海，休闲纳凉。节假日慕名而来的各方游客络绎不绝，全国文明城市、国家园林城市……金昌唱响了绿色、生态、环保的一曲曲赞歌。

渐渐地，渐渐地，不知不觉间麻雀又进入人们的视野，湖边，马路，房前屋后，叽叽，喳喳，叽叽叽，喳喳喳，虫鸣鸟叫，生机盎然。

我家葱绿的小院里，也有了每日晨间叽叽喳喳雀儿翻飞，叩响窗格的美妙声响，甚至我躺在阳台躺椅里，斜倚在阳光中，就可一窥雀儿们欢欣雀跃光顾菜园的景象。两三只，四五只……在枣树枝丫上蹦跳够了，扑棱棱跃上杏树高枝，东瞅瞅西望望，落入菜地，钻入沟沟垄垄里觅食虫子。人与雀儿的握手言欢，终于勾画出一幅人间欢乐祥和图。

这个冬天，不再寒冷。

2017 年 12 月 15 日

拎着快乐回家

累了，心情不爽了，最爱去的一个地儿就是菜市场。

一大早，骑上小电驴，来到了市区最大的早市——昌泰早市。嗷吆吆，您别说这早市好热闹！赶早市的人比肩继踵，道路上车来车往，吆喝声、叫卖声此起彼伏，卖衣帽的，卖鞋子袜子的，卖口罩手套的，一个摊子接着一个摊子。这些杂货才是个序曲。

往前行，桃子、梨子、火龙果……南北方水果应有尽有，水果摊密密麻麻一个挨着一个。您还真别急，慢慢看，细细挑，悠着点，再往前走，小葱、大蒜、葫芦、南瓜、土豆、苞米、西瓜、黄河蜜……有的让你选。走不出半条街，车筐里，车把子上，脚踏垫上垒得满满的。就这，还觉得有好多的东西想买，买得尽吗？贪心，总不好。

早市上，农副产品齐全得很，一部分是小商贩早晨三四点从批发市场批来卖的，一部分是周边的宁远双湾农民销售的自家农副产品，新鲜便宜。来一趟早市，不仅仅是蔬果，就是你所需要的生活用品，走过半条街几乎全部都有。要说寻常百姓过日子，来这里采购再方便不过了。

昌泰早市人多，还有一个缘由，那就是这里紧邻昌泰花园，晨练的大军那是不容忽视的。早晨六七点来此的大妈、大伯、老爷子、哥们姐们，唱完歌，跳完舞，踢过毽子，蹦跶完，大致九十点钟的样子，顺道到菜市买点一家人的吃吃喝喝和家用小件，颠儿颠儿地走回家，刚好是做午饭的时间，啥都不耽误。

早市上不仅物品丰富，学问也多着呢！只要嘴巴勤一点，乐意和菜农们攀谈，许多农学常识和经验，老伯们或旁边买菜的大妈很乐意告诉你。这不今儿个①在洋芋②摊子前，一个大妈看到拳头大小的洋芋蛋子，直呼，

①今儿个：方言。今天。
②洋芋：泛指马铃薯。

"可惜了，可惜了。俗话说得好，麦子开镰洋芋长。现在正是长个的时候就挖来卖了，可惜呀！""你这个大嫂子，那是老皇历了，这是棚膜的。再说了，大西洋长得大了就不好卖了。"卖菜的小伙直统统①地吵吵着。想想大嫂说的也没错，那时节的人依着植物生长的规律，庄稼不到完全成熟是不会早挖的，如今一个是棚膜的缘故，一个是菜农抢占市场先机，根据市场需求说话。对我而言，却在他们的对话中知道了洋芋这种东西生长的一个重要时期。

还有，前些日子二姐来我家，看到我在小院里稀稀拉拉种的几墩葱，说这时节乡里正好葱儿长满了葱头，摘一些回来栽种多好。我边忙着翻地种菠菜、油菜和生菜，边说恐怕时间晚了。二姐告诉我，"不晚，不晚。头伏萝卜，末伏菜，这几天种秋菜正好"。

今天，一看日历还有三四天就立秋了，因而一大早赶到市场上想买点葱秧子，尝试着栽一栽，结果一看，一把小葱四五根，卖一块钱，贵了点，有些不划算。一个开大卡车的告诉我，前几天那么多的葱你不买，这些天都涨价了。不过，留个电话，等哪天有卖不完蔫掉的，便宜处理给你正好栽去，葱嘛只要根活着就不误事。就这样留了电话，不甘心，又走到一个宁远堡菜农跟前，看到绿茵茵的小葱忍不住就想买，告知老伯我买葱是拿回去栽的。结果两个老伯掰指头算日子，告诉我晚了，这时节栽上，等小葱十来天活过来，再过几天一立秋，天一凉，东西就不长了，好心建议我等明年春天再栽种。我笑笑，问他们有没有葱个子，一个老伯抢着说："大妹子，啥都有时节，你要早个十天来就有，多得很，要多少有多少，现在过季了，找不上了。你要想种就留个电话，明年的时节我给你捎点。"于是我又留了电话。看吧，热心人还是多吧！

从和老伯的攀谈中，我知道了我要的葱个子就是红葱苗子，今年栽上等长起来壅上土，到明年秋天挖正好。还知道了我现在要买的这种小葱，即便栽上也要壅土，长大后就是白葱。看看，长见识了吧！

———————

①直统统：方言。形容说话直截了当。

说话间，旁边的老伯又说："明天让老婆子把葱把子扎小点，今天的这（把子）不合适。"我笑着说，"有啥不合适？"老伯告诉我："你不卖菜，你不知道，把子的学问多着呢！像今天这样的，一把卖五毛我们吃亏了，你们占便宜了。卖一块我们占便宜了，你们又吃亏了。"看看，虽然没有秤，但是他们心里的一杆秤把得平平的。

离开了两位老伯，看到一穗穗新鲜的玉米棒子，于是又蹲了下来。正扒拉着想要齐整一点的，一旁正挑选玉米棒子的大姐又顺嘴告诉我，挑那种有点紫色的花玉米，是老品种，好吃。一个大哥也专挑紫色花玉米。看来，玉米里也有学问。

最想不到的是，旁边一个中年男子在起劲吆喝着卖治风湿关节炎的药水，一个大妈说是昨天给她家老头子试了，感觉效果好，今天又来买，正好我的双手指头老是发肿发胀，这几天中指关节肿得很厉害，艾草灸了也没啥大的效果，于是也凑上去试了一试。江湖大哥先给我的手指涂上第一种药水，据说是用马蜂、藏红花、蜂蜜等炮制的，一两分钟后感觉奇热烧烫，这时候又涂上第二种药水，即用癞蛤蟆皮、蛇皮等炮制的解药，几秒后灼热感消失。问其缘由他说是以毒攻毒。老觉得街边的摊贩不可信，就这样继续买菜，等转完一圈买好了菜，觉得手指头松快多了，多少有点效果，就又回到中年男子摊前，结果人家一看我回来，直接把两瓶药水塞进我的包里，我傻傻地问："你咋知道我要？""看你这个老师说的，你追根究底问配方，又回来，这不明摆着我的东西好嘛！"我一惊，"你咋知道我是老师？""刚才有个人称呼你老师嘛。"看看，走江湖的，的确是眼观六路，耳听八方呀！

人都说江湖郎中十个有九个糊弄人，今天终于明白了，为啥谁人都知道这个理，却还是心甘情愿上当。没办法的办法呀！病得急了，只要有一点希望，就是上当受骗，也愿意尝试一下，万一管用呢？这是实话。权且相信一回。

溜了一早上，有一个卖胡萝卜的大哥给我留下了极深刻的印象，因为我在他那里买到了快乐！且看这位大哥，高声吆喝着："胡萝卜，胡萝卜，便宜了，便宜了，两斤一元。"他一边吆喝着，一边得空哼哼着调子，顺口还说个笑话："婆婆忙得吃不上饭，媳妇闲得穿着裙子满街里浪。"我调侃道："再忙也要吃饭，顾不上吃了，也学学年轻人甩开不干算啦！""这位大姐，看你说的，那怎么行？庄稼人一年就盼个麦儿黄。饭吃不上不要紧，丢掉了庄稼，一年的收成就完了。不像你们城里人，每月都有个麦儿黄。家里年轻人不干行，老年人放下行吗？"我笑着说："你想得开呀，看你这么乐呵。""穷欢乐，富惆怅嘛，咋个都是过日子……便宜了，便宜了，胡萝卜一元两斤。"看看，荒荒喧着，还忘不了自己的老营生，快乐和营生两不误。

最有意思的是这位大爷，棋下得正来劲！你能看出他的正经事是啥来不？我想，你要不去书摊绝对想不到。正好走累了，我在书摊上翻看着，旁边除了一位看客，旁无余人。"人呢？"不得已，我询问旁边的阅读者。"那不是嘛，棋摊子上下棋呢！"呵呵，感情好啊，也有这样做买卖的。看来，看不看，买不买，全在于读书人。看上了，要买自然能找到卖家。买东西买累了，坐下来随便翻看，那也无妨，这老爷子好境界啊！

就这样逛了一上午，回时都近中午了。等快到家了，猛然反应过来咋就没拍几张照片，好配文字。唉，脑袋进水了，不中用了。

夜里毛毛雨下着，坐在葡萄廊架下的我，枯竭了几天的笔尖好歹有了一点湿润，就有了这段文字，算是续上了每天写点东西的情结。

忽地，脑袋里就忆起了那年八九岁的侄子对外甥孙女说的一句话：快乐是自己找的。

2017 年 8 月 6 日

今天，我去看妈妈

有一种顶要紧的爱，叫放下手头的事，去看看妈妈。陪伴，是儿女们最长情的告白。

——题记

母亲，老了
垂下白发
阳光里，轮椅上的
母亲，时常闭着眼
大半天都不说一句话
睡过去一般

粗糙扭曲的手指
静静地搁在腿面上
缓缓地和时光老人
叙旧，拉呱①着
家长里短
和远方的我们

风，吹来了
几缕发丝凌乱
遮挡了心绪
我那，慈爱的老爹爹

_____

①拉呱：方言。闲谈。

撩起手，擦去母亲眼角的
张望，期盼

一树金黄，一树灿烂
黄叶似的母亲
抬不起手迈不开腿
心，却在张望
我，来了
你的小老五
小小，三三
小女儿

来看妈妈，今天
我们的心是满心欢喜的
且留住，不让妈妈的
心，在那一角落
患过伤风

2018年5月13日这一天，是母亲节。一大早醒来，微信圈里一大波一大波有关母亲的话题塞满了屏幕，眼睛有点"拥堵"。

一个来自祁连山山脚下的农民兄弟，隔空喊了一句最为实诚的话："母亲不在朋友圈，母亲在地里干活呢！"

时隔几小时，这位农民兄弟再次喊话："网上孝子特别多，可惜你妈不上网！与其网上瞎嚷嚷，不如回家陪老娘！母亲在田里干活呢！"一看，就知道这小哥情绪上涨，火了点。

是呀，妈妈还在田里干活呢！

他是知道的。

风在吹，初夏的骄阳今儿也傲然抬起了头。近三十度的高温，垄沟里母亲瘦小的身影，或许拔草，或许壅土。

孝顺的你，放下城市五月的鲜花，舍下林荫小道，放下……去田埂上和妈妈说说话了吗？丢下一大堆干不完做不完的事，专心去陪妈妈一时半刻了吗？是啊，我们有一大堆心安理得的理由。今天的衣服还没洗，一篇稿子赶着要写，网上的课还没晒，明天还要紧着修改娃娃们的参赛作文，赶在后天前要整理上报的课题材料，大后天要去外地讲课的事还没着手准备……一大堆一大堆的事，看起来件件都很要紧。

可心里总是惦记着母亲，什么也做不成。

太阳升起了，就会落下；夏天过去了，秋天就会来。妈妈已经是深秋的那片金黄金黄的叶子了，怎不叫我牵肠挂肚？想想前年，写作中引用了妈妈喧荒时说过的一个土得掉渣渣的歇后语，一时不太确定打电话询问妈妈，听见妈妈在电话里咯咯地笑，那朗朗的笑声似乎都还在耳边萦绕。而如今的妈妈，鲜为说笑了，不能自己在小院和屋子里转悠了，时常闭着眼在轮椅上一坐就是大半天。吃饭似乎都没了力气，一口饭得咀嚼吞咽很久……岁月、时光这个东西实在可憎，我的那个强了一辈子的妈妈，到生命的最后如婴儿般需要人照料的妈妈，叫女儿实在心疼，实在是忍不住唏嘘。

想想这些，心里呀实在是不落忍①。

今天呀，顶顶要紧的事儿，一定是去看看我那白发苍苍八十有五的老妈妈。老舍在《我的母亲》中写道："人，即使活到八九十岁，有母亲，便可以多少还有点孩子气。失了慈母便像花插在瓶子里，虽然还有色有香，却失去了根。有母亲的人，心里是安定的。"

　　幸好，我还有根
　　世上最美好的事
　　我还有份儿

---

①不落忍：不忍心；过意不去。

儿孙已成群

女儿已经变老

妈妈还健在

我还有来处

2018 年 5 月 13 日　母亲节

妈妈的坚持

——怀念我的母亲

写在前面的话：

2018年7月26日，妈妈永远永远地走了。这些日子来，心里空洞洞的，难过至极。总想写点什么，又不知道写什么，直到今日来到妈妈长眠的地方，站在妈妈劳作了一辈子的故土上，思绪万千，不能自已，是夜写下此文，献给我可亲可敬的妈妈！

什么是坚持？打小就知道毛主席说过坚持就是胜利，这是一代伟人对于宏伟大业所坚持的一种态度。对于有追求有信仰的人士来说，坚持就是对于某种理想一辈子坚定不移地追求；坚持，就是对于工作生活中某种信念的一种持之以恒的不懈努力。所谓坚持，让人总会想到"毅力""毫不动摇""自强不息""锲而不舍""坚定不移"等诸多语汇。于普通的再不能普通的妈妈而言，坚持就是对美好生活的希冀；坚持，就是将儿女引向光明坦途的生活；坚持，就是对于娃娃们的体贴，最大限度地减少对儿女们的拖累；坚持，更是对生活长长远远的一种打算，一种万年的爱。

坚持落户农垦

1959年春天，已经有了大姐二姐两个娃的妈妈，不顾老家亲人的劝阻和还在犹豫中的父亲，报名参加了农垦在当地的招工，毅然决然坚持做一名公家人——第一代农垦拓荒人。

拓荒人，日子肯定是好不到哪里去。打小我还见过大墩井的山坡下，农垦的人挖的挡风遮雨的地窝子。就知道那时候在苍茫戈壁上农垦人几乎是天当被地当炕，生活的艰难和不易可想而知。

可是妈妈不怕，妈妈还为此感到很欣慰。

因为她的这一举动，改变了自己和娃娃们的前程和命运。她带着娃娃们来到了在当时对于整个地区来说机械化程度都很高的地儿，日子虽然劳累，可有了一份工资，保障了娃娃们能吃上饭不饿肚子，病了也有条件看病。

妈妈之所以坚持那样做，缘于那段藏在她心底揪心扯肺般抹不去的内伤，每每提及，定是老泪纵横地给我们讲述那段不堪回首的过往。

20世纪50年代，日子过得太艰难了。那时，二十来岁的妈妈已经生育了三个女儿，两岁多的老三因为拉肚子，没一分钱给丫头瞧病，妈妈眼睁睁地瞅着娃儿死在自己怀里。虽说老大是丫头，老二是丫头，老三还是丫头，女儿委实在外人眼里不金贵，可女儿是自己身上掉下来的一块肉，妈妈的心口在汨汨地流血啊！

这还不说，二姐出生后得了一种怪病，全身长着一层粗黑甲皮，洗洗不掉，搓搓不掉，看病又没一毛钱，一个女娃儿这样如何是好？愁死妈妈了。眼瞅着丫头一天天长大，实在无法子可使的妈妈，有一天趁着家里人不在，借着老天爷的胆子背着家里人拿了一口锅，跑出去卖了几毛钱，抱着二姐一晌午走了几十里路，赶到一个老中医家。主人家端了一碗米汤来，口干舌燥的妈妈舍不得抿一口，全喂了二姐。苍天有眼，老中医开了一服叫女儿红的中药，让妈妈坚持给二姐喝，自此二姐身上的粗黑甲皮慢慢褪了，后来反倒是成了我们姊妹们中皮肤最细腻最白净的一个。

妈妈的坚持，实实在在让我们一家人过上了在那个年代比较有质量的生活。因为农垦职工除了每月有一定的工资，国家每月按标准也给职工和孩子供应一定的面粉、清油，过年过节发放一定的布票、肉票和一些副食品，娃娃们还可以受到好的教育。因为妈妈的努力，可以说日子是和过去有了天壤之别。就这样，妈妈还常常节衣缩食，省下钱粮，时不时接济老家的亲人。

妈妈的坚持，让一家人的生活有了奔头。

平凡的妈妈对于家庭而言，确实是做了一件非常不得了的事啊！

坚持让娃娃们念书

我们姊妹们，除了大姐帮助妈妈照看下面的弟妹们没识下几个字，二姐小学四年级辍学外，其余的娃们母亲是拼了老命，都让念了书。

在那个重男轻女的年代，妈妈生一个是丫头，再生一个还是丫头，生到老五的我了，还是个丫头。在周围一众人的目光中，妈妈是挺不直腰杆抬不起头来的。正因为这样，身为女人的她，尝遍了道不出来的苦。

丫头咋了？生性倔强的妈妈，偏偏和命运要较量一番，自己这辈子是这样了，一定要让娃们活出个样子来。看看周围识文断字有文化的青年干着医生、教师、机关干部等体面工作，下班了吹拉弹唱好不欢乐，一个朴素的念头在妈妈心里扎根——让下面的孩子们一定要好好念书。

于是从三姐开始妈妈就坚定不移地把孩子们送到办学条件更好的外地上学。这个坚持意味着妈妈要比别人吃更多的苦，熬更多的夜，受更多的罪，想更多的办法。妈妈往往是白天跟着大家劳作，傍晚回到家，里里外外忙着做家务。夜深人静了，点灯熬油纳鞋底、缝衣服。

这样的坚持，一直持续到我们姊妹一个接一个在外念完书。

忘不了啊，那次三姐上学的坐车经历。时隔几十年，今天想起当时的情景还历历在目。20世纪70年代，在外地上高中的三姐得买五毛钱的火车票才能去。今天听起来，五毛钱是个啥呀？可在当时是个不小的数目。

那时候农垦机械化程度在本地区来说还是很高的，农田里有耕地的大型链轨拖拉机、联合收割机。对于运输而言，有拖拉机和解放牌汽车。营部仅有的几辆拖拉机，常常到城里运送或采购货物，司机牛哄哄的，搭个车很是不易。

那次三姐周六晚上坐火车半夜到家，第二天早上就要回去，听人说有辆拖拉机要到上学的地儿去，我们高兴地去送三姐。哪承想搭便车的人实在太多，司机就是不让坐，爬上去了让人家撵下来，我们推上去，让人家拽下来，最后咋走的也忘了。但，念书求学的这一幕就这样深刻地留在了我的脑海里。

尽管这样，妈妈一点没泄气，坚持，坚持，再坚持。我们姊妹都在外地上的中学，比起场里的其他娃娃们，我们及早接受了那个年代相对来说最好的教育，我们姊妹们朝着妈妈坚持的路，妈妈所希冀的方向走去。

今天，能有这样的我们，真的得感谢妈妈！感谢妈妈的坚持。

多少年了，我心里一直有一个念头——妈妈多伟大啊！

当然，妈妈内心里也一直和自己过不去，遗憾这辈子没做好的一件事就是没让我的大姐念书。只要说起来，肠子都悔青了。老是说知道这样，当初说啥也让大姐去学堂，让二姐把书念完。

可惜时光不能倒流。我也时常劝解宽慰母亲，想开些吧！20 世纪 60 年代，那是困难时期，要是她有法子，说啥也不会发生这样的事。

坚持一辈子的唠叨

说出来一件事，大概打死大家都不相信。

父亲和母亲，几十年了坚持做的一件事是什么？娃娃们一回家，总是唠唠叨叨告诫我们在单位要好好工作，踏踏实实做事。

我都结婚多少年了，四十好几的人了，回家去娘老子还是谆谆教诲。

有那么几次，同妈妈说笑，都啥年代了，还拿老一套来教育我们，也不看看如今人家咋活人的？

妈妈朴实的育子法子，在现实面前总觉得不堪一击。

工作三十多年了，一路坎坎坷坷确实遇到了不少挫折，一辈子工作追求完美的我，就是别人不说，自己也在能力范围内把工作干得漂漂亮亮才肯罢手。一些熟悉的同人有一个共识，"啥工作交到姜老师的手里，没有不放心的"。正如一位老同事所言，"姜老师这人，干啥事，都投入得很"。

"干的活多，出的错多，挨的骂多"，这也是正常现象。吃苦耐劳出力做事的，有时候真的比不上巧言会道的。常常委屈得自己都觉得撑不下去了，可还是丢不下。

有时候，情况真的糟糕透顶了。

这时候，心里老是嘀咕，拜妈妈的教导所赐才让自己落到如此地步。

自己的妈妈，一辈子了咋这样点拨教育子女呀！怀疑自己不说，甚至怀疑妈妈的教育观。

有那么几次，失望、沮丧、灰心简直到姥姥家了。就这么严重。

好歹，耳濡目染，也学到妈妈坚韧、阳光和乐观的一面。今天低到尘埃里了，行啊，没啥大不了的，明天鲜艳艳的红太阳升起来了，照样灿烂地工作、乐观地生活。

今天，站在妈妈长眠的地儿，心里默默地念着妈妈的好，要不是她老人家朴实朴素的育儿观念，一个"坚持"根深蒂固的影响，潜移默化的熏陶，哪有今天我的精彩教育人生？

一路走来，妈妈时时地提醒，让我脚踏实地一步一个脚印做人做事，成为一个执着地追求梦想的教育人。

妈妈，下辈子我还做您的女儿！

还听您的唠叨。

坚持住小院平房

长期的过度劳累，让妈妈在中年时侧胸就做过一次大手术，后来患眼疾又做了手术。知天命的年岁时，类风湿性关节炎导致腿疼无法好好走路，从此拐杖不离手。

"还是妈妈的坚持对呀！"弟弟由衷地感慨。

"就是呀！当初要是妈妈听了我们的，这些年麻烦就大了。"

二十年前，我们姊妹合计着给父母买楼房居住，改善一下生活条件。结果呢，妈妈和我们姊妹七个抗衡，说啥也不上楼去。整整大半年时间，我们姊妹轮番上阵，劝说妈妈住楼房，可是任凭你说得天花乱坠，妈妈主意拿得定定的，就是不松口，坚持买了水电暖设施齐全带小院的总公司的平房。

妈妈的理由有二，一是自己腿脚不便，住了楼房看起来听起来好，实际上相当于把她困在房子里，无形中捆住了她的腿脚，上了楼下不来，下来了上去更难。将来有个头疼脑热，咋办？二是当时看好的楼房离主街道远一点，坐车不方便。妈妈认为她老了，丫头们想来看看她，交通就有点小麻烦，她看好的机关大院的房子，出大门就是南来北往的车，故而死死地坚持自己的选择。最终，我们拗不过，按着妈妈的意思办了。

这些年，父母在小院里过得很惬意。随时走出走进，呼吸新鲜空气不说，还在小院里种了葡萄树，夏天葱绿的葡萄架令人赏心悦目，能乘凉不说，秋季孙子们去了还可以品尝到玫瑰味儿的大嘟噜葡萄。树下花池里的一块巴掌大的地，撒些菜种子，啥时候都绿葱葱的，吃汤饭随便掐一把就好，新鲜的绿色食品不说，也省得老父亲天天去买菜。

我们呢？确实享受到妈妈的远见带来的福利，来来去去坐车方便极了。

妈妈的坚持，利己利人，老来的日子过得有滋有味儿的。

坚持和疾病抗争

每年一进伏天，妈妈和爹爹就开始忙活起来。

葡萄架下艾灸的那个温馨的场面，要多感人有多感人。

患有严重类风湿性关节炎，手脚常常冰凉疼痛的妈妈，几十年坚持自己做艾灸，能不进医院就不进医院，能不吃药就不吃药，全靠土法子，自己治疗。

这不，自己用粗粮制作一寸酒盅大小的面碗碗，然后用毛毡剜出个洞，再在面碗碗里盛上花椒和艾草，点燃，放在抹了白酒的肩膀、手臂、膝关节等感到疼痛的地方，就这样老两口往往一灸就是一个晌午，一边聊着家常，一边慢条斯理地灸着。爹爹一边操心换着面碗碗的地方，一边不时地吹吹不旺的艾草，在一丝丝袅袅青烟中，享受着老伴儿的那份殷殷关爱。

就这样，妈妈那不能麻利走动的腿，竟然在这种自己坚持治疗的情况下，安然度过七八十岁的年纪。减轻了自己的苦痛不说，某种程度上也大大减轻了子女的担忧。

多好的坚持呀！

坚持自己的生活自己过

这几年，八十多岁的妈妈日渐衰老，身体一年不如一年，腿脚更加不灵便，手也出现大问题。先是右手使不上劲，端不住碗，只好改用左手做家务，连拄个拐杖都不行了。就这样，老爹打个帮手，妈妈还坚持自己做饭，用她的话说，能自己烧上一口热汤好得很了。

有一次回家，看到妈妈从屋里抱个大水瓶子到院子里，出门要下台阶，于是先把怀里的水瓶放地上，再一手拄拐杖，一手扶着墙，慢慢磨下去，然后弯下腰再把水瓶抱起来。看得我心疼死了。

就这样，这些年日子再难过，妈妈还是坚持这样和老父亲过生活，从不打扰和拖累子女。想想，由衷地让人钦佩。

姊妹们时常过去，再照顾一下，洗洗衣服，打扫一下卫生，擀一点面，炒个菜。跟前住的二姐操的心最多，时常往妈妈家跑，哪件事似乎离了她我们都做不来，也许是依赖惯了姐姐的缘故吧！

大姐在金城平时来不了，可一到假期就和姐夫一块儿来，大姐夫人勤快，做饭手艺也好，两口子整天变着花样给妈妈做可口的饭菜，帮助整理柜子里的衣服和鞋袜。父母亲相濡以沫、互相怜惜、互相体谅，大姐夫妇二人也是那样，让人羡慕。执子之手，与子偕老，可不只是一句浪漫的话。

小妹妹也是忙里偷闲过来喧喧荒，逗老爹老妈开心，笑个不停。

弟弟时常也买个肉夹馍，或买点卤肉，或弟媳妇家里做了好吃的，也给妈妈送来。不时还用小车拉上妈妈和老爹去吃个火锅，让出不了门的爹妈换个口味，改善改善伙食。他还时常对妈妈嘘寒问暖，过年过节，开车拉上妈妈和老爹出去游游紫金花海、植物园，去老家转转，散散心，孝心可鉴！

想想，妈妈在世的时候也是幸福的。

姊妹们，一大家子人都是相互关爱，相互体谅，倒换着伺候妈妈。

坚持回到工作的故土

妈妈长眠了。

安息在了属于她真正意义上的故土。

"妈妈的坚持，还是对啊！"弟弟和我说。

"这个地方就是好！看，前面就是青纱帐一样的土地。"四姐也和我说。

是呀！站在这儿，一种亲切的感觉油然而生。熟悉的味道阵阵袭来。毕竟小时候，我们生于斯，长于斯，再熟悉不过。

大家又一次对妈妈的坚持和选择发出声声感慨。

怎不是？从前年开始，妈妈身体时常出现问题，大家担心万一哪天妈妈离世会措手不及，于是商量着为父母择百年后的吉地。

一开始，妈妈就主张离子女近一点的地方。于是我们在附近的山里寻找地方，妈妈不太乐意，老觉得那地方没有工作过的地儿好。后来，当确定了在后山，父亲去看了，回来也和妈妈说那个地方路不好走，妈妈越发不高兴。

过了很长一段时间，妈妈不知自己和自己做了多少回斗争，毅然推翻了先前的选择，还是提出坚持回到工作过的地方去。

故土难离啊！

今天，当我们站立于妈妈奉献了一生的这片热土上，不禁潸然泪下。

妈妈的坚持是对的。

长眠于此的妈妈，想来心里是宽慰的。

叶落归根。

妈妈的坚持，让我们再次看到故土的蓝天、绿树、大面积的条田、挂满果子的园子。

儿时生活的场景一幕幕闪现在脑海里。

农垦人战天斗地，成立突击连队，红旗大会战，父亲带领一伙年轻人开辟新点，在茫茫戈壁荒芜的大地上，硬是凭着一股冲天干劲，开垦出万亩良田。

目睹一代代农垦人执着追求机械化农业耕作的宏伟理想，感悟农垦人持之以恒不断改进科技化作业的优良传统。

妈妈的坚持，真好！

妈妈长眠了。

安息在了她工作了奉献了一辈子的老连队的小山坡上，面向她熟悉的再不能熟悉的热土。望着远方黛青色的祁连山脉，近处郁郁葱葱的西北钻天杨和亲手栽种的林果园子，闻着大片大片成熟的庄稼的味道，想来妈妈安心了。

安息吧！我至亲至爱可敬可亲的妈妈！

2018 年 8 月 18 日　夜

什么时候再来

"你，啥时候再来呢？"父亲苍白的声音弥漫在屋子里。

"嗯，下——周——吧！这次一连要上七天班呢。"迟疑的我语气并不那么坚定，既不能肯定自己的说法，也不想一口回绝父亲。

一个假期，真的没有休息过两天，身心疲惫啊。一放假就忙着东奔西走看病。可马上又要开始高强度的工作——带毕业班！

唉，真不知道接下来的日子怎么过！

明天就要开学了，这会儿已经是晚六点多了，我人还没走，父亲就问起再来的话。那眼已泪汪汪的，泪几乎要滚落下来。

"呵，呵……"年前父亲旧疾复发，呼吸起来十分费力，气喘得越发明显，挪动几步几乎就上不来气。

总有一种感觉，父亲随时都会走。或许明天，或许下一刻。

虽年关将近，姊妹们也都尽可能调配开，轮流陪伴父亲，奔波在医院和家之间。

四姐回去后的这段时间，我陪伴父亲医病。

明日要开学了，我又不得不走。

情况稍好一点的父亲又得一个人孤单单地过活了。眼瞅着收拾东西的我，父亲发出孩童般无助的呓语，那眼神实在是不忍去看。

这话，我没法继续……

父亲八十有六了，和母亲相伴走过六十八年后，如今孤单一人了。

去年春来时还推着坐在轮椅里的母亲在大院里转悠的父亲，今年似乎一下子垮了，没了精气神不说，身体一天不如一天，人也糊涂多了。一个人孤孤单单守着四五间屋子，要不是做饭时动点烟火，屋里几乎是静寂的，没有一点响动。那寂寞可想而知！

因而父亲总是希望有哪个子女住在家里，清的稠的饭菜总是要比保姆做的可口一些，总是能有个人说几句话。纵然白天和一群老汉们掀个"小牛九"打个牌，进屋来总算有人走动，即便我们抱个手机说不了几句话，可他心里踏实，屋子里也有温度，是热乎乎的。

这不，我刚走，坐车还未到家里，二姐姐又回去了。尽管这样，弟弟夜里发来信息说父亲八点多就关灯睡了。可是，睡下，起来，起来，睡下……到十一点多，又起来在各屋里乱转悠呢！说心里急哇哇的。

唉，纵然不落忍可又有啥法儿？

我们姊妹上班的上班，领孙娃的领孙娃，父亲又说啥也不离开他的热窝。

尽管这样心里不好受，理性地想觉得父母亲还是幸运的，好歹子女多，大多都在跟前，屋子里三天两头不是你去就是他去，我们这辈呢？就一个孩子，还远在他乡，一年见一两次面，也就三五天。匆匆来，匆匆去，说啥好呢？娃儿们在外全靠自个儿打拼创业，着实也不容易，还能指望啥？

自然就想起过去的老人至少这点上比较幸福，一大家子一个屋檐下生活，儿孙膝前绕，屋子里啥时也是热火的。又想就是前些年农村的老人也比城市的老人幸福一些，即便腿脚不大好，一个院落里娃儿们这个屋出来那个屋进去，日子总是红火火的。我家公婆就是这样的，在他们的人生里我想这样的孤独是没有过的。

唉，也不是了。这都是头几年的事，如今也成过去式了。先生的家在农村，几年前村里的人都专心地务农，年节里好不热闹。和先生成家二十多年，年年都跟着他去乡里过年。从最初的不习惯到后来的成为惯例，多少年风雨无阻，似乎不去乡村这个年就没味道。可不是吗？乡里屋子多，炕头大，院子也不小，一下来个十来口人也能住得下。拿小婶子的话说，那些年年三十老公公一整天都在院子门口转悠，就等着我们回去。儿子媳妇孙子们去了，家里就成了村民的欢乐场所，闲聊的闲聊，猜拳喝酒的喝酒，拉胡胡的拉胡胡，唱歌的唱歌，年轻媳妇汉子们的交谊舞跳完了，老汉们的秧歌小曲又上来了，总要闹腾那么几天，直到尽兴了才散去。一个村子里老老少少亲戚也好，乡邻也罢，我几乎熟识了。从最初闹的笑话，人家一张口一个"婶婶"，就以为是婆婆家的亲戚，到今天哪个是张家的媳妇，哪个是李家的小姑娘，弯弯套弯弯的亲戚也都弄明白了。可这样的日子也一去不复返了。

这几年村里的土地都流转了，村民们出门打工的打工，去城里陪学的陪学，据说平日里几乎看不见个人影。前两年好歹过年时还都会回村过个年，先生也一样热情不减，每年依然背着二胡，奔到乡里过年。兄弟们自然也是大聚会。

"大爹爹，我爹在城里买了房。"腊月里侄女娟姑娘来家里，说起了他爹买房的事。

当听到在外的三弟也紧着年前在县城买了房，年跟前忙着收拾屋子准备回城里过年。

当吹拉弹唱兄弟们聚会的希望就这样在 2019 年彻彻底底破灭时，"看来今年是没处过年了！"先生的第一句话就是这。那一刻的失落，遗憾……满满地写在了他的脸上。兄弟五个，齐刷刷二三十口人的聚会，由此也画上了句号。

村庄，成了家的象征。

据说村里仅剩三两户人家，也是实在走不出去的老人。

这样冷清的晚年，实在是不敢想！

曾经的热闹谢了幕。

胡思乱想一番，比较一下难肠的父亲也还算是好的！

想归想，父亲的问题确实是个问题。

无解！

单位里一个女同事，买新房时把老房留给父母，接来自己亲妹妹一家伺候父母，自己每天再去负责妹妹俩娃的学习，一大家子混在一起吃吃喝喝，日子不容易归不容易，可父母跟前总是有儿女。老人生活得还是蛮温馨的。可这样的情况，当今许是不多了吧？

开学的第一天，我俩见面聊的第一件事就是这——年迈的父母亲！

唉！说一千道一万也只能是说说，暂时缓解一下心里的郁闷，又能改变什么？

做女儿的我能做的最多是周末去给父亲剃个头，节假日陪着父亲转一转，能散散心就散散心，能让父亲笑几声就笑几声……

唉！躺倒的笔尖，不得不站起来！

还是回忆一点美好吧！最好让温馨塞满生活的缝隙。

2018 年我和父亲的国庆节一瞥——

父亲气喘得急，十来步的路都迈不动，慈悲的老天爷借给我几个胆子，让我放心骑着我的电瓶小车，父女俩大逛紫金城！好心的路人给我们拍了一张"摩的影"！

玫瑰谷逍遥一游，能让父亲紧皱的眉头放松一点点，就成。

湖边遇着网名"雪峰"的二胡音乐人，他拉我唱，一曲《父亲》献给老人家！父亲对儿女的爱，和女儿的心酸心疼，那一刻全融入了歌声里……唱得我热泪长流。妈妈走了，硬拽着父亲出来散心。可每每走到一个熟悉的地方，睹物思人，父亲的第一句话总是"你娘去年……"做女儿的我，无法依然往下接这个话啊！只能借着这首歌，表达那一刻波涛汹涌的万丈心浪。

空旷的湖面，整个儿氤氲着我们父女的情，诉说着我们父女的意……

有风过来，二胡声随着波纹一圈一圈荡漾开去。水面无极限地露出愁绪。

父亲神情落寞，举目远眺，不知道此刻的父亲想着什么……

一直以来，都觉得父亲像极了奶奶。可在今天看着父亲沉浸在花海里的慈祥的模样时，猛然有了新发现——爷爷的神韵。

那天整个植物园，是我们父女俩的哦！

瞅瞅，北环路的钻天杨，挺胸抬头夹道欢迎父亲和我的到来呢！

美丽的紫金花海，偷偷借着拍照的机会再搂搂父亲吧！于是留下了我和父亲开心一笑，但愿以后的日子都能如此！

想想和父亲这辈子也有这一刻，也是满满的幸福！但愿父亲余生的日子里时常能这样。

相同的地儿，看看 2017 年那紫金花海里幸福的父母，下辈子还做他们的女儿！

怪不得，父亲心底的那丝依恋啊！子女的陪伴是一时的，老伴的陪伴是一世啊！

2019 己亥年春节。咱老百姓过年的一个重要习俗——有钱没钱，剃个光头过年。八十六岁爹爹的头，女儿我年年亲为，总想美好的希冀从头开始，从新开始，也从心开始。特有一种仪式感吧！

2019 年 2 月 22 日

老赵的园子

"春江潮水连海平，海上明月共潮生。"唐代诗人张若虚在他的《春江花月夜》里这样描写春江潮水。而我家先生——老赵头的园子，每每从春季开始，到夏季，到秋季，我的心情就如同这春江的潮水般一波一波涌来，快乐，甜美，幸福爆棚！葡萄架下品茶、赏月、习文、听雨，虽没有把酒临风的快感，宠辱倒是皆能全忘。

一切皆因老赵的园子。

这个时节，老赵头园子里的花们、树们、菜们，长势喜人，一派盎然生机，不由得你不喜上眉梢，心情豁然开朗，幸福像花儿一样开放。

春天，杏花猴急猴急一树繁花，正式拉开园子的序幕。紧接着粉红的桃花紧随其后，朵朵竞相开放。再接着俊朗的小生，浅白色的梨花，绿萼托着的苹果花，兄弟姐妹们相继开放。此起彼伏，小院好不热闹。

五月里，朱红的栅栏爬满蔷薇花，这一朵，那一朵，千千万万朵，都像赶集似的聚拢来，形成了光彩夺目的小院。每天一打开门，或者下班回家，所有的花们争着抢着扑入眼帘，拥满心海，这样的花园面前，一切的不如意，或者不高兴，或者疲惫统统地悄然逃遁，荡然无存。

太阳一出来，枣树叶子就发光了，闪烁得像千万个小精灵似的。葡萄树的叶子呢？底层是墨绿色，中间是深绿色，至于上层的浅绿的新叶，透着光亮，黄里透绿，摇摇曳曳。再加上一大朵一大朵从院墙旁伸出来的月季花，于是园子里鲜亮亮的，红的红，绿的绿，晃眼得很。

葡萄树们呢？青春年少，也不示弱，一嘟噜一嘟噜的晶莹剔透，挂在架上，展示着靓丽的身姿。桃树呢？核桃大的果儿，高一个，低一个，想在哪儿长就在哪儿长，要怎么样，就怎么样，都是自由的。就是柿子树不愿意，一朵花也不开，一个果子也不结，老赵头也不问它。只是铆足了劲儿浇水、施肥。

夏至时节，杏儿黄了，明晃晃地挂在绿叶掩映的枝头，格外抢眼。大的有拳头那么大，小的也有鸡蛋大小。先熟的黄澄澄的，朝阳的一面露着小半边儿胭红色的脸庞。那酸酸甜甜的香味儿，似乎滋滋地往外冒着，触动着舌尖的味蕾都活跃了起来，不由得不让你口水咽了一口又一口。

园子中间的菜地，绿茵茵的，也像睡醒了似的。鸟儿飞来了，就像在逛园子似的。虫子叫了，就像在谈情说爱似的。蜜蜂从葱花上采蜜，花蝴蝶在葫芦花间飞舞。就连野猫也在园子里做窝生崽，带领一家人在田间地垄悠然居住。狗儿也经常窜到我家逛几圈，胆大的还跑进屋里，给几口吃的，来得越勤。一切都生机勃勃的，菜们要做什么就做什么。豆角愿意爬上架就爬上架，愿意爬上墙就爬上墙。黄瓜愿意开几朵花，就开几朵花，愿意结几个瓜，就结几个瓜。

油菜呀，萝卜呀，芹菜呀，喝足了水就像憋足了劲儿似的，疯了一样长。头天还是两三指长，第二天，第三天，就已经是四五寸长。茄子呢，辣子呢，紫的紫，绿的绿。西红柿仗着个高，长势最是迅猛，霸主一样，主干们这时节想长多高就长多高。

老赵头每天一下班，院门一开就一头扎进园子，间个苗，拔个草，忙活个不停。每天必修的一项功课是给西红柿打杈掐偏秧，一棵接一棵，没有哪棵能躲得掉。

今天，看到黄瓜秧长了，就忙着从根部拴根绳子，长长地连接到高高的竹架子上，好让扯出的秧有处往上爬。明天，看到花们被空中飞客袭击了，赶忙给花喷药，治理虫害。大太阳底下，喷了一壶又一壶，直到天牛横尸遍野才肯收手。

我呢？下班头件事，就是摘根黄瓜先点补点补肚子，或是抓起几案上早回家几步的先生摘好的杏子，满口满口先干掉几个，然后才起身到地里现摘点各类小菜，进厨房开工做饭。

这时候，倘若有一顿现成的饭菜吃，是不是就像园子的女皇一样了？"姜老太"的虚名也没浪得。到了秋天，更是如此。蔬果丰富了，要是不太讲究的话，张口就能吃到葡萄，或是现摘现吃个沙甜沙甜的西红柿，肚子已经半饱。

不过这样说也不完全对，对于园子女主人的我只有享用的份，可没土地自主经营权。先生一手把持住，不得你乱动一丝一毫。标准化作业，沟是沟来垄是垄，井然有序，高株矮株搭配得错落有致，标准的示范田，容不得你胡乱插一棵秧苗。

倘若趁他不注意这儿那儿点几粒种，今天盼，明天盼，好不容易长出个苗苗来，还来不及喜滋滋呢，不知何时就被他无情地灭了族。等你发现，枸杞树已经被拔了根，早就蔫了，葵花和玉米呢？早在大太阳底下成了一茎枯枝残叶。常常心疼得我似砍了我的胳膊砍了我的腿，气得要死。可是抗议也是没用的，倔强的老赵头不理你那茬儿。

他只要你坐在园子里，喝着茶看他干活或享用果实就成。

抗议，抗议，多少次斗争啊！好容易才争取来了巴掌大的一块试验田，由着性子种点想吃的菜品。唉，的确不成啊，菜们愿意出来的出来了，不愿意出来的就躲在土地里，稀稀拉拉几棵，一点面子都不给。由着菜们的意愿生长，自是没了话说。

老赵头呢，鼎鼎的"名记"——"吉爷"先生，一有空闲时间，就在地里劳作，戴顶晒褪了色的帽子，掐个偏秧锄个草，不明就里的过路人一声："大爷，庄稼的好把式啊！"笑得我肚子都疼，他却引以为傲，受用得很！

记得季羡林先生说他在德国留学时，吃惊于德国人的爱养花。家家户户都在养花。可是德国人的花不像国人的那样，养在屋子里，他们是把花都栽种在临街窗户的外面，花朵都朝外开，在屋子里只能看到花的脊梁。每家都这样，走过任何一条街，抬头向上看，家家户户的窗子前都是花团锦簇，姹紫嫣红。许多窗子连接在一起，汇成了一个花的海洋。让看的人如入花坛，应接不暇。每一家都是这样，在屋子里的时候，自己的花是让别人看的，走在街上的时候，自己又看别人的花。他觉得那是一种耐人寻味的境界。

老赵头如此精心地经营他的园子，花们、树们、菜们，与其说是种给自己享用的，不如说是种给小区里的人们观赏的。

单是花们，无论外层的，还是里层的，都一顺儿朝外开，过路人无不欢喜，路经此地都要驻足看美了才移步前行。一步三回头，"这家园子，攒劲啊！""也是个勤快人家。"啧啧的赞叹声，透过葱绿的花墙早已传了进来。

至于时令蔬菜啊，果啊，老赵头最喜朋友们前来享用，稀罕一点的自己都舍不得品第一口。那个热情劲儿你没见过，活脱脱像见了爹娘老子！自己忙活着沏茶倒水，完了"老姜，摘个黄瓜去"。客人品还没咋个品，又吆喝上了，"老姜，去拔上点菜，李爷走时带上些……"这时候的他，最是富足。

喝着茶，聊着天。时事的，政治的，经济的，历史的，一个个话题，高谈阔论，这才是他最惬意的事儿。

白日里天空蓝悠悠的，又高又远。夜里，一弯新月挂在天上，蔬果们听着他一曲又一曲的二胡演奏，一曲又一曲的钢琴声，高兴得噌噌地拔着长。

倘若是有三两个音乐人来，你拉一段，他弹一曲，尽兴地切磋技艺，小院立时就被音乐声淹没了。

我呢？高兴了，进门出门间会和着节奏和调儿喊两嗓子，那个舒坦劲儿自是没法提。而大部分时间是他们在屋里闹腾，我呢就着明月，在习习晚风里看看书，写写自己感兴趣的话题，直到万家灯火都灭了，才极不情愿地进屋子。

要知道夜深人静，不单单是老赵头的园子，就是整个世界都是"姜老太"的了。花们休息了，虫儿、叶子，却开始说悄悄话了。那种美妙，那种任意驰骋的思绪，任九头牛也拉不回来。人精神头十足，于是乎熬夜也便成了家常便饭。

听，"哗——哗——"，一阵风过，叶们的故事会开场了。

老赵头的园子，我的家园！

2018 年 6 月 23 日

枣花随想曲

杏儿熟了

枣花才开

是身先士卒者勇

还是后来者智

大概，只有老天爷

知道吧

许是，小院的蔷薇花太过抢眼，勾去了我的魂儿，一时注意力全部集中在一片粉红色的世界里。满满的欣喜，满满的灿烂。

许是这段时间太忙太忙，忽略了园子。直到今天的端午节午后，猛然发现我家园子里的杏儿熟了，黄澄澄的。再细瞅，四棵枣树居然花开满树了，密匝匝的米黄色花蕊，偷偷地躲在树叶间。

想想前些天还抱怨，今年杏花是冻掉了，枣树死活也不见个花，懊悔园子里的果树，单单剩个桃子了。

蓦然间，有了这惊人的发现！

于是，便也知道了五月杏子黄时，枣树才开始行动，露出它的笑靥。前段时间是自己心急了，误解枣树了。

杏树是春天最最抢先开花的，急巴巴的来不及等叶子出来，光秃秃的枝干上一树繁花，抢人眼球。结果呢？忘了自己身处大西北啊，要么一场狂风，风流尽散；要么一个寒流，花容尽失，禁不住一点风吹草动。杏树去年就如此，早上上班的时候，那个美呀，没法提。心情也像花儿一样，还想到时候杏蛋子能吃个够。结果一场黄风，下午回家时枝条成了光杆司令，没有结下一个果子。

今年呢？四月里，杏树一开花，整日里就替杏树们提心吊胆，生怕那

297

调皮的风今日一大刮，明日一小刮，禁不住折腾的花儿再有个闪失。于是，整天就盼着天晴，天晴！只要瞅见哪天天蓝了，心里就格外替花们高兴。心终于放到肚子里了，花儿可以安全着陆了。

就这样，一天天地盼着，盼着。

好在，我家的杏花比邻居家的晚开那么几天，盛开时躲过了风沙肆虐的日子。我贪心地想，今年可以一饱口福了，先生的辛苦没白费。

晚上看着满树的花骨朵儿还满心的欢喜，兴冲冲地告诉亲朋，今年看来有望了，到时候杏儿黄时都来尝鲜。哪想话刚说出去，夜里的一场猝不及防的寒流偷袭了花们，虽没有落红满地却也冻惨了，没结下几个果子。

据双湾镇来的人说，全双湾镇今年杏树上找不出一个杏蛋子。我家的这几个稀稀落落的杏蛋子最最金贵。哪承想高兴得有点早了，摘下来一看，我的妈呀！上面有着一个一个的小洞洞，聪明的你明白咋回事了吧？

枣树呢？倒是真能沉得住气，最是有耐心，不慌不忙，等春花争奇斗艳，等风清气朗，等夏花都紧赶慢撵赶场子去了，才气定神闲缓步登场，挤出几许嫩叶，星星点点，直到盛夏一树翠绿，才悄悄地开始吐蕊。虽然没有争艳，却躲过了四月的倒春寒，避开了西北的肆虐沙尘，羞羞答答开出米粒大的花来。估计也是树里花开得最晚的那个。不仔细瞅，几乎发现不了，低调到让人们忽略的地步。可是，到了秋天，枣们一个个傲然地站在枝头，红通通的最是艳丽。任你东西南北风都奈何不了它。就是落一身的雪霜也是枉然，除了增添几许甜丝丝的味儿，它照旧立在枝头。还让人有啥说的？

两者一比较，一时间，"笑傲江湖""低调的奢华""大器晚成""后来者居上"……这些词儿一股脑儿冒了出来。

细细一寻思，滚滚红尘，行走在世间的芸芸众生，何不如此？

2018 年 6 月 19 日

这，究竟是一个怎样的人

我不想采石

只想撷一朵欣喜

今日有幸得"丑石斋主"的眷顾，收到一枚篆刻印章，欢喜得不得了！

啦啦，啦啦啦……眼睛一闭一睁，惊喜就这样蹦到了眼前。我说今日的阳光咋如此灿烂，应景，应时呵！我在此拜谢丑石斋主了！此生，得此友人，幸事！想偷着乐，可忍不住的节奏井喷式爆发了！一个字乐，两个字乐，三个字还是乐！"朱红"笑映"映荷"呵！

想想，结识丑石斋主"沙漠追风"也是极偶然的。2017 年暑期，和友人相约漫步紫金花海后顺道去金昌文化博物馆一游，其间看到一小女娃抚琴——高山流水，甚是欢喜，特别的应景。此空间古韵风格，窗棂皆为雕花，正值阳光透进，窗前一几案，备有茶具，游人至此皆可自酌品茗。

在花海游荡了一个上午，疲劳困顿之际有此一物，一景，一琴，一茶，一光，正好逍遥须臾。正当我和友人啜饮时，一大队游客上来了，好像是国内的一个摄影记者观光团。一拨人一进屋，许是也被这高山流水惊着了，闪光灯咔嚓咔嚓闪个不停。几案前的我正愁好景没个好专业人，要是哪个给咱留个影，岂不是一件乐事？今日一游亦可画上一个圆满的句号。

"美酒加咖啡"的事，哪那么容易？退避一隅的我稍稍有些遗憾。等人马几乎走光时，拐角入口处晃悠来一位大概落队的胸前挂着长镜头的家伙，敦实，黝黑，不咋打眼的职业服。大概是太想有一张专业人士拍的照片了，冒冒失失的我赶忙央求这位大咖给我来两张。这汉子倒也爽快，咔嚓咔嚓按着快门……等他赶队时我匆忙留了他的联系方式，劳烦他得空时把照片发我。

其实说实话，话虽这么说，真没指望陌生的他能把陌路人的三五张闲情照发来，想想自己都有点可笑，人家是搞艺术的啊，遇上我这痴人，千万张艺术照中怎有闲暇顾及？

就这样，日子一天一天过去，想起来了也嗤笑一下自己，希冀小心地放在心底的犄角旮旯。

"加一下微信，发你照片"，忽一日，接一陌生电话。

哈哈，哈哈……不知杜甫当日"漫卷诗书喜欲狂"到底是啥样的情景，苏轼怎样"老夫聊发少年狂，左牵黄，右擎苍……"，或许别人笑我太疯癫……就是个欢喜，欢心，欢悦。这不仅仅是一张照片的事了，是一个陌生人恪守自己"诚信"的信条所带来的强烈冲击，早已超越了事情本身。就这样，一向矜持的我在冒冒失失中结识了此友人。

尔后，时常在朋友圈看到这位摄影人发一些作品，有街头包头巾的大姐，有端坐在阳光里的乡村老婆婆，有秋日场院里剥玉米的村人，有田间地头忙碌的菜农……生活里的凡人小事皆在他的镜头里，渐渐就有了一种认识，质朴是他的特质，心系百姓、胸怀苍生更是他作品的主旋律。至于说镜头里的晨曦灿阳、落日余晖……每每都让人感慨一个摄影人对事业的痴迷和执着。

记得有一日天刚麻麻亮时，我在被窝里打开微信一瞧，他的晨辉照早已发出，难怪乎其空间下方写着一行小字——玩摄影太累，太累！我想如若不是一般的苦和累，哪能发出这样的感慨？如此这般追光逐影，岂能不累？

就这样，一帧帧画面时不时在圈里发出，养着众人的眼，润着众人的情，叩动着众人的心，一个摄影人的独特芬芳在空间弥漫着，弥漫着……

得空还看见他带着一家老小到野外，到农舍，烧起柴火煮着大锅的羊肉，青菜萝卜一大盘，那个畅快劲儿隔着画面都能感到要多爽就有多爽，日子要多美就有多美。一个乐观、开朗、热爱生活、热爱家庭的人又跃动在空间里。

近日，发现玩摄影的他竟然还是一位篆刻爱好者。在丑石斋里的他，空间里时常发一些新作，一个把日子又刻在小小四方天地的他，润泽着时光，润泽着心田。看看，一方"大漠追风"道出了摄影人的常态生活；一方"永昌布衣"，是他为人的真实写照；一方"海纳百川"道出了其胸襟的开阔；一方"文房清玩"把玩的东西不言而喻；一方"心与浮云闲"的闲章，他光是酝酿设计就有个把月，追求完美的他在印章的选料上煞费苦心，把家藏的所有章料一一拿捏，没有一块中意的，于是不惜血本购买了一批自觉能拿得出手的章料反复斟酌，正当有些眉目时由于气候和身体的原因不得已搁浅了。

在这阴冷的季节里，在他病痛阵阵发作的煎熬中，参透人生的他顿悟出四个字——顺其自然。用他自己的话说，"制印如度人生"，"自然界风霜雨雪、春夏秋冬、日月更替谁能改变，何况有血有肉有灵魂有思想的一个人……只能顺其自然"。一切不必太过苛求，顺其自然最好。

昨夜，在空间游荡时欣赏到他新篆刻的一方印章，喜欢得不得了，把揣在兜兜里的小愿望寥寥表达了一下，并没有任何奢望。不承想，今日，不，十多个小时前，不，应该是我的"戏语＋希冀"结束时，便是他的刻印启程时。这样的一份惊喜，在这个打算给自己放一天假的日子里突然降至，欣喜怎不摇曳？

话儿说到这，心情从开篇时的欣喜急转而下。最初惊喜冲动下，还想劳烦他再刻一方"映荷"印章的我，竟然什么都说不出口。

这，究竟是怎样的一个人？对于熟悉的陌生友人，也就在行文时细细翻阅其作品时，才顿悟了一个"沙漠追风人"，为何近些时日寄情于四方天地。一种难以言状的情愫慢慢在心中升腾，一个声音不停地在叩问，这究竟是怎样的一个人？一个在病中的人，却依然乐观做人，达观做事，持守至诚至信。这样的一个人，如何不令人敬佩？

突然间也就开悟，这个镜头里写天地，四方里话人生的人，做的是何事？天圆地方的事。这样的一个人，如何不令人敬仰？

简简单单的"人"字啊，只有一撇一捺两笔，这个人却写出了生命的厚与重，写出了灵魂的真与诚。感念于此，也就想，人啊，生于世，长于世，行于世，宝贵而有价值的财富，珍贵而高雅的品质，响亮而耀眼的招牌，莫过于"诚信"，这是立身处世的根本。

2018 年 11 月 10 日

映荷的心语

一

祁连的光束，就这样

翩然走进戈壁

一朵莲花，在冬月粲然一笑

因为，温暖裹挟着世界

阳光追赶着美好

大漠风对酌丝路雨

河西布衣永昌，永昌

二

愿这个冬月，阳光

就这样一直挂在莲子的世界

四角的天空里

主打胭脂红

三

喜悦无法抑制

分享撵着快乐的脚步

do, re, mi

幸福呵，抵不住爆棚

春江潮水，涌动你我 ABC

2018 年 11 月 27 日

奶奶的一天

——二孩时代

尧尧和凡凡是兄弟俩。

周日，凡凡发烧了，这几天就再没送去幼儿园。

今天早上尧尧也有些低烧，奶奶不想耽误娃的课坚持送去学校了。送完娃回到家门口，一掏口袋，"完了，完了"奶奶才发现早上走得急，钥匙忘带了。只好隔着门叫小孙子来开门，真难为小小的娃了。

"奶奶，马上就成功了。"生病的凡凡，一边给奶奶开门一边安慰着门外的奶奶。

倒腾了半天，"奶奶，我压不下去呀！"屋子里的娃还是没把门给奶奶打开。两三岁，娃实在太小，手没有劲儿。

奶奶只好向女儿求救——给桃子打电话。女儿是教师，今天一天的课，但也没法子，总不能把自己的妈放在门外一天，况且屋里还有生病的娃。不得已，赶紧请假从城最东头子赶回最西头子的家来给母亲送钥匙。这一送就是紧赶慢撵，穿越整个兰州城最快也得一个小时。

进门一看，原来凡凡踩小凳子够不着门把手，又搬来了大凳子踩上去在开门。娃也是想了办法的。

折腾了一早晨好不容易进了门，奶奶和孙子还没坐稳当，尧尧的老师就打电话过来了，说孩子发烧烧得厉害，让家长赶紧去接。没法子，奶奶只好把凡凡送到幼儿园，再去学校接尧尧。

接上了尧尧，奶奶领着孙子一路走着回家。

"您好！你家孩子生病了，得接回家。"刚到家，凡凡老师的电话又来了，说孩子嗓子里有小泡泡，怕传染小朋友，必须得接回家。

一口气都没来得及喘匀的奶奶，急急忙忙又跑去接凡凡。一路背不动了走，走不动了背，就这样奶奶领着孙子回到家已经十二点多了。

做饭吧！娃们都病着，不能让孙子们饿着肚子！尽管来来回回跑了一上午，奶奶还是立马撸起袖子，进厨房做饭。

送完钥匙赶着回到学校的女儿桃子，只能请假又赶回家来，领着凡凡看病去了。

晚上，尧尧高烧 39.4℃，一直都在昏睡啊！

急死了奶奶，忙昏了妈妈。

二孩时代，考验的到底是谁？

2016 年 11 月 16 日

乡愁，是一首协奏曲

前几天，夫家几十年前的那个十几岁独自跑到外边讨生活的二表哥从新疆伊犁回老家来了。

六十来岁的人了，虽然头发花白花白的，不过人的精气神倒还挺好。你说奇葩不奇葩？这个看着再正常不过的老头儿居然盘算着租间房子，一个人要在老家养老，不打算再回新疆那个儿孙满堂的家了。

这不，在我的疑惑中，这个古怪的老头在老家张罗着宰羊，要宴请众兄弟，说热闹热闹。我家先生自然是积极应承，还拉来市上稀罕的手风琴专业友人，要给老哥助个兴。

哎呦呦，这蛮合我意。一个暑期待在水泥钢筋混凝土的围城里，又刚刚结束了医院生活的我正好借机放个风，呼吸几口乡村的新鲜空气，闻闻青草的香味，再好不过了。至于二表哥嘛，知道一点，见过一面，模样模模糊糊的，剩下的就是他们弟兄们的事了。

正好昨天夜里下过一场雨，天地被洗刷一新，土地湿漉漉的，暑热消退了不少，绿叶闪亮亮眨着眼。远处，黛青的祁连山笼罩在一层轻烟似的云雾中，这个昔日黄土裸露的地儿反倒呈现出一派江南烟雨的风情味。

先生拿了烟酒，我们出发了。

一路上，远山，绿树，收割过庄稼的田地扑面而来。虽然晕车不舒服，却实在是舍不得这些接二连三进入视野的好东西，忍不住隔着半开的车窗，狠劲地拍个不停。一个字——爽，两个字——真爽！

到了老家，见过二表哥。

喝着热茶，吃着山杏，沐浴着懒散的阳光，仰靠在椅背上。

美好，就开场了。

手风琴奏响了。欢快的《牧民之歌》爬上墙头，飘荡在了院外的果园里，想来那些瓜啊、果啊，听了也会醉吧！那气势磅礴、旋律激昂的《打虎上山》，我想后墙外的庄稼听了肯定也会精神抖擞！反正我是享受着足够奢侈的手风琴曲，哪顾得上和二表哥喧荒荒。况且，二表哥和我们打了个照面后就钻进灶房，一个晌午守在灶火前不离身，说要把握火候，亲手做一顿地地道道的新疆羊肉抓饭，让兄弟们尝尝"家乡"的特色饭菜。

家里的女人们也只是打个下手，做些个配菜。

就这样在悠扬的旋律和袅袅炊烟中，捣鼓折腾了大半天，二表哥地道的新疆羊肉抓饭上桌了。味道足够好。

二表哥挺兴奋，一个劲劝大家多吃点，大家也都说好。只是，米粒有些硬，油腻了一点点，我只吃了小半碗。

午间小憩后，就着醇正的铁板羊杂碎和铁板羊肉，乡邻猜拳的猜拳，喝酒的喝酒，我们喜欢吼两嗓子的自然在琴声的伴奏下，一曲，一曲，让歌声在乡间不停地飘飞。

院里歌声不断，屋里酒兴正酣。

就这，急死了爱唱"曲曲子"的徐老哥。眼巴巴到跟前又唱不上歌曲的他急得直转磨磨。这种洋玩意，插不上嘴咋个行？这个爱热闹的欢乐人，急吼吼地呼来了乡里的二胡高手，于是屋子里另一台戏又开场了。《割韭菜》《下四川》……好不惬意，一众人连扭带唱，小曲子唱了个美。

大人娃娃，足足闹腾了一整天。

其间，二表哥不时也过来凑个热闹。许是我天生多愁善感，心思细腻敏感一些吧，好几次发现二表哥人虽然在张罗着大家伙吃吃喝喝、玩玩闹闹，神情中还是让我抓住了那么点寂寥，读到了眼底极力掩盖着的几许孤寂和落寞。老家是老家，兄弟们好也是好，嫂子弟妻们也没说的，可这种欢乐、这种祥和中他真的能丢得开放得下远在千里之外的老婆娃娃一大家子的那个家吗？撇下那个他生活经营了一辈子的家园吗？一个人真的要落叶归根，在老家终老吗？

我的心里，隐隐有点疼。

太阳落山了，天边的云又着了不少墨色，乌青乌青的。

我走出院门，外面静悄悄的。一抬眼看到一只雀儿在几横细线之间蹦跳着，不时停歇下来张望着远方。

一时间心绪五味杂陈，不能自已，就有了乱七八糟的一大堆话说，是为：

乡愁，是一首 C 小调协奏曲

一

晴空，铺着好看的蓝色谱纸

乡村，五线谱写在长空

一只雀儿来了，欣然

谱写着自己的乐章

酌一壶乡思，心曲谁知晓

孤单，是你一个人的狂欢吗

二

自然的创造很美好

精美的楼阁实在糟糕

逃逸，是你华丽的回归

静谧躲在老家的门口安坐

舒坦走到村口

自由长舒一口胸臆

三

小院，吐着土地的芬芳

铁板，在炭火中浅声吟唱

廊檐下，太阳歇了脚

风琴在奏着欢心

美好，在起劲嗨唱

嗨破烦闷的袈裟

炕沿上，乡人醉了

小曲，舒畅和着惬意

狂欢，是一群人的孤独吗

乡魂，静默无语坐在一隅

　　　　　　四

豁亮钻出云缝

抖落一地的心思

一个抬眼，欣然

捕捉到一个丰饶

那个最好的音符，逃离

是自由地泅渡

2017 年 8 月 24 日

徒步是毒，诗和远方是药

——饕餮盛宴，夜登骆驼峰侧记

谨以此文，献给 2017 年 9 月 16 日夜登骆驼峰的金昌背包客们。

你，曾是我久远而不及的梦。

从金昌市区往西南方向眺望，坐落于河西走廊中段北缘的龙首山绵延数百里。这座离市区 20 公里的西北—东南向的断块山，是阿拉善高平原与河西走廊的界山，海拔 2800 米的骆驼峰，因形似驼峰而得名。

在金昌生活了整整三十个年头，一抬眼嵯峨的骆驼峰即可映入眼帘。闲暇时间总是喜欢端详这个岿然屹立，安然、静默守候这片热土的巨人。也不止一次地在月上山头，或白雪覆顶，或雨后的黄昏，揣着相机在郊外奔跑着追赶即将滚落它头顶的那硕大艳红的夕阳和从山头升腾而起的漫天绚丽云霞，将它瞬间的美丽永恒定格。也曾数次在金昌背包客的美篇中知晓，翻过那道山梁后有着大片丰美的茵茵草场。于是 N 多次向往，有朝一日能够踏上那片土地，一睹它的芳容。然而从一个黄毛丫头开始，三十年过去了，每一天都瞅见的它，却因戈壁横亘无路可循，未曾接近过半步。

什么叫咫尺天涯？什么叫可望而不可及？这便是了。

哪知道在知天命的年纪走进了背包客群，泯灭了的那个梦，那盏心灯又燃起了火苗，希冀在心中疯长，痴迷的心跟着背包客游走孩母寺、哈溪、成山掌，数次徒步之行后，尚且在一摇三摆的我终是禁不住诱惑，在 2017 年 9 月 16 日金昌背包客俱乐部第三季骆驼峰之行即将启程的最后时刻，下定决心无论如何也要走一遭。

下午四点，一行十八人乘车出发。车子翻过北部的绿色长廊便进入广袤的西大滩，视野一下子开阔起来，在忐忑、好奇、兴奋中，喧嚣的城市被渐渐抛在了身后。在砾石横陈的荒原戈壁滩上，车子一路顺着高低不平的路颠簸前行，由于山水冲刷，戈壁滩上沟壑纵横，高低起伏，路面渐渐不甚清晰。好歹"大漠雄鹰"是常客，早间为熟悉路况还骑着摩托溜了一圈。约莫一小时工夫，就在我惊讶于平地上咋突兀地长出一块块巨石时，车突然停下了。"咋回事？"还没来得及反应，同伴们纷纷下车，原来到了进入山口的永久地标——墩子沟老羊圈。

向里走，大石凸显，只能弃车徒步。哦，我们已经脚踩大山脚跟。背包，戴帽，整理手杖，一阵手忙脚乱后负重徒步拉开了序幕。领队"大漠雄鹰"带领大伙沿墩子沟步入峡谷，行进的路线脚下除了石头还是石头，紧撵慢撵，还是与队伍拉开了距离，两旁的大山不动声色地观望着我这个不知深浅的鲁莽女子。

看，刚走一小段距离，没顾得上望几眼大山，我这个懵懵懂懂的"菜驴"就已感觉步履沉重，背上的包死沉死沉地坠在屁股后面。断后的领队"车夫"发现了，及时搭手帮我调整了肩带，原来我的包带过长，整个包身坠在腰下不重那才叫怪呢。他还调整了我的手杖高度，教我正确的使用方法。没想到，徒步也有这么多学问可讲。

旁边的一位老哥看到后，嬉笑着说："大妹子，谁让你席梦思上不躺着，沙发上不坐着喝茶，跑来干啥？""你不也来了吗？"我讪笑道。"我嘛，习惯了遭这个'罪'，高兴。"哦，身边的这家伙原来是头资深"老驴"。说话间，先头的人已经在一突兀的峰前等着掉队的我们。有两个人爬上去挥舞着大旗，兴奋的我也爬了上去。沐浴在夕阳里，随行的队友们，还有摄影大咖张孝先老师，咔嚓咔嚓，镜头里留下了我首张美丽的骆驼峰剪影。大家伙开玩笑，这影像像极了20世纪七八十年代八一电影制片厂片头。

一线天，惊险频频出没

经过5公里的负重徒步，队伍在墩子沟一开阔地扎营。网名为"凹凸""天空""雨"的"驴友"，还有"听雨"和"叮咚雨"忙着垒灶搭锅准备晚餐。

趁着天亮，"车夫"带领我们一众"菜驴"领略夕阳下的一线天奇景。沿山沟向上，一路上怪石嶙峋，两侧斜插入云的绝壁如同被天神用一把利斧从山的中央劈开，唯留出令人惊叹的碧空一线。顺着垂直的崖壁抬眼向天空望去，头顶出现一条美艳的蓝色缎带，抑或是一条蓝色的河流，美轮美奂，我急忙拿出手机忘情地拍个不停。

在大家欢快的谈笑中，越往上走山势越发险峻，两侧雄浑的山崖似乎要靠在一起了，脚下的山路也越发狭窄。有那么一段所谓的路，分明是一块块棱角凸起的坚硬细碎崖石，一时之间让我不得不穿越时空，真实地回到了类人猿时代，趴在山体上手脚并用往上行走。旁边的"老鹰"兄弟笑着，说我连个脚都不会迈。我哪里是不会迈脚呀，实在是胆战心惊，觉得稍不留神，哪只脚踩不实手抓不紧就要摔个粉身碎骨。听"驴友"说这是夜晚我们通往骆驼峰的必经之路，这会儿只是熟悉熟悉路径，心里不免有些怕怕的。

这也仅仅是开了个头，一线天的险峻还在后头。狭窄处，仅容一人侧身通过，前一个人和后面的人还得拉开一定的距离，要不万一哪儿出问题，会祸及一大串，这绝不是空穴来风。糟糕，一块巨石挡住了前路，石面光滑得几乎没有手抓脚踩的地方。男人们个高腿长，双手攀住顶端的石峰，右脚踩实一块凸起的地方，左脚抬起踩在半中腰的一块凹陷处，身子紧紧伏贴在石块上一使劲上去了。一个叫"豆子"，一个叫"秀秀"的两个女人也在我的担忧中效仿男人上去了，底下就剩下我、"五月花"和梅大哥了。没办法，走到这了我硬着头皮抓住了崖石，向上攀去，就在觉得要掉下去的一刻，上面伸过来一只手抓住了我的手腕，使劲一拽，下面梅大哥用双手撑住我的脚往上一托，我有惊无险地上去了。惊慌中也没看清是谁拉了我一把，好像是"老鹰"兄弟。要知道那一刻感觉手稍稍一松劲，或稍稍分一下神，就会跌落下去（夜间再行至此处时是"听雨"双手托着我的屁股，"凹凸"在上面连拉带拽，才得以上去）。

就这样越往上走，地势越险峻，山道也越加蜿蜒曲折。陡峭处，需要借助绳索才勉强登上去。山道上不时有一洼一洼的水，小点的只有碗口大，大点的有水盆那么大，正在暗自庆幸总算没有"水老虎"时，却在一处峭壁前看到一个大水潭横卧前路。一线天唯一的路，被水潭挡住了。胆大劲足的男人们抬腿一个蹦跳，右脚借力踩住右侧崖壁上巴掌大的一点倾斜的壁边跳了过去，文弱一点的后退几步加力冲跳了过去。四个女人怵住了，咋办？犹豫再三，高个的"豆子"放开胆子起跳，就在跌落的一瞬，对面叫不上名的男子麻利地一拉就接过去了。哪知提着的心没来得及放下，惊魂的一幕即刻袭来。"啊——"在大家的惊呼中，"豆子"前冲的惯力和对面狭窄的落脚地将男子冲撞跌倒以致滑落，即将落水的瞬间，不知他踩住了什么，下滑的身体骤然止住。好险！好险！差一点"出师未捷身先死"。

这一惊一吓，我是说啥也不敢跳了，没办法只能像壁虎一样紧紧贴住崖壁，对面男人们伸手拉住我，才有惊无险地过了这道坎。

就这样，堪比华山的险峻之处，即使跋涉得很艰难也没挡住背包客攀峰的热情，大家相互鼓励、相携而进，在黄昏时刻终于登上了一线天。

一路走来，只见多个险要处留下了金昌背包客和登山爱好者的印记。垂直的崖壁上不时出现"龙首一线天""只闻华山天下险，可知龙首此处幽"的喷涂大字。

疾风骤雨就着大煮羊肉，篝火狂欢叫醒沉睡的大山

山里的天如同娃娃的脸，说变就变。晚上八九点钟，就在用柴火和牛粪烧煮的热腾腾的大煮羊肉刚刚出锅，大家大口吃肉大口喝汤时，白日里还晴朗朗的天突然下起了急雨，顷刻间飕飕的冷风冻得我手忙脚乱添上了冬衣，而那些"老驴"们像没事人一样，依旧围在一起该吃吃，该喝喝。真是奇怪了，疾风就着骤雨，这天下最别样的作料，让这群背包客吃得津津有味，阵脚丝毫没有慌乱。就在我懊恼没带件雨具时风停了，雨住了。舀起一碗滚烫的天赐甘露雨珠羊汤，撒点绿茵茵的蒜苗香菜，沿着碗边咂一口，那叫个香，那叫个美！我一连喝了两大碗，过瘾，真过瘾！"凹凸"兄弟拿起筷子，捞起锅底滑溜溜的粉条非要加在我的碗里，热气腾腾，吸溜吸溜，前会儿还瘪瘪的肚子饱胀起来。

饭碗刚一丢下，急巴巴的"大漠雄鹰"就拿出了醇香的青稞酒款待背包客。于是，杯子、瓶子、碗，皆斟满了酒，举杯，再举杯。酒香弥漫在

夜空，不敢动酒的我盛情难却禁不住也端起了杯子，举杯，再举杯。一群不熟识的家伙，像老友重逢，喝着高兴，喝着快乐。

酒足饭饱，熊熊的篝火燃起来了，篝火狂欢开始了，优美的舞姿跳了起来。埋藏在每个人内心的亢奋点燃了。大家伙拉起手，围着篝火疯狂地跳呀，唱呀，"风清扬"和"五月花"的恣意炫舞，"车夫"和"崔大侠"的高亢歌声在山谷游走。夜色中，"听雨"优雅的瑜伽似山谷中展翅飞翔的大雁，半路里杀来的"摩协"兄的柔美太极让我们赞不绝口，摄影大咖张孝金和秀秀不停地拍摄着……每个背包客，都拿出了自己的热情，拿出了自己的真诚，拿出了自己的虔诚，拿出了自己的执着，一一献给了巍巍的龙首山。

"快看，星星出来了"，不知谁吼了一声，所有的目光齐聚夜空。星星，一颗一颗出来了，亮闪闪的。星星点灯不再是传说！地上的背包客，一盏头灯，两盏头灯……亮起来了，天地辉映。所有的一切自然融为一体。

诗页跑出了背包，翻开了奇异的篇章：

墩子沟的大煮羊肉哟
大口地吃可劲地喝
熊熊的篝火哦，将兴奋燃爆
欢蹦释放了缠绕的纷繁
心儿在疯癫里狂欢
驼峰有了背包客
从此不再——寂寞

看，欢声赶走了杂念
笑语放空沉重的心灵
瑜伽和太极齐飞
秋风与秋雨共舞
背包客叫醒了沉睡的欢乐

四角天空里的心在旷野自由飞翔

冲顶骆驼峰

这一夜，必将终生难以忘怀！一个拿笔杆子的文弱女子，一个知天命的女子，一个初生的"菜驴"，第一次夜登海拔2800米的骆驼峰许是我这辈子的唯一壮举，足够奢侈，足够华丽。

也许，梦还将继续。

"不要把自己吓住。"一路默默无语，在山腰，在山顶为大家烧水的"天空"就说了这么一句话。

"既不要低估自己的潜能，也不要贸然而行。""车夫"进山口时的话语不时萦绕耳边。

今夜，不知再次出发的"车夫"们在祁连山腹地怎样向着雪山挺进。灯下的我思绪缥缈，万千感慨。希望总是紧随矛盾，矛盾总是纠缠希望。当趴在山腰、趴在回路上的那一刻，我就下着狠心发誓，再不如此虐待自己了。

回来后的这几天，白天给学生上课，早晚参加校队的排球训练，没有人逼迫，没有人压担子，夜夜忍着全身的酸乏疲倦，一点点爬着格子。和"凹凸"兄开玩笑，"爬山，爬格子，反正横竖都是个爬。"一个朴素执着的念头，不记录下来那一夜的过往，无法向"车夫""大漠雄鹰""天空""凸凹""雨""听雨"……一众的背包客们交代，太对不起自己背包客的处女之夜。

徒步是毒，不是吗？

在驴友们的爱意中，满是隐隐的一种担忧，"姜老师，你上来了吗？厉害啊！""姜老师，你居然上来了？蔫蔫的了吧！你得给自己点赞啊！"

远方和诗意是药，不是吗？

在"老鹰"和"崔大侠"笑意盈盈的惊讶中，我站在了高高的山顶上，在太阳冲破厚厚的雾霭时，平静而出神地望着霞光无限的远方。望而却步这个成语从此将从我的字典里删除。任性地放纵了自己一回，让自己从钢筋水泥铸造的城市中逃脱出来，在这巍峨的山巅纵情享乐，倾听灵魂深处的声音，和静默无声的大山诉说着心语。

怎能忘怀？凌晨一时多开始向骆驼峰挺进。再次经过九湾十八台的天险一线天。越向群山的腹地行进，山路越是崎岖难行，即使是寒意阵阵的秋夜，后背的汗也是出了一身又一身。山岭险峻，路途崎岖，我们沿着时而陡峭、时而狭窄、杂草丛生的说不上道的道不断向上攀爬，身旁的悬崖陡壁露出狰狞的面目，不见底的深涧咧着大嘴，每走一步都是对背包客意志和勇气的考验。当然，伴随着恐惧、危险，那种"暮色苍茫看劲松，乱云飞渡仍从容……无限风光在险峰"的惊喜不时也在山弯转角处等待与你会面，相遇，相知。

其间不知爬过多少道梁，绕过了多少道沟，跌跌撞撞五小时的摸爬攀缘，腿脚渐渐瘫软，重似千斤的身体在一点点摧毁着意志，仅剩的意识在接近崩溃的临界点，每每往前迈一步，都得做一番艰苦卓绝的思想斗争。"姜老师，你行！"旁边的"叮咚雨"不时地给我鼓着劲。"不行了，实在爬不动了……得坚持……不能拖累大家……"信念一次次在经受挑战。

"你们上吧，我不行了……"我趴在了巨石上。

"不着急，休息一下吧。"在大家最后冲顶的时刻，我如一堆泥一般，软塌塌地趴在了巨石上，迈不动半步。就那样静静地趴着，说什么也抬不起脚。先头还有驴友们的声音，后来周围渐渐地静了。

"怎么，这还趴着一个啊！"上来的"叮咚雨"叫道。

"让她休息一会儿。"其实，我感觉到了，"车夫"一直就在我的身旁默默地守候着。

有那么片刻，我感觉双腿发颤，身子似乎也不是自己的了老往后倒，一闭眼似乎就要睡过去。当我告诉一旁的"车夫"，我不上了，每次他都告诉我："不着急，累了休息一下。" "不远了，也就再有几十米。"我实在不想拖累他，告诉他："不必等我，你赶快走吧！"可是，他还是默默守候在我身后，静静地等着。

"好了，走吧！你每次数二十下。" 几分钟，似一个世纪，身后响起一个声音。我狠着心不知走了多少个二十下，往上看距离那一盏盏亮着的灯还是有一段路，我就是到不了驴友们的跟前。

"把包给我。"大山，静默着。

"好了，走。"就在我意志散尽将要趴下的时刻，"车夫"平静的声音在夜空里混合着野草的味儿从身后传来。实在爬不动半步的我，在"车夫"的一再要求下，无奈地卸下了背包，让身背全队备用物资的"车夫"拎起我的行囊。

"就到了，还有二十来米。"我顽强地挣扎着！伸手握住一把柴草，出一把死力，脚下狠踩，使尽洪荒气力。

就这样，五十米，四十米，三十米……最后的二十米，我一步一挪，感觉足足爬了一个世纪。

山顶的十多盏灯，熠熠生辉。

这无声的呼唤，感召着我。我拼尽了最后的一丝力气继续向上攀爬。

六点多，我终于冲顶成功。匍匐在山顶，亲吻着山神，膜拜着心中的这座圣山。我，醉倒在龙首山骆驼峰顶。

时至今日，此刻，坐在和煦的阳光下，我在电脑前回忆那日的风雨经历，在键盘上敲打这些文字时仍禁不住潸然泪下，眼角一次次流下那一夜、那一时、那一刻没有流淌出来的，痛苦的、懊悔的、崩溃的、感激的、胜利的、喜悦的、激动的点点泪花。

坚持，感动了天，感动了地，感动了一个个背包客，也深深地感动了我自己。是呀，这番刻骨铭心的徒步，将一个久远的梦想画上了句号。

"登顶看日出，一个都没少。""车夫"的一句话，简单，至极，美好！

老老少少，男男女女十八个背包客，一个都没少！全部登顶成功！

群友发来的早安心语说得真好——如果不经过涅槃，怎会有凤凰的美丽？如果不经过高温，怎会有坚不可摧、熠熠生辉的金刚石？人这一生就是因为有了挫折和磨难才变得如此充实和美丽。

"我——来——了！我——来——了——"

我终于站在了几十年的梦想之地，迎接着第一缕晨辉。当红日从东方天际冒出头，升腾起来时，背包客们沸腾了，尖叫声回响在骆驼峰。

极目远眺，真可谓心旷神怡，宠辱皆忘。只可惜忘带一壶小酒，要不就会如范仲淹一般，"把酒临风，其喜洋洋者矣"。岂不美哉？

俯瞰群山，层峦叠嶂，美好风光，尽收眼底。回首遥望，真是"会当凌绝顶，一览众山小"，即便是昨夜高耸入云壁立千仞的一线天，背包客也踩在了脚下。人生何不如此？

沐浴在曙光中，美好的奇异感觉把一夜的崩溃统统击退。在队友们的欢呼中，在一句句惊叹和赞扬声中，我骄傲地告诉自己，"骆驼峰，有梦来过。"平素低调到尘埃里的我，有生以来毫不吝啬地大大方方给自己点了赞！

曾经遥不可及的梦想实现了！2017年，金昌背包客，一路有你同行，艰辛却快乐着，涅槃却幸福着！

只能，以这样的方式答谢金昌背包客

回家倒头睡了一个下午，七点多醒来，胡乱扒拉了两口饭接着睡，整整一夜才从骆驼峰的仙境跌落到了人间——回过了神儿来。

这几日上下班，一抬头就不由自主地望着西边的圣山，夜登的一幕幕浮现于眼前。

得益于金昌背包客的倾情奉献，不仅助我圆了梦，还着实让我背回了一池的星辉，背回了缕缕晨光，背回了丝丝缕缕的温暖，背回了满满的感动，背回了日月时光的美好……背回了希望！

感谢金昌背包客俱乐部！

感谢沉着冷静温暖的领队"车夫"！

感谢身形矫健的头驴"大漠雄鹰"！

感谢默默无语的"天空"递来的那杯暖心热茶！

感谢时刻能提醒我取长补短弥补不足的"凹凸"。

感谢一路忙忙碌碌为大家辛苦服务的背包客资深领队"鱼"和"听雨"！

感谢"崔大侠"的另类神助！

感谢金昌摄影大咖！

两天一夜，视觉、听觉的盛宴一波一波地强烈冲击，千言万语，要说的话实在太多，我这半个书生选择用自己最最喜欢的方式来答谢金昌背包客——

一　点燃的心灯

都说徒步是毒

诗和远方是药

九月十六

骆驼峰夜宴背包客

我将诗页悄悄地揣在怀里

点燃的心灯装在背包里

让信心背起厚重的行囊

在戈壁茫茫荒原，梦想

迈出坚实的步伐

二　传说中，看星星的地方

墩子沟羊圈负重徒步

欣喜，掀开大山面纱的一角

九湾十八台夜登一线天

惊险逃遁脚下

背包客穿行幽兰空谷

做客，传说中看星星的地方

仰躺开来，放眼夜空

震撼阵阵袭来

惊艳连蹦带跳向我跑来

美妙，亦悄然而至

星星眨着明亮的眼

心房里，鼓鼓地塞满一室星辉

浩瀚的星空，我的世界我来了

三　拇指上的莲花，悄然开放

不知转过了多少道弯

走过多少条涧

漆黑的夜中闪烁着十八盏灯

不动声色的大山静默地听着背包客的喘息

五个时辰的负重徒步

汗水将衣衫浸透

陡峭的山壁向后退却

深不可测的山谷默然无语

细碎的山石考验着毅力

扎手绊脚的荒草见证着不屈

将要耗尽的意志顽强地支撑着梦想

一步一挪的背包客不断向上向前

大山竖起珠穆朗玛

拇指上的莲花悄然开放

四　醉倒，在一片明艳里

当我，经过极其艰苦地跋涉

一步一挪的腾移

霸气地站立在山巅

在最接近浩瀚天宇的地方

伸手触摸到流动的那一缕清风

鸟瞰生养我的这片广袤土地时

骄傲款款地向我走来

自豪唱着欢歌

丰盈赶走了吝啬

自由高贵开启了奢侈的门扉

富有在血脉中充盈

如同此刻这饕餮的夜宴

让躺倒静养的笔站了起来

急步行走

当欢笑追赶着那抹红艳艳的

升腾的透亮光芒时

我，醉倒在一片明艳里

五　更高，更远，更虐——印象背包客

热情奔放，是背包客的特质

自由洒脱，是背包客的个性

豪爽豪迈，是背包客的气度

侠肠义胆，是背包客铸就的灵魂

坚韧坚强，是背包客的品性

信心信念，是背包客的法宝

齐心协力，是背包客的品质

环保绿色，是背包客的文化

更高更远更虐，是金昌背包客的永恒追求

六　卓越，再卓越

走进背包客，沉默也在欢笑

一抹心香涤荡心间

走近背包客，阴郁逃之天天

一种幸福住进心窝

快乐镶嵌在脚底

喘息悄悄留下身后叫路的东西

脚板说出山的高度

梦想向峰顶飞翔

滴落的汗水就是大山的叹息

坚韧举着毅力在星空写满感动

一群自带光源的家伙们

背包里装着温暖

静默的驼峰唱着无言的赞歌

卓越，再卓越

2017 年 9 月 24 日

有一种美丽，叫回味

——金昌背包客"干沙河徒步之旅"纪实

谨以此文，献给 2017 年 10 月登临干沙鄂博峰的金昌背包客们。

一

又来了，最后一个登顶的我。

夜登骆驼峰在驴友们戏谑中给我贴了一个标签——最后的一个。2017 年 10 月 14 日，最后一个的我，再次跟随背包客走进祁连山腹地天祝藏族自治县旦马乡的土沙河流域，去找寻身边的珠穆朗玛——祁连山脉中的干沙鄂博峰。

星星还在睡觉的黎明时刻，背包客们就出发了。当太阳冒出个头时，车子驶入了天祝藏族自治县的地界。蜿蜒盘旋的细长公路远远看去，似一条玉带盘绕山间，时而紧贴山崖，时而与欢快的土塔河为伴。路面极为狭窄，仅仅能容纳一辆车行走。不过一路上车单影只，鲜见人马车辆，只有土塔河忽而凑于身旁，忽而隐身沟底，偶尔有一座细长的木板桥搭在河面上，通向对岸的牧民家。公路两旁的山坡上间或有一株、两株的树木，独独地站在晨辉中守护着山野。

日上三竿时，车子驶入山大沟深的旦马乡，几户人家，一个小小的院落——旦马乡小学，来不及细瞅就从眼前一闪而过。往前，再行五六公里的路程，山路坡度渐渐加大，于是我们弃车开始徒步。一行四十余人，沿着坡路向前行走。没有走上一里路，腿就开始发软，呼吸就开始困难起来。前几日的困扰，一夜的担忧还是应验了。不知怎么，前两日膝盖骨突然痛胀起来，直直扯到脚面，酸困酸困的。出发的前夜忧心忡忡，自己走不动不要紧，一旦影响了大部队，咋办？于是，果断地在膝盖骨上满满贴了四大片膏药，权当解药。

"呼哧，呼哧"，呼吸粗重起来，腿越发迈不动。一旁的摄影大咖继光老师看见了，一边教我深呼吸，一边陪着我走，以便缓解上坡最初的不适。不得已便放缓了脚步慢慢前行，队伍一溜烟儿拉开了距离。劲旅们在领队"天空"的带领下早已跑远，"雨"和"晓风明月"在队伍中忙前忙后，"贝拉""听雨"和"叮咚雨"断后。一时间，红衣，蓝裤，黄帽，赤橙黄绿青蓝紫，各色衣帽跃动在山间，似镶嵌的一道彩练，舞动在山腰谷底，平添一份独特的秋韵。

还好，行过几百米，腿部不适感有所减轻。看来，圣山眷顾我，迈过了这道坎儿。

抄近路，队伍拐入路畔长满猫儿刺的灌木丛，向雪山方向行进，拉开了"干沙河徒步之旅"的序幕。哎哟哟，坏了，坏了！选择行装时出现重大失误，想当然地认为深秋时节，深山老林里肯定阴冷，穿绒外裤轻便还保暖，单单没料到，荒原山林杂草灌木丛生。这下可好，有的罪遭了。一阵儿工夫，我的天哪，一种类似麦芒的草尖扎满裤腿，钻进了鞋袜。这还不说，齐腿高的猫儿刺，早已落尽叶片，齐刷刷密匝匝地刷着大腿面。左突右围，倘若不是上衣还好，没准儿早已是个稻草人了。

好歹这段路不算长，约莫半个小时便进入松林脚下。驴友们在沧桑挺拔的松树脚下和冰雪热切地拥抱。兴奋被燃爆了，叽叽喳喳中开启了美拍模式，久久不肯前移半步，毕竟在同一个时段过了秋冬两季。驴友们尽情享受着祁连山几米开外早来的冬和晚去的秋，陶醉在这两重天的魔幻奇景中。

太阳升高了，微冻的地面柔软湿滑起来。地面上不时渗出水来，在一处湿洼地，我发现了一个小小的类似老式的木制锅盖扣在一方不起眼的泉眼上。打开来，拨开水面的几根浮草，掬一捧海拔两三千米的高山上的清冽山泉，美美地呷几口，五脏六腑瞬息浸透清凉。十来米开外的地方，一间低矮老旧的土坯房，一个枯树枝子围着的栅栏，静静地沐浴在秋阳中。看来，山泉处是牧人临时在茫茫群峰中寻觅到的一个安营扎寨的歇脚地。

过了这一片湿地，爬上一个高坡，来到一个玛尼堆前。

哦，干沙鄂博峰终于露出了冰山一角，雪白的峰顶在阳光的照耀下那般的圣洁。极目远眺，天蓝，地黄，林红，松绿，横添一道熠熠生辉的白雪峰峦，一个上帝打翻了颜料瓶的地方，就这样与我们不期而遇。

眼前，大水草滩一片金黄又一大片金黄，脚步结结实实踩在那抹白牦牛枕着金色马莲睡觉的地方，大家伙匍匐在大地上，完完全全地陶醉其间，在镜头前恣意兴风作浪，或卧，或坐，或立，惊奇，惊讶，惊叹，拍个不停。金风送爽，游人已醉。可前路漫漫，步子一点都不敢怠慢。掉队的我紧赶慢赶刚撵上来，驴友们已经准备再次开拔。时间匆忙，急急跑进继光老师的镜头，又自拍了几张心仪小照，用干沙鄂博峰做背景和它同处一框，感觉踩在了幸福的祥云上，一种惬意油然升腾。

一切是那么美艳，只是来不及浅尝慢品草滩雪山传来的震撼，只能小酌一口。驴友们早已走远，在依依不舍的贪恋中，回眸，再回眸，眼睛将荒原拍遍，灌醉了干渴的心田。

"快，快走！"领队"雨"已经在催促了。撤，快撤！一路小跑。

午间，在一处有着流水、树木、人家的平缓地，驴友们借此午餐和小憩。"哇——哇——" 忽然几声嘶哑的叫声传来，抬头一看，一只乌鸦在近旁的一棵老树上歇脚。不承想马致远笔下"枯藤老树昏鸦，小桥流水人家，古道西风瘦马。夕阳西下，断肠人在天涯"的村野图景再现土沙河畔。只是艳阳高照，生逢盛世，一群快乐的家伙在此一游，将诗人笔下的苍凉景致和悲凉情怀演绎成一幅欢乐颂美景图。

就这样我们起身边走边看，各种美好应接不暇。大致步行三四公里后，雪峰的震撼再次袭来，干沙鄂博峰完全露出了它美丽的身影。松峰迭起的墨色峰峦之间，银色峰尖直插云霄。一旁的贾大夫转来转去，猴急地确定着它的方位，弥补干沙鄂博神山夜登留下的缺憾。后面赶来的"雨"告诉我们，云朵亲吻着雪峰头顶的那座，就是他们日前留下脚印的圣峰。

为一睹其芳容，我们继续前进。

大致走了两三公里，两个"小驴"脚底起了水泡，嚷嚷着打道回府，没办法他俩只能就地休整。我们继续前行。没走多远，又一拨新驴友吵吵着要折返。当他们在一处背风地歇息后，没想到没走几步路在一处山脚拐弯地，眼前豁然一亮，海拔 4491 米的神秘的"珠穆朗玛"干沙鄂博峰将它磅礴的气势馈赠给初心不改、有着坚韧不拔意志的一众驴友。远山近水，河谷、草滩、红叶、白雪，呈现了它原有的"山头白雪山底花"的壮观景象。可惜，由于时间关系只能到此。

"孔雀东南飞，五里一徘徊"，此时的我、贾大夫和"五月花"盘桓再三，不忍撤离。据说再前行两三公里路会到达一个高点，景致将无与伦比。

遗憾总是这样如影随形。我只能安慰自己，断臂的维纳斯才是最美的。

二

不算坐车的时间，从早晨五点多出门，到晚上十点回家，中间九个多小时的徒步旅程中，眼角的一瞥，一个回眸，不经意间我发现另一种风情在背包客中汩汩流淌，那个叫情，那个叫爱，那个叫温暖的东西，一整日把背包塞得满满当当。

世间，原来有一种爱，叫牵着老伴的手一同去徒步。年届五十有七的继光老师携夫人光嫂同行。早上开拔时，贝拉就告诉一众驴友，继光老师是中国摄影家协会会员，金昌首席摄影大咖，此行要想留下最美的倩影，"如影随形"最好。不说也罢，一经曝光，继光老师就是大家的了。一路凡是景致最美的时刻，最忙活的总是他。"王老师，给我来一张""王老师，也给我来一张"……"咔咔咔，咔咔咔"，快门声响个不停。至于自己的最爱——采风创作，只好退而求其次之，抽空子干了。

可是，只要你稍稍留心，就会发现继光老师最最温情的一面。行程中他的目光时不时总是投向光嫂，视线搜寻的范围内，光嫂就是他的唯一。看着光嫂似乎有些吃力，赶紧上去把背包里的东西往自己的包里塞，光嫂呢？回转身把老伴的肩带放平整，把老头子背包上插的水瓶塞紧实一些，再塞紧实一些。老两口一举手，一投足，装满了一背包的情爱，将一幅老夫妻俩互爱的温馨画面定格在了雪域高原。

有一种爱，叫心里装着大家。在一处带刺的防护铁丝网前，那个穿着红色冲锋衣的叫"天涯"的小伙子，眼疾手快将带刺的铁丝网高高擎起，方便驴友们顺利地穿过。茫茫原野上红红的这团火，我想一定温暖了整个背包团队，谁能说男儿心中没有柔情蜜意？那个叫"听雨"的美女，将绊脚的防护网踩瓷实了，好让大家安全走过，谁又能说女儿家的温情不会惠及众友？他们硬是在坚硬上写满一丝柔软，高高地托起团队的友爱。我想，关心关爱他人就是他们的特质吧！

还有一种爱，叫心里有记挂。绵亘的小道上那个总是跑前跑后既操心着大部队的行进，又不时关注着弱小的背包客的资深领队——"雨"，不曾有一丁点私心，甚至都没花点时间给自己留下一张美丽的倩影。看着忙碌的她，我实在不落忍，坚持要为她拍一张照。瞧，镜头里的她，英姿飒爽，多么有范儿，不愧是背包客中的大姐大。

这位和干沙鄂博峰"比肩齐高"的女儿，怎能不让我敬仰？在她身上似乎只有两个字——关爱，一个词——责任。当归途上一位驴友实在走不动时，她拦下了牧民的摩托车，千叮咛万嘱咐等牧民送完人后回来驮一程驴友。原以为这样安顿好后，她会和我们一同前行，哪知这个一闪而过的念头简直是在亵渎这位美丽的女神。

当我爬上一个山峦，回眸凝望暮色中山谷路口的那个小圆点一样的红色身影时，心头涌动的那股热流击溃泪腺，两行热泪不由自主地滚落山头。就是这样一位衷肠侠骨的平凡女子，默默地将母性的光辉映遍了山山水水。

感天地，泣鬼神，不是吗？

还有一种爱，叫默默地践行。只要是背包客的资深驴友，都熟悉那个叫"天空"的家伙，沉默，再沉默，是刻在他身上的印记。可就是这样一位少言的汉子，将自己的一切言语化作为大家服务的行动，化作对团队每一次出行的担当。难怪"风清扬"驴友感慨道：参加金昌背包客，心里踏实。再是高山，再是险滩，再是茫茫沙海，都敢迈出脚步去远足。

也许，这也是金昌背包客的内在神韵和魅力所在吧！

金昌背包客里，这样的驴友不胜枚举，热情似火的"晓风明月"，乐天派的"叮咚雨"，那个心心念念记挂着"最后的那个呢"的"老鹰"。

他们，个个诠释着人间的那个最美的字眼——爱，无疆的大爱！在敬畏的大自然面前,抛却了一切杂念,心灵得以涤荡,谱写出了人性中最美的华章。

我想，这也许是背包客行走在天地间，行走在山水间，神灵给予人类的最为奢侈的馈赠品，也是背包客追求的终极目标吧。

三

"那个最后的，来了吗？"驴友告诉我，"老鹰"反反复复地念叨着。他口中的"那个最后的"就是我。在此次干沙鄂博行中我还是走在最后面的一个。我为自己是最后的一个感到庆幸，因为我又一次在一个年轻后生的身上领略了人间那个叫"大爱无疆"的东西。

归途中，我再次迈不动脚步。行走六七步，得花上两三分钟。当又一个大坡出现在眼前时，我也打起了退堂鼓，也想放弃继续走下去的决心和勇气，打算也搭个顺风摩的，解放一下自己。

"看，不远了。翻过前面那道梁子，就到了。"驴友"雨"不着痕迹地鼓励着我。

继续坚持走，还是就此止步，这个抉择真难倒了我。

"你脚底轻呢，没问题。"看着摇摆不定的我，她又说道。

呵呵，人家都这样劝导了，岂能辜负这份殷切的希冀？背包客出来的目的是什么？自虐又是为了什么？我只能选择继续挪移。

同行的"天涯"，这个年轻后生也不时将目光落在我这。路过身旁时，总是问一声，"还行吗？"走远了，就停下来，等一等。

"不远了，转过山弯就到了。"招招手，他的声音从前面二十多米远的地方传来。

就这样，走走停停，一路上他始终没有撂下我。

在一个大坡处，他又等了下来。"行不行？来，我拉着你走。"一只大手伸了过来，拉起我有力地上了大斜坡。

"来，把包给我。"小伙子硬是拿下我肩上的包，斜挎在了自己的肩上，大步流星地向前走去。

久久的，久久的，夕阳余晖中的那抹身影定格在了我的心中。

　　一趟风中藏着一瓣心香的干沙河之旅，驴友们收获的大多是醉心的美景和快乐，而我收获的是回放中的诸多感动，回味中的感念，回顾中的感恩。干沙河待我不浅，乃赋曰：

一

枯寂将自己放逐在了，一个

上帝打翻颜料罐的地方

灿烂欣欣然张开眉眼，阴郁振臂

呼喊起来，叫醒酣睡的清朗

冰雪中马莲倾泻一地流金，酣畅坐在雪域

挥挥衣袖，和昨日的绚丽作别

惬意张开嘴巴深吸一大口气，丰盈装满

欢愉的背包，美丽向遥远的路途延伸

自由迈开步子，在山谷

跃上痴迷的高度

二

醉卧马莲草的肩头，迷恋

等风来，将沉沦送到梦的峰顶

黑牦牛张望的山坡，静谧

打开痴人沉睡的心扉

藏在风中的那瓣心香，张开翅膀

飞向云朵写意的地方

翩然长在失意跌落的峰巅

圣洁的干沙鄂博，接住滚落的泪珠

身边的珠穆朗玛，孕育出

一朵盛开的千年雪莲

2017 年 10 月 19 日

最陶醉的一件事

2017 年，最陶醉的一件事——自由在旷野行走，驴子追着天边的云彩，把梦带到了远方。

感谢背包客让我走出了四角的天空，迈进了人生的另一番境地，对人生有了新的思考、认识和感悟。与您同行，跟随背包客走向身心的高远处，这点弥足珍贵，也是 2017 年最令我陶醉的一件事！

这一年最大的收获：结识了背包客中优秀的"车夫""晓风明月""贝拉""雨"和王继光老师等人士，从他们身上感受到了博大的胸襟和积极乐观的生活态度。每次活动结束，当大家都累瘫在梦乡里时，"晓风明月"的美篇已经新鲜出炉了。开始时不明白，老是傻傻地想一个问题，"晓风明月"这个人精力咋如此充沛？做起事来，一桩桩一件件乐此不疲。接触久了，慢慢地懂了一点，一切源自热爱！

遗憾的是近期身体状况不太好，错过了诸多的同行机会。不过，如同"雨"妹妹所言，"不着急，山就在那儿，养好了身体，随时都可以去"。真希望那一天，快点到来！

也为跨年征战祁连山冷龙岭 5024 峰的全体背包客成员喝彩！

2018 年 1 月 2 日

乒乓遐思
——也来说说运动这件事儿

一

酣畅淋漓地出一身臭汗，也是我清晨最惬意的一件事。

奔跑，跃动，挥拍……浑身每一个细胞似乎都兴奋着，欢笑着，涌动着，一身汗水，带走了所有的垃圾情绪，消除了萎靡不振的精神状态，透彻心扉的那个痛快，那个酸爽，真是没的说。

这样的有氧运动，过滤功能超级强大，会让你自然拥有一颗干净的心，一颗透明的心，一颗积极、乐观、向上的心。

怎么讲呢？一场汗津津的运动，收获的不仅仅是满满的一腔激昂向上的情绪，还有对生活的美好憧憬和无限爱恋。

那是一种什么感觉呢？整个人就像跟着初升的太阳升腾，和漫天云霞拥吻，和微风谈笑，和绿树畅抒胸臆，和欢乐牵手，和美好同行……

时常，在这种丰盈美好的感觉中走进教室，那堂课不用说一定是神采飞扬的，无论是学习者，还是讲授者，感觉一定是超级棒！超级精彩！

两三个球友，没有太多的言语，发球，搓球，直打，弧旋，一削，一挥，一拉，一打……默契地合作，一切交流，一切切磋，都在一个小小的蛋丸大的球中运行。

彼此学会了欣赏，学会了分享，学会了谦让，学会了助力，学会了团结，有了健康的心态……

二

"羽儿，快乐是自己找的，不要缠着五姑了。"这是一个八九岁孩子说过的一句话。十来年过去了，记忆犹新。

直白的童言，好富有哲理。

记得那年暑假，八九岁的侄儿和六岁多的外甥孙女都到我家来玩。侄儿特会安排自己的学习和娱乐。早间，吃罢早饭抓紧时间写作业，待我检查完毕，一溜烟儿跑到楼下和报社大院里的一群娃娃们滑滑板，骑小车，玩滑轮……嘻嘻哈哈玩个不亦乐乎，哪管他相识与否，共同的爱好打破了陌生人之间的生疏，共同的快乐消除了陌生人之间的距离。

运动，玩耍，孩子们瞬间成了一个壕沟里的人，有共同语言的人，有共同爱好的人，有共同快乐的人。

体育运动又何尝不是如此？不同国籍的人，不同肤色的人，会聚在体育竞技这面大旗下，进行友好的交往，分享彼此的经验，交流彼此的成果，欣赏彼此的美好，共度欢乐时光。

相反六岁多的外甥孙女羽儿，从不主动下楼，老是等我这个姨奶奶收拾完家务，死缠硬磨牵着到楼下才玩一会儿。

于是，就有了上面两个娃精彩的对话。

是啊！快乐是自己找的。

这些年，跌倒了爬起来，在失意的、无助的、沮丧的、憋屈的、无奈的、难堪的……种种生活艰辛中能够挺过来，没有成为一条"虫"，皆因没有让生活挤走我的快乐。

秘籍就是运动。

一份偌大的生活快乐，一份坚实的生活信心，一份盎然的生活情趣，何尝不是在乒乓球、篮球、排球乃至户外背包客的徒步中找来的？

快乐真的是自己找的。

儿子十来岁时就喜欢户外徒步的背包客，一个人背着两三瓶水跋山涉水到姥姥家。他还特别喜欢户外骑行，往往去哪儿，我们乘车，他则独自骑行。记得初三那年，别人家的娃都在为走进市里最好的高中全力以赴备战中考。他呢？一个人忙着组团，修理自行车，准备装备，在同学中游说，暑假说啥也要骑行川藏线，最次也要骑行青海，看看当年的国际环青海湖赛事。可惜年龄小，家长们心思都在中考上，也心疼自家娃，一百个不放心，没有一个响应。而成人业余爱好者又嫌他小，担心他承受不了一路的恶劣路况，终是没能成行。

我记得很清楚，那天当一行爱好者向川藏线进发时，他清早五点多爬起来，骑车赶到东湖去送行，完全自愿地把送行当作自己庄严的使命，结果临时地点改在市体育公园，他又忙着往回赶，一切皆因他酷爱户外骑行。

十四五岁的少年梦，没能成行的川藏线骑行，一直是他的一大憾事。

不承想大二那年暑假，傻小子瞒着全家人，独自一人完成了兰州到呼和浩特的骑行。茫茫大草原，有时一天骑行百十公里都见不到一个人影，一个人还必须计算好出发时间，带足一天的水和干粮，必须在太阳下山前赶到下一个有人烟的居住点，风餐露宿，不知是怎么走过来的。暴雨，冰雹，疾风，酷热，爆胎……都是家常便饭，正值青春年少的他，面对困难独自做出抉择，独自解决问题。

发的照片常常都是茫茫原野中路边的一辆辎重单车，好让人心疼。

当完成壮举，我们娘俩在兰州火车站相逢。恰好他回来的那天下午，我也从云南旅行回来，娘俩到的时间前后相差半小时。

那一刻，正赶上飘泼大雨，儿子黝黑的面孔，全副骑行武装湿淋淋的衣衫和完成心愿后的那份喜悦，那份自豪，那份惬意，此生种在了我的心里。

先生呢？不同于我们娘俩喜欢动中取静，他喜欢静中取动。常常一个人守着一壶清茶，一把二胡，一台琴，拉个没完，弹个没了，以琴会友，谈天说地，乐此不疲。

累了，下楼去侍弄一下家里的园子，给花喷个药，掐个秧苗，拔拔垄沟里的杂草，修剪一下杏树枝子，搭搭葡萄架。拿邻居的话说，我家的蔬果都是听音乐长大的。

偶尔高兴了再吼两嗓子，出一身汗，也是一种快乐运动。

三

小时候，常听人们这样讥讽体育人"四肢发达，头脑简单"。很直接地在我脑海里挖了个深坑，种下了一个印象——搞体育的都是些头脑比较笨的人。长大了，也常常看到运动场中体育人黑黢黢的面庞，五大三粗的身躯，有点粗糙的话语，更加深加固了那个印象。

于是，本能地对搞体育的人产生一种距离感，还傻呵呵地不屑与之为伍。

直到后来，在繁忙沉重的工作中，在扯不断理还乱的生活中，渐渐酷爱起体育运动来。晨间十来分钟在操场上和男子们打个篮球，在欢天喜地的、爽朗的笑声中，运球，传球，过人，投篮，感觉体育运动绝不仅仅是体力活的事，高难度的技术学习一点不亚于文化学习。

就拿游泳这项运动来说，三十来岁时一家人跟着友人们就在泳池中瞎扑腾，在水里不知泡了多少次呛了多少水，就是学不会拨水，收手，蹬脚，抬头，换气，这一连串的技术活儿。想想那时节，一到泳池手忙脚乱，一个不小心沉到水底，不淹个透心的"怕"字，那才叫怪事。

确确实实的笨蛋一枚吧！简直笨到姥姥家了！

这不，将这项运动搁浅十多年，直到前几年重新拾起来，在美人鱼一样专业游泳老师的悉心指导下，才有了今日的水中小样。

这次体验，再次确认体育运动那绝不仅仅是四肢发达就能完成的事儿，不是绝顶聪明的人，没有一定天分的人，实难达到一定的境界。退一万步说，做个简单的傻傻的体育人，不也是一件人生的幸事吗？

如今，过去故意疏远的体育人变成我最愿接近和为伍的人。

就拿学习打乒乓球来说，从直板到横板，从横板再到直板，从请专业教练指导训练，到跟业余爱好者玩耍，打了大半辈子，到现在也就是玩个出出汗，玩个高兴，玩个痛快。常常调侃自己，专业队伍里最次的业余选手，野路子业余选手里有一点专业打法的人。这实在是个含金量很高的技术活。

张怡宁，王楠，现今的马龙、张继科以及许昕，那一拨"神球"，他们的聪慧、机敏，外加技术上的扎实过硬，战术上的变幻莫测，岂是"四肢发达"之人所能完成的事？它早已超越了体育竞技的特质，观看这样的体育赛事，已成为难得的一场艺术视觉上的饕餮盛宴。

体育运动所折射出的光辉，所蕴含的诸多美好，不去深刻体验，不去细细品味，一个不小心就会从时光的指缝里统统溜走，就会与你擦肩而过。

絮絮叨叨，说到底对于体育运动的这份酷爱，这份拥有，对我，对家人，对广大爱好者而言，确是一件幸事。

2018 年 6 月 9 日

今天，金昌微马人

2017年8月12日，金昌微马人参加了永昌县"穿越汉明长城，探寻神秘骊靬"徒步远足挑战活动。虽身在医院，却心随微动。

天刚蒙蒙亮，打开手机看到微马人身着那抹橘红，快乐地向永昌进发，心儿就随着微马人动了起来。公益，健康，快乐，这就是刚刚结识的那抹橘红——金昌微马人，在知天命的年纪我认识的一个新群体。在这个新的群体，感受了活力与激情，力量与健康，真诚与友善。结识了那个长得小巧玲珑，面相极有喜感的双喜大队长；那个热情友善，扛着大旗奔跑的"活得贼好"的杨部长；还有那个金昌微马一支笔的宣传人闫涛，感觉真好！

今天，金昌微马人踏着晨光去追梦。当第一缕灿烂从天际冒头，"橘红们"齐刷刷地齐聚在旗下整装待发，正如闫涛君微马心语："金昌微马，那一片橙色，有太阳的灿烂，有血液的鲜红，更有火焰般的热情。"

一个初识的年轻微马，就这样在我心海推开了它的那扇门。一个叫"黑子552"的微友说得真好："不推开一扇门，怎么会认识一群人！人生最大的喜悦，就是能遇到一群正直、善良的朋友，充满正能量，充满智慧的朋友，时刻感染你，感动你！让你学会很多东西，生活更充实更有幸福感！"

今日，身虽未临，心却早已神往，穿越汉明长城，追踪探寻神秘骊靬。想来那些最早发出的光，那些最早出发的梦想，已在绚烂的征途上。

一条流动的橘红

和苍茫焉支①蜿蜒并进

汉长城多情的回眸一瞥

刷新了金昌微马的今天

2017年8月12日

---

①焉支：山名。也称燕支山、胭脂山。在甘肃省永昌县西，山丹县东南。山势险要，历代驻兵防守。汉将霍去病曾越此山大破匈奴。（引自《汉语大词典》第84页）

躲在脚步里的春天

"走路上班。"开学前千千万万次在心里暗暗下了这个决心。不这样做，忠实的身体千万个不答应。你看，去年一年借一个忙字，不曾动弹一下，身体就扛不住个风吹草动，毛病委实太多。药是吃了一包又一包，就是不见好的迹象。就想啊，要是华佗再世，恐怕他的第一剂药方还是这——迈开步子吧。

开学第一天

寒号鸟的故事大家不陌生吧！小学课本里的一篇经典寓言故事。

"哆啰啰，哆啰啰，寒风冻死我，明天就做窝。"给学生讲过许多遍的故事，这一情节还是在开学的第一天发生在老师我的身上。"走路上班"的计划第一天就落空了。

早起似乎也没磨叽，午饭的准备工作都没来得及做，出门时间就有点晚了，因担心迟到而作罢。

下午放学呢？一想要是明天也出现这种情况该怎么办？还是骑车来得快——赶点。打算了一个假期的事，还是没有实施。

其实，从家里到学校，从学校到家里，步行也就十六七分钟的时间，大致一公里多一点的路吧，最多就是早出门十分钟的事！

结果呢？开学第一天上班，在车轮的飞转里，仅剩一样感受——呼呼呼的风，寒啊！

第二天

上、下午上班，照旧。

凛冽的寒风，继续呼呼地在耳边刮着。

迈开步子上班的决心，早已遁入爪哇国。脑袋里压根儿连一点痕迹都不曾有了，抹得平平的。

晚六点下班，照旧推车出门。

"哎呀姜老师呀，这么冷的天快和我们一块走着回家吧！"潘师妹子直接挡在了自行车旁。

"要是明早来不及咋办？"我犹豫着。

"没事的，你没了依赖就成。"在潘的坚持下，步子总算迈开了！一路三四人说着话儿，不知不觉就走到家了。

呵呵，姐妹的力量无穷大！比我的决心管用。

难怪那个叫"蕾"的小姐妹在朋友圈发得最多的，除了儿子就是闺密团。

第三天

今天，好生欢喜。

二月的天里，发现了藏在脚步里的春天！

走在上班的路上，风不再以撞怀的方式和我见面，性子柔和多了，想来或许是我的行为打动了它，眉眼有了笑意吧！

不一会儿，后背就汗津津的，肌肤里流动的血液似乎也欢乐起来，笑盈盈地奔向四肢，手脚的温度不断攀升，和早起的太阳同步而行。

"草原夜色美，琴曲悠扬……"

"大姐唱得好啊！"牛肉面馆前卖草莓的大姐乐呵呵地和走过的我搭起腔来。"声音好听。"她的意思大致是嗓音有那么一点点圆润吧！

"呵呵，你都让我不好意思了。"我不由得放慢了脚步，赶紧禁了声。

本来嘛，人少的地方悄悄放开嗓子，想仔细体会一下小马老师讲的头腔共鸣的感觉，一不留神结果让这位姐姐听到了。

随后的步子，在姐姐笑吟吟的话里有了张力，脚底板无名生出了快乐。

走路的节奏由此产生了，律动感超强，大致是四二拍吧，呵呵。

午休过后，下午去学校的路上，放缓的节奏让我不经意间遇到了西北风里的春意。

您瞧！路边的草丛里露出了赶早的春芽儿，一棵，两棵……有青草的宝宝，有叫不上名的花孩子，一个个探着脑袋，好奇地向我张望着。

"嗨，你好！小家伙你是想染绿我的眼，还是想染绿我的心？"

可不嘛！您看，有了绿意什么事儿都欣欣然起来。

一只猫和我捉起迷藏，躲在纸箱背后不肯出来。

路边卖大枣的小贩非要让我尝尝新疆大枣，顺便起劲地鼓动我买几斤，那劲儿看起来也不觉得厌恶了，反而想笑几声，但绝对是善意的。

走到学校，课间去了年级组办公室，一群美女们吵吵着大家每天换一下着装，理由是上课心情好！说笑的事儿是好，已是老婆子的我每天哪有那精力打扮自己？可美丽的她们不答应，要求我至少两三天换一次着装，唇妆也不能少。不能过了开学鲜亮的三五天，就恢复苍白的老样子。组长下班看见我，还打趣地特意强调不要忘记这个硬任务！明天她们要例行检查。

哈哈，哈哈哈……一串串笑声在校园里飞扬起来。有了督促你打扮的同事，工作至少称心如意吧！美女"白骨精"们工作和生活步调一致，美丽课堂，美丽校园，美丽自己，岂不乐哉？

走在回家的路上，再看树旁的沟里，泥土也泛出朝气。春，就以这样的方式和我见面了！

"这边柳树绿了

那边清溪唱歌

姑娘啊

春天来了"

呼兰河畔诗意的萧红，如此应景地还把自己的春曲送给了我。

2019 年 2 月 24 日

奔跑吧，梦想

五月的一天，在读书会上偶遇了那个和我走散了三十多年的叫李艳的小女生，那份激动，撞得初夏的情海碧波连连。

今早贪睡赖在床上的我打开微信，哇呀呀，这小丫竟然去参加金城国际马拉松赛了！过两周儿子就要参加中考的妈妈，竟然去千里之外追梦了！你钦佩吗？反正我是。

瞧瞧！这份心境，这份特质！

呼哧呼哧，奔跑的她居然在千里之外传递过来这份滚烫：我正在加油，给我点力量吧！亲们，加油！加油！加油！这奔跑的声音，这奔腾的旋律，这一帧帧激情画面，或许就是这项古老运动的魅力吧！

我想把眼睛
装在滨河路沿途
看飞动的兰马①彩云
观奔腾的马拉松河流
望啊，望
望出黄河的滚滚热情和友好

我想把喉咙
安在高大槐叶间的麦克风上
喊出带劲的助威声
和着奔跑的节奏
喊啊，喊
黄河风情线奏响高亢的马拉交响乐

①兰马：兰州马拉松。

我想把浑身的劲儿

加进爱好的风里

推动轮椅飞快地转动

转啊，转

转出这位残疾老人的奔跑梦想

我想把热情

送给这一家三口

让童车中的娃娃高高挥动中国的国旗

挥啊，挥

中国，黄河母亲欢迎地球村的每一员

我还想把双脚

送到迷你马拉松群中

扬起一张阳光自信的脸

洒落一身运动的汗珠

跑啊，跑

跑出绿色体魄的"人"字

想想当年的金昌师范，每一年新年环城赛咱也是奖牌得主啊！

呵呵！青出于蓝而胜于蓝。为梦奔跑，还看今日小迷你！

2017 年 6 月 11 日

我是老师，我也是学生

做教师整整三十六个春秋，做着"传道、授业、解惑"的事情，同时也做着另一件事——学习，于是就有了另外一个身份——学生。总认为教师职业即是度人的过程，也是度己的过程，教师本身也是一位受教育者。故而多少年来，从不敢松懈一刻，在知天命的年纪愈发觉得自己知识的浅薄，愈发珍惜一切学习的机会，与一切具有鲜活的教育思想的践行者为伍，珍惜一切时间与书本为伍，珍惜一切教育资源以丰润自己。常常也自嘲学一点是一点吧！学习，什么时候开始都不算晚吧！

这本近三十多万字的著作，其实是我近三年不间断写的一些教育故事，几乎以教育日记的形式，抑或说苏霍姆林斯基式的形式，自由地讲述了一个个鲜活的教育故事、教育现象、教育思绪和教育生活。一切皆是和名师们的对话，和同道人的交流，和孩子们心灵独白的动态过程，即自我反思某一秒的心灵悸动、某一刻的万般欣喜、某一时的心得和教育收获。

其实本书更多的是自我的心灵对白，由此生成的东西，即和同人的二次交流对话，某种意义上说促使我思考，再思考，再次沉淀自我，这就是我理解的另一种渠道的学习方式吧！从另一个层面来说，文中呈现了一个教育话题，即在二次交流中引申出深层次的理性思考，在拓展延伸内涵式教育发展的同时，其本身就是一次鲜有的生动的学习过程，为此甚是欣慰！

是呀，这种切身的交流体验在这两三年尤为深刻，和心中有光、向阳的资深教师在一起，其所散发出的人性光辉及其在专业领域独到见解的引领，可以说这种影响是极为深广的，至少对我是这样的。

几年来，自己不仅对教育有了更深的理解和认知，而且沉醉其间不知归路，痴心迷恋的程度在很大程度上皆源于"陇原名师"这个群体的感召。特别是霍军这个陇原语文名师，暂且不说他和酒泉中学一群少年们有滋有味的朝辞晚赋中充实的教育生活，单单苑里的一朵银翘花，水泥缝里的一棵草，瓦檐上的一只布谷鸟……皆是其教育抒怀的资源，应四季变化一波一波的芬芳便不时袭来。所有的事物一经入了他的眼，他的笔，其欣然喜悦的教育生活，其苍天悲悯之心，教育情怀，处世心态，在字里行间彰显出强大的生命活力。这种活力的穿透力、影响力，在过去的一千多个日子里随风潜入心田直入肌理，让跌碎在尘埃里的我重新凝聚力量，带着向美、向善、向阳的灵魂，在教育这片绿意盎然、春光无限的田野里重拾自信，领着一波娃娃们再次在字海文卷里寻找着自由、热烈、奔放、健康的教育生活。这种教育唤醒直抵心灵，燃爆一个教师的教育热情、教育情怀；激活教育生命力，促使自己的教育呈现开放的态势，包容的态势。说浅一点改变了我的成长轨迹，说深一点影响了我的教育人生。风中的花朵，翩然的落叶，飞舞的雪花，豌豆样的树种，皆是我和孩子们的教育资源和教育话题，我们师生共同体验有情趣、有滋味的学习生活，感受文字的美妙，体验阅读的快乐，感悟写作的快意……我想这种教育的光辉，对十来岁孩子的影响，其深远的程度远远超过了"分数"这个"命根子"，我想苏霍姆林斯基这位从乡村走出的教师，之所以成为伟大的教育家，更多的是其人性教育的思想在历史长河中的熠熠生辉。

本书用八章，多层次多视角反映了近三年来我的教育生活。有和名师们的对话；有自己作为一个语文人的梦想和追求；有在名师的感召引领下，在教育文化生活中的体验和跋涉；有和六（三）班的孩子们一起学习和生活的快乐时光；有在课改时的不堪、压力、彷徨、困惑、苦恼……走过来了，也不失为一笔人生财富。所谓"塞翁失马，焉知非福"就是最好的诠释。感谢失去了世人眼里所谓的光鲜，却意外地有了自由和精神的解放，真正静下心来教书。"思想之自由，精神之独立"是信息化教育的价值导向。

感谢生活，感谢教育，感谢名师们，感谢六（三）班的孩子们，是这些孩子们给了我丰富的内涵式的教育生活，让我像一颗崖缝里的小草有着自己的春天，让我像洼地里的打碗碗花一样也有自己的春天，让我像风中的苇秆一样别有一番风韵，让我像雨中的露珠一样，晶莹剔透，让我像戈壁的枣花那样，也有迷人的芬芳……

江南著名教育人所倡导的教师一定要动笔，真好！动笔，让你能静下心来教书！动笔，让你会有思想；动笔，让你灵魂有栖息地；动笔，让你和同道人快乐奔跑；动笔，让你走向理想的自己；动笔，让你做一个灵魂有香气的教师。

书稿里，最让我心里不踏实的、有些忐忑不安的是"诗歌"部分，其实这些所谓的"诗歌"不知被真正意义上的诗歌甩出了几条街，之所以写在这里只是想说诗歌创作从没有太晚的开始，至少在知天命之年我愿意学习一种有趣的文学表达方式，愿意尝试一种好玩的表情达意的方法，并把这种学习的快乐和兴趣带到课堂，和孩子们共同体验学习过程中的无限乐趣和美好，这就足够了。到今天为止我都诚恳地对自己说，那只是呈现生命的一种状态，也只是想说明在日复一日年复一年，反反复复，似乎单调乏味的教育生活中，我愿意生活在一种鲜活的、绿色的、有生命力的状态中，就这么简单。这样的生命状态虽然还没有开花，没有挂果，但至少有一颗心发芽了。尤其是身为语文人，我愿意去尝试一种新事物。在摸索中涂鸦，自然也就谈不上成熟，只能说模样长得有点像诗歌的样子，三年来，仅仅凭着自己的一腔热情和着了魔一样的兴趣，琢磨、思量的东西。千万千万，恳请朋友们多多包涵和谅解我的这种痴癫和疯魔。不过，也有个新发现，尽管像雾像雨又像风，这样尝试着摸索着，不知不觉中自己的散文却有了些诗意，在"有思想的烟雨"等篇章中最为明显。之所以把这些拙笔放在集子里，只是想见证我的文笔在长进，一个语文人的梦想在一日日地雕琢和打磨中渐渐丰润起来，一个学习者总归是有收获的。

在这本集子即将完稿时最想说的是：感谢忙碌不堪的自己，依然没有停歇脚步；感谢劳累不堪的自己，丢不开这张白纸上的犁头；感谢浸泡在药罐子里的自己，还能拿起一根粉笔经营教育天地；感谢心中挂着一枚太阳、阳光灿烂的自己。说实话有时候也真想放自己一马，也想美美地按时按点睡一觉，也想闲庭散散步，看云卷云舒！可到头来，还是更愿与教育继续对酌，一杯一杯复一杯。

我欲醉眠，唯愿教育的山花盛开一季又一季。

感谢金昌市文联苏胜才主席在书籍出版过程中给予的热心帮助！感谢李德文老先生，给我了一个思路！感谢金昌市委党校宿好军教授的热心帮助，也感谢我家先生的支持，让我在蔷薇花盛开的家园里，有了自己的教育梦想和诗意生活。一路走来，更感谢霍军老师的支持、鼓励和帮助！

感谢所有理解、帮助和支持我的朋友们！

如有不到之处，敬请大家批评指正！

2019 年 3 月 9 日